AMÉNOPHIS

Eminente spécialiste de l'Antiquité, Violaine Vanoyeke est l'auteur de trente-sept ouvrages à succès traduits dans plus de trente pays. Professeur de littérature et de civilisation anciennes, linguiste, helléniste, latiniste et égyptologue, elle est intervenante à la télévision et sur RMC. Elle produit également des émissions culturelles dans lesquelles elle a raconté plus de trois mille biographies.

Paru dans Le Livre de Poche

AMÉNOPHIS

1. Le Prince de lumière

2. Le Breuvage d'amertume

LES HISTOIRES D'AMOUR DES PHARAONS

(2 volumes)

LA PHARAONNE

1. La Princesse de Thèbes

2. Le Pschent royal

3. Le Voyage d'éternité

LES PHARAONS MÈNENT A LA VIE ÉTERNELLE

THOUTMOSIS

1. Le Rival d'Hatchepsout

2. L'Ibis indomptable

3. Au royaume du Sublime

VIOLAINE VANOYEKE

Aménophis

***

Vénérable Tiyi

ROMAN

MICHEL LAFON

Eis
Quos amo

« *Pendant la fête d'Opet, Amon se régénère et fait revivre Louxor et Pharaon.* »

(Inscription du temple de Louxor)

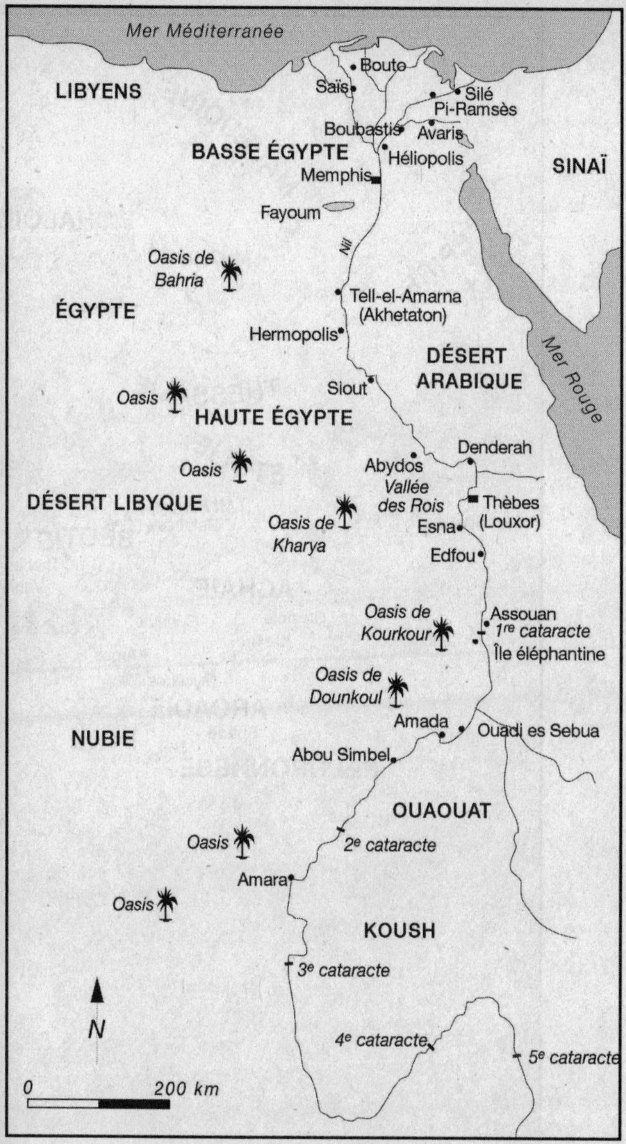

L'Égypte et la Nubie

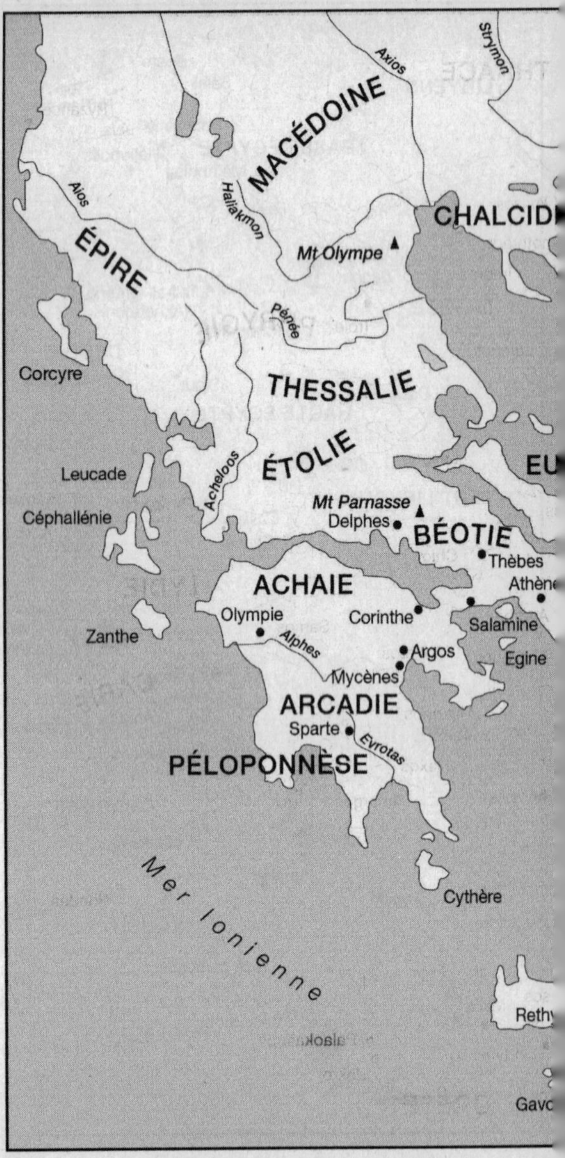

La Grèce antique et l'Asie

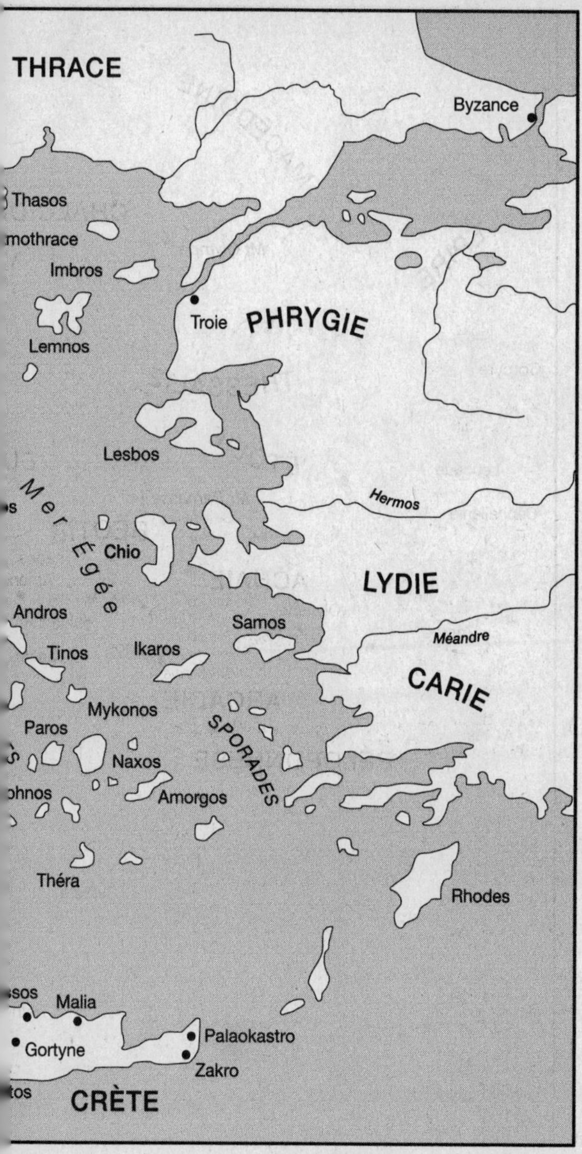
THRACE
Byzance
Thasos
Imbros
Troie
PHRYGIE
Lemnos
Lesbos
Mer Égée
Hermos
Chio
LYDIE
Andros
Samos
Méandre
Tinos
Ikaros
CARIE
Mykonos
SPORADES
Paros
Naxos
Amorgos
Théra
Rhodes
Malia
Gortyne
Palaokastro
Zakro
CRÈTE

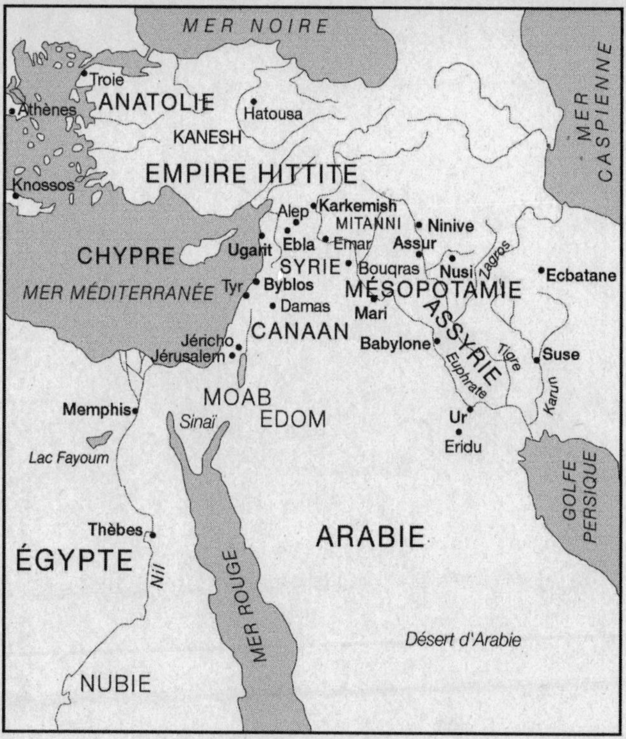

Anciens pays du Proche-Orient
(XVe siècle av. J.-C.)

AVANT-PROPOS

La XVIIIe dynastie commence avec le pharaon Ahmosis. Ce roi s'illustra en repoussant des envahisseurs venus du Nord appelés « Hyksos » et qui régnèrent en Égypte. Les Indo-Européens s'installaient alors en Asie Mineure.

Aménophis Ier, fils d'Ahmosis et d'Ahmès Néfertari, et son gendre Thoutmosis Ier surent protéger le territoire de leur ancêtre.

Thoutmosis Ier fut un général exceptionnel. Il eut avec sa première épouse un fils qui fut appelé Thoutmosis II. Marié à sa demi-sœur Hatchepsout, seule héritière de sang royal, Thoutmosis II n'exerça le pouvoir que peu de temps. Il eut une fille avec Hatchepsout : Néférou-Rê. Celle-ci semble être morte très jeune bien qu'une inscription fasse peut-être allusion à elle à une époque où Thoutmosis III régnait seul et où Hatchepsout avait disparu. Sans doute Thoutmosis II et Hatchepsout eurent-ils une seconde fille appelée Mérytrê-Hatchepsout II.

Cette dernière se maria avec Thoutmosis, trois-

AVANT-PROPOS

La XVIIIe dynastie commence avec le pharaon Ahmosis. Ce roi s'illustra en repoussant des envahisseurs venus du Nord appelés « Hyksos » et qui régnèrent en Egypte. Les Indo-Européens s'installaient alors en Asie Mineure.

Aménophis Ier, fils d'Ahmosis et d'Ahmès-Néfertari, et son gendre Thoutmosis Ier surent protéger le territoire de leur ancêtre.

Thoutmosis Ier fut un général exceptionnel. Il eut avec sa première épouse un fils qui fut appelé Thoutmosis II. Marié à sa demi-sœur Hatchepsout, seule héritière de sang royal, Thoutmosis II n'exerça le pouvoir que peu de temps. Il eut une fille avec Hatchepsout : Néférou-Rê. Celle-ci semble être morte très jeune bien qu'une inscription fasse peut-être allusion à elle à une époque où Thoutmosis III régnait seul et où Hatchepsout avait disparu. Sans doute Thoutmosis II et Hatchepsout eurent-ils une seconde fille appelée Méryrêt-Hatchepsout II.

Cette dernière se maria avec Thoutmosis, troisième du nom, fils de Thoutmosis II et d'une fille du harem, Iset.

Thoutmosis III devint pharaon à la mort de son père Thoutmosis II. Hatchepsout, qui devait assurer la régence, s'imposa comme pharaon à part entière dans la septième année du règne. Elle régna pendant vingt-deux ans, laissant son neveu Thoutmosis III à l'écart. S'entourant de fonctionnaires et de prêtres dévoués à sa personne, organisant des expéditions dans les pays les plus lointains, combattant elle-même les Nubiens, restaurant les temples en ruines, elle sut s'affirmer dans une Egypte prospère[1].

Mais les peuples d'Asie devenant menaçants, Thoutmosis III allait devenir le sauveur de l'Egypte, le plus grand pharaon de tous les temps, celui qui passerait l'Euphrate pour imposer la puissance de l'Egypte en Asie[2]. Son épopée demeure exceptionnelle. Après avoir vécu dans l'ombre d'Hatchepsout, la pharaonne fille d'Amon, Thoutmosis III devait briller au firmament de l'Histoire.

Aménophis II, le fils qu'il eut avec la reine Tiâa, prit, à sa mort, la tête d'un pays gigantesque. Parce qu'ils avaient favorisé les échanges entre l'Egypte et les autres pays, Hatchepsout et Thoutmosis III avaient ouvert la porte de l'Egypte à de nouvelles coutumes et à de nouvelles religions. Les héritiers de la dynastie allaient changer la face du monde dans un tournant fondamental de l'Histoire.

Violaine VANOYEKE,
Winter Palace, Louxor.

1. Voir *La Pharaonne,* Violaine Vanoyeke, Editions Michel Lafon, 1999.
2. Voir *Thoutmosis,* Violaine Vanoyeke, Editions Michel Lafon, 2000.

Résumé des livres précédents

AMÉNOPHIS
tomes 1 et 2

A peine initié au métier de pharaon, le prince Thoutmosis IV doit prendre la succession de son père Aménophis II qui avait hérité de son propre père un immense royaume. Dans le même temps, les peuples asiatiques menacent le roi égyptien. Plutôt que de déclarer la guerre au Mitanni, Thoutmosis IV propose un marché au roi asiatique : il désire que sa fille Hinutimpet, au charme de laquelle il fut immédiatement sensible lors d'une de ses visites à Memphis, rejoigne son harem. Peut-être même en fera-t-il l'une de ses épouses, cas sans précédent dans l'histoire égyptienne ! N'est-ce pas une excellente manière de créer des liens d'amitié entre l'Egypte et l'Asie ?

Mais son confident et ami Pashed, qui quitte précipitamment l'Egypte avec sa mère, convoite, lui aussi, la princesse mitannienne que le roi Artatama lui a promise. Conquis par la beauté de

Néfertary, la fille d'un vigneron, Thoutmosis IV annonce son mariage à sa mère Tiâa. Mais Néfertary est enlevée par les Nubiens, ennemis de l'Egypte.

Tandis que le culte du dieu Aton se développe en Egypte sous l'influence de la princesse Hinutimpet, une jeune adolescente, Tiyi, s'apprête à épouser le prince héritier, le futur Aménophis III. Pleine d'audace, elle deviendra l'une des plus grandes reines égyptiennes. Pour l'heure, avide de liberté, elle se plie difficilement au décorum et aux exigences de la cour. Tandis que les Hébreux installés à Thèbes annoncent aussi la venue d'un dieu unique, des peuples comme les Hittites ou les Babyloniens à la gloire déchue s'affirment de nouveau. Des royaumes comme celui d'Amourrou se constituent. Les Hittites se font de plus en plus menaçants vis-à-vis des Egyptiens et des Mitanniens. Au sein même de la famille royale, l'une des princesses et le pharaon en personne se meurent. Ont-ils été empoisonnés ?

Sixième partie

I

Tandis que les gardes de Néfertary s'emparaient d'Iaret qui clamait son innocence, une grande agitation transforma la fête de la Vallée en mouvements de panique. La magnifique procession qui devait gagner le temple de Medinet Habou, autrefois construit par Hatchepsout et Thoutmosis III, avait perdu sa belle ordonnance. Les prêtres, anéantis par les malheurs que leur envoyaient les dieux, entouraient le pharaon Thoutmosis IV qui ne prononçait plus une parole. Les médecins réclamaient des plantes et des remèdes. Le général Horemheb distribuait ses ordres. Aménophis III ne cessait de se lamenter sur l'absence de son épouse Tiyi.

— Où est-elle, Menatou ? Je viens d'apprendre qu'elle a quitté le palais mais que personne ne l'a vue sur le parcours prévu pour la grande fête d'Amon. Elle a disparu !

— Allons, prince ! Tiyi n'a pas quitté seule le palais ! Elle ne craint rien...

Mais le ton de Menatou n'était guère convaincant.

— Sauf si elle a bu l'une des potions de cette maudite Iaret qui a empoisonné ma sœur et mon père !

— Garde-toi de juger à la place des dieux, Faucon d'or, répondit Menatou. Nous ne savons pas si la mère de la favorite Maïerperi a voulu attenter à la vie de ta jeune sœur ou à celle de Thoutmosis IV.

— Ma mère Néfertary ne prend jamais de décision à la légère. Si elle a ordonné l'arrestation d'Iaret, elle a sans doute des preuves incontestables.

— Mais elle vient d'apprendre que son enfant a sans doute quitté cette vie terrestre. La douleur d'une mère...

Le chambellan fut interrompu par l'intervention de Maïerperi qui s'interposait entre les gardes du roi et sa mère Iaret.

— Ma mère est innocente ! criait-elle. Que Pharaon me fasse confiance ! Qu'il m'écoute ! Il ne peut éloigner ainsi son propre fils de sa grand-mère !

Mais Horemheb ordonna d'emmener la favorite.

— Les dieux et les juges aviseront !

Alors que la nourrice Heqarchar sanglotait aux pieds de Thoutmosis IV, la Grande Epouse ne savait si elle devait embarquer pour la rive est ou demeurer auprès de son époux.

— Ma fille a besoin de moi...

— Retourne au palais, lui conseilla Neferse-keru. Pharaon est entre les mains des médecins.

Le peuple invoquait les dieux en se lamentant. Les enfants du roi réclamaient des explications à leur nourrice. Les soldats tenaient éloignés tous ceux qui tentaient d'approcher le pharaon. Le Grand Prêtre Amenemhat protégeait la statue du dieu Amon et donnait des instructions à Aânen pour que le dieu ne subît aucun outrage et qu'il ne perdît pas sa pureté.

— Nous le purifierons avant qu'il ne regagne sa chapelle de Karnak, lui répondit le frère de Tiyi.

— Aânen, tu sais bien que cela ne suffit pas. Le dieu Amon est exposé aux regards de tous alors qu'il devrait être protégé par un voile.

Jamais encore la grande fête de la Vallée n'avait été perturbée de la sorte. Les devins et les voyantes n'annonçaient que des malheurs. La peur commençait à gagner les esprits. Certains affirmaient que le déroulement de la fête devait continuer malgré la fatigue du roi. D'autres jugeaient scandaleux de fêter Amon alors que la princesse Tanoutamon était peut-être dans l'Autre Monde.

Au milieu de ce tumulte et de cette agitation débarquèrent Pashed et sa jeune épouse. Dès qu'une nouvelle embarcation arrivait à Deir el Bahari, le cœur de Néfertary se mettait à battre tandis qu'Aménophis espérait retrouver Tiyi.

Stupéfait par tant de lamentations, Pashed tenta de se frayer un passage au milieu des favorites du roi qui s'extasiaient sur la duplicité d'Iaret. A cet instant, Pashed reconnut Hinutimpet qui se tenait non loin du pharaon et qui se taisait. La Mitannienne paraissait très choquée par l'état de santé de Thoutmosis IV.

— Que se passe-t-il ? demanda Camita à Pashed. Tu es si pâle !

— Je suis troublé de retrouver Thoutmosis dans une telle situation, moi qui pensais le voir aussi majestueux que le lion qui hante le désert.

Pashed s'avança vers le roi et demanda à son épouse de l'attendre près du Grand Prêtre Amenemhat. Quand il se trouva devant Hinutimpet, qui tenait les yeux baissés vers le sol et qui s'était assise au bord d'un sphinx représentant la reine Hatchepsout, Pashed plaça sa main sur l'épaule de son ancienne fiancée. Celle-ci frémit et poussa un petit cri de surprise.

— Pashed ! s'exclama-t-elle. Mais que fais-tu ici ? As-tu rencontré Thoutmosis IV ?

— Non. Nous venons d'arriver à Thèbes. Je voulais assister à la fête de la Vallée.

Hinutimpet lui prit la main et le regarda intensément de ses yeux tristes. Elle avait les paupières rouges et gonflées.

— Je suis heureuse de te revoir, lui dit-elle avec un pauvre sourire. Tu as attendu trop longtemps avant de revenir en Egypte...

— Hinutimpet, tu m'as beaucoup manqué. Ton départ m'a profondément meurtri. Mais j'ai appris en arrivant ici combien tu avais été attentive à notre ancien domaine et je t'en suis reconnaissant. Nous nous sommes installés là-bas pour le moment.

— J'ai appris que tu étais marié et que tu avais une fille...

Pashed rougit.

— Je vais te présenter ma femme car elle m'a accompagné. Ton père donnera à ma fille la meilleure des éducations. Elle aura les mêmes professeurs que les enfants de ton frère Sutarna.

Comme Thoutmosis IV perdait connaissance, de nouveaux cris alertèrent la foule.

— Par Aton, Thoutmosis IV se meurt, dit Hinutimpet en tremblant. Pashed, joins tes prières aux miennes. Je sais que Pharaon m'a obligée à venir vivre en Egypte alors que tu devais m'épouser. Tu lui en as beaucoup voulu. Peut-être même l'as-tu haï. Mais souviens-toi de l'époque où tu rivalisais avec lui à la course sur le plateau de Gizeh. Vous étiez amis, complices, presque frères.

— Thoutmosis IV répondra de ses actes devant le tribunal d'Osiris comme tous les Egyptiens. Je ne suis pas venu pour le provoquer.

Troublé par la présence d'Hinutimpet, Pashed en oubliait Camita.

— Tu es encore plus belle qu'avant, lui dit-il.

— J'ai été gâtée par Pharaon. Seule la Grande Epouse Néfertary m'évite car elle trouve le roi trop attentionné à mon égard. Mais elle ne me fait aucun mal. Les conseillers du roi m'ont aidée à m'adapter à la cour égyptienne. Certains sont devenus des confidents.

Comme le roi ne revenait pas à lui, les médecins décidèrent de l'embarquer sur le vaisseau royal et de le ramener au palais le plus rapidement possible.

— Tu devrais rentrer, toi aussi, conseilla Pashed. Tu es si pâle ! Je vais te raccompagner et veiller sur toi.

— Pashed, lui dit Menatou en s'approchant,

je m'occuperai moi-même d'Hinutimpet. Ton épouse te cherche et commence à s'impatienter.

— Ce sera mieux ainsi, approuva Hinutimpet. Nous nous verrons plus tard. Promets-moi de ne pas quitter l'Egypte avant de m'avoir raconté ce qui se passe dans mon pays. Je veux savoir si le Mitanni est vraiment menacé par les Hittites. Pharaon a refusé de les aider. Il soutiendra mon père en tous lieux.

Pashed sembla embarrassé.

— Nous en reparlerons plus tard, lui dit-il.

Le Mitannien accompagna Hinutimpet jusqu'à son bateau. Quand il revint, Camita le trouva étrange. Jamais encore elle ne l'avait vu ainsi. Lui d'ordinaire bavard et enjoué se taisait et paraissait subitement taciturne.

— La santé de Pharaon te contrarie, lui dit-elle.

— En effet. Je n'ai pas choisi le meilleur moment pour revenir ici.

— Envisagerais-tu déjà de repartir après un si long voyage ?

— Non. Certainement pas.

Les Egyptiens regagnaient tous leur embarcation à la hâte. Les gardes avaient depuis longtemps emmené Iaret sous les hurlements de la foule.

— Nous devons honorer Amon et lui donner des offrandes, dit Aânen. Le dieu ne doit en aucun cas être délaissé.

Le Grand Prêtre décida, cependant, de rapporter la statue divine au temple de Karnak avant de lui faire des offrandes.

Au moment où les Thébains quittaient la rive des morts, Horemheb rejoignit Pashed.

— Je ne sais si tu te souviens de moi, Pashed.

— Comment aurais-je pu t'oublier, honorable Horemheb ? Aucun soldat ne te vaut.

— Tes compliments me touchent. Sois le bienvenu à Thèbes. J'ai, cependant, une nouvelle désagréable à t'apprendre. Alors qu'il s'apprêtait à faire route pour l'Egypte à la demande de sa fille Hinutimpet, Artatama a disparu.

— Que signifie tout ceci ? Le roi a-t-il été attaqué pendant son voyage ?

— Nous ne savons rien de précis. Nous pensons que les Hittites l'ont enlevé. Le roi du Hatti se trouve actuellement au Mitanni.

Le visage de Pashed s'assombrit.

— Le roi du Hatti a décidé d'attaquer mon pays au moment où je m'absente. Quel manque de chance ! Que comptez-vous faire ?

— Vous soutenir ! Pharaon a accepté clairement d'aider Artatama. Sa fille l'y encourage. J'ai envoyé des espions pour savoir où se trouve le roi du Mitanni. En attendant leur rapport, mieux vaut ménager la princesse Hinutimpet et ne rien lui révéler sur les rumeurs qui courent au sujet de son père...

— Je suis de ton avis, Horemheb. Tiens-moi au courant et j'informerai moi-même la princesse des événements.

Lorsque le général fut parti, Camita interrogea son époux.

— Montons plutôt sur ce navire et rentrons, lui répondit Pashed en esquivant ses questions.

— Tu paraissais très troublé par la présence d'Hinutimpet, lui dit-elle sur un ton de reproche.

— Je l'ai toujours appréciée et je la protège car j'ai pour notre roi beaucoup de respect.

Camita l'observa sans parler. Elle embarqua sans ajouter un mot. Mais son regard ne se détachait pas du visage tourmenté de Pashed. « Que me cache-t-il ? » se demanda-t-elle.

Son époux cherchait des yeux l'embarcation d'Hinutimpet. Il n'avait plus en tête qu'une seule préoccupation : ménager la fille du roi mitannien. Il saurait la consoler de la disparition du pharaon qu'il jugeait imminente et de celle de son père qui l'affecterait tout autant. Les dieux l'avaient envoyé en Egypte pour apaiser ses douleurs et la consoler des épreuves qui l'attendaient.

II

Hinutimpet s'étonna de la présence de Camita au palais.

— Elle demande à te voir, lui dit sa confidente.

— Je ne veux parler à personne, Irinet. Pashed vient de m'apprendre la disparition de mon père. Il a attendu le dernier moment avant de me parler mais personne n'est parvenu à le retrouver. Il m'a affirmé qu'Horemheb avait envoyé des espions dans mon pays et que le roi Artatama demeure introuvable ! Pharaon est incapable de prendre aujourd'hui une décision pour aider le Mitanni.

Comme Irinet allait expliquer à Camita qu'Hinutimpet préférait se reposer, la jeune Mitannienne rentra d'office dans ses appartements.

— Je préférerais te recevoir dans la maison que vient de me donner le roi, lui dit Hinutimpet. Il me faut trouver dans les meilleurs délais une solution pour repousser les Hittites qui menacent notre pays. Pharaon étant toujours sans connaissance, je dois de ce pas m'adresser au prince Aménophis.

— Je connais les problèmes du Mitanni, lui répondit Camita et je ne doute pas que tu trouveras une solution. Mais je m'étonne que tu vives au palais. Les princesses accueillies par Pharaon reçoivent des domaines et des domestiques...

— Je n'ai jamais été exigeante, lui répondit Hinutimpet, car Pharaon a été si attentionné à mon égard que j'ai vécu aussi bien que la Grande Epouse Néfertary.

Hinutimpet trouvait Camita étonnante et belle. Sa longue chevelure blonde l'intriguait.

— Pashed a toujours eu bon goût, lui dit-elle. Je voulais te connaître. Tu as bien fait de venir ici.

— Je suis consciente de ne pas te rendre visite au meilleur moment... Pashed et moi sommes comblés par les dieux. Nous avons une petite fille qui, je l'espère, sera protégée par le roi ton père.

— Camita, je suis étonnée par ton calme et ta confiance. Ta fille se trouve actuellement au Mitanni. Que va-t-elle devenir si les Mitanniens prennent demain les armes ? Les Hittites sont cruels. Ils pilleront nos champs et tueront nos enfants.

— Je connais notre force et l'expérience de notre armée. Jamais les Hittites ne parviendront à nous battre ni même à pénétrer sur nos terres. Je ne sais ce qu'il est arrivé à ton père mais je ne puis croire que le roi du Hatti envahisse un jour notre pays.

— Pashed tient le même discours que toi. Les

espions d'Horemheb ont, en effet, confirmé que le Mitanni n'est pas encore envahi. Je n'en demanderai pas moins au Faucon d'or d'y envoyer une troupe.

Hinutimpet trouvait Camita extrêmement séduisante. Ses manières distinguées, ses gestes harmonieux, sa voix mélodieuse et sa maîtrise d'elle-même la rendaient quelque peu jalouse. Elle aurait bien voulu savoir si Pashed éprouvait pour elle de l'amour ou s'il l'avait épousée pour fonder une famille. Camita ne cessait d'insister sur leur entente et leur parfaite complicité.

Sans en avoir l'air, Camita observait, elle aussi, Hinutimpet. Elle avait souvent entendu le roi parler de cette fille éloignée qu'il aimait plus que ses autres enfants. En ce jour, Camita pouvait constater qu'elle était effectivement belle, cultivée et simple. Même si celle-ci l'avait accueillie froidement, elle devinait, sous cette enveloppe un peu rustre, durcie par les peines, un caractère humain et attachant. Les yeux d'Hinutimpet trahissaient sa douceur et sa grande générosité.

— Pashed ne souhaitait pas revenir en Egypte, dit Camita. C'est moi qui l'en ai convaincu car je voulais visiter le pays ami du Mitanni.

— Connais-tu l'histoire de Pashed ? lui demanda Hinutimpet.

— Oui. Je sais ce qu'il a bien voulu me révéler. Il m'a parlé de sa mère Sheribu, de son père qui était mitannien et du séjour de Sheribu à Thèbes.

— A-t-il également évoqué la raison de son retour au Mitanni ?

— Je suppose qu'il souhaitait connaître son pays puisqu'il avait été élevé en Egypte.

— Sans doute... répondit évasivement Hinutimpet en se demandant si elle allait parler à Camita de ses fiançailles avec Pashed.

Subtile, la jeune Mitannienne comprit probablement que la princesse lui cachait une information sur son époux.

— Peut-être as-tu des révélations à me faire, lui dit-elle. Je n'ai ni ton rang ni ton éducation et je te dois bien des égards. Or, tu me parles d'égale à égale. Aussi puis-je compter sur ta franchise.

— Qu'est-ce qui te fait dire, Camita, que je pourrais connaître mieux que toi la vie de ton mari ?

— Princesse, je suis belle et j'attire beaucoup les hommes car je ne ressemble guère aux autres femmes de nos contrées. Voilà pourquoi Pashed est tombé amoureux de moi. Du moins ai-je la faiblesse de le penser. Que pouvais-je lui apporter d'autre à mon âge que la beauté et des enfants ?

— Où veux-tu en venir ?

— Pashed a toujours été très attentionné à mon égard. Depuis qu'il me connaît, il m'a tout donné. Jamais il ne s'est intéressé à une autre femme. Il est aimant et tendre. Or, depuis que nous sommes arrivés à Thèbes, son attitude a beaucoup changé. Tout d'abord ému jusqu'aux larmes en revoyant la demeure de sa mère, il a voulu s'y installer plutôt que de venir au palais.

Il fut pourtant longtemps ami avec le pharaon à qui il ne m'a toujours pas présentée.

— Pharaon est sans connaissance...

— Je suis au courant. Mais Pashed m'a semblé l'avoir évité à plusieurs reprises. Quand il t'a vue, il a presque oublié mon existence. J'ai compris qu'il te connaissait, toi aussi, depuis longtemps. Désormais, rien ne compte plus à ses yeux que ton bien-être et ta santé. Il envoie des domestiques demander de tes nouvelles à toute heure de la journée. Il ne cesse de rêver. Je ne le reconnais plus.

— Camita, le palais est en deuil. La jeune princesse Tanoutamon vient de quitter ce monde. Néfertary perd là son deuxième enfant alors qu'elle s'apprête de nouveau à être mère. Pharaon se meurt. Comment veux-tu que Pashed ne soit pas perturbé alors qu'on apprend dans le même temps que mon père a disparu ?

L'ombre plongeait les appartements dans une agréable et paisible atmosphère. Les servantes arrosaient discrètement les plantes qui retombaient autour des fontaines. Certaines nettoyaient les mosaïques des sols sans faire le moindre bruit. Quelques oiseaux chantaient timidement aux fenêtres. Les coupes regorgeaient de fruits mûrs.

— Ainsi donc tu ne m'en apprendras pas davantage, insista Camita.

Hinutimpet paraissait hésiter. Camita se méfierait-elle d'elle si elle lui apprenait toute la vérité ? Comme elle tardait à répondre, Camita formula sa question différemment.

— J'ai l'impression que Pashed t'apprécie beaucoup, dit-elle sans détours.

Là encore, Hinutimpet ne répondit pas. Une servante déposa une coupe de fruits secs devant elle en attendant ses ordres mais, au lieu de demander à Camita si elle souhaitait prendre une collation, Hinutimpet renvoya la servante d'un geste.

— Pose tes questions à Pashed, finit par dire Hinutimpet. Peut-être ne t'a-t-il pas tout dit ? C'est lui qui doit te parler de sa vie passée. Pas moi. Sache seulement que j'aime beaucoup ton époux et que je ne souhaite que sa réussite et son bonheur. Je suis sûre que tu lui as apporté ce qui lui manquait.

*
* *

Iaret était partagée entre la révolte et la colère. Elle qui avait tenté de soigner le roi et sa fille se retrouvait emprisonnée dans ses propres appartements gardés par deux soldats d'Horemheb. On lui avait appris que la Grande Epouse avait déjà réuni une dizaine de jurés pour statuer sur son sort.

Maïerperi n'avait pas obtenu l'autorisation de la voir. Toute visite lui était interdite. Parmi les jurés, Néfertary avait choisi des personnages incorruptibles, porte-éventails, hauts fonctionnaires, porte-sandales, en qui elle avait une entière confiance.

— Prépare-toi à affronter les crocodiles, lui dit Horemheb en venant l'informer des événements. Le roi Thoutmosis IV s'est présenté devant Osiris. Aménophis III sera bientôt notre nouveau pharaon.

ments. Le roi Thoutmosis IV est présent devant Osiris. Aménophis III sera bientôt intronisé à sa place.

III

Aménophis avait retrouvé Tiyi avec soulagement. La jeune femme n'avait pas bu la potion que lui avait laissée Menateou. Le prince n'en était pas moins contrarié par l'absence de son épouse à la fête d'Amon.

— Les dieux ont manifesté leur mécontentement. Jamais aucun prince, aucune princesse n'a refusé d'honorer Amon. Ta sœur est passée dans l'Autre Monde. L'Égypte est accablée par la disparition de Pharaon. Les Égyptiens sont angoissés car les vases canopes de la princesse Tanoutamon pourront être déposés dans la tombe de mon père puisqu'elle est morte si jeune.

— Aménophis, comment peux-tu m'accuser d'être responsable de tous ces maux ? Si j'avais été en mesure de venir à la grande fête et si les déesses m'en avaient donné la force, j'aurais accompagné mon époux. J'ai essayé de faire l'impossible. J'ai effectivement embarqué peu de temps après vous mais j'ai dû réintégrer mes appartements au palais. Mes parents sont déjà venus

III

Aménophis avait retrouvé Tiyi avec soulagement. La jeune femme n'avait pas bu la potion que lui avait laissée Menatou. Le prince n'en était pas moins contrarié par l'absence de son épouse à la fête d'Amon.

— Les dieux ont manifesté leur mécontentement. Jamais aucun prince, aucune princesse n'a refusé d'honorer Amon. Ma sœur est passée dans l'Autre Monde. L'Egypte est accablée par la disparition de Pharaon. Les Egyptiens sont anéantis car les vases canopes de la princesse Tanoutamon pourront être déposés dans la tombe de mon père puisqu'elle est morte si jeune.

— Aménophis, comment peux-tu m'accuser d'être responsable de tous ces maux ? Si j'avais été en mesure de venir à la grande fête et si les déesses m'en avaient donné la force, j'aurais accompagné mon époux. J'ai tenté de faire l'impossible. J'ai effectivement embarqué peu de temps après vous mais j'ai dû rentrer précipitamment au palais. Mes parents sont déjà venus me faire la leçon. Tu as tardé avant de me parler...

— Les membres de la famille royale rendent Iaret responsable des malheurs qui nous touchent parce qu'elle aurait administré du poison à Pharaon mais certains prétendent aussi que ton absence a fortement contribué à nous accabler. Néfertary ne te pardonnera pas une telle attitude. Elle a été patiente et compréhensive...

— Ne t'inquiète pas pour la Grande Epouse. Je lui ai tout expliqué ainsi qu'à ma mère et je l'aurais fait devant toi si tu étais venu me demander des explications plus tôt. Elles m'ont toutes deux approuvée.

— Comment est-ce possible ? Est-ce encore une de tes plaisanteries ?

— Aménophis, j'ai été silencieuse et triste ces derniers jours. Je suis encore mécontente de ce qui m'arrive mais Touya m'a fait comprendre que nous devions nous réjouir malgré les malheurs qui touchent les Egyptiens.

— Explique-toi.

— Nous attendons un héritier. En ce jour où Thoutmosis IV a disparu et où tu as appris que tu lui succéderas, je t'annonce qu'un fils ou une fille naîtra de la nouvelle Grande Epouse, enfant conçu par le nouveau pharaon Aménophis III.

Bouleversé par tant d'événements, Aménophis ne savait s'il devait rire ou se lamenter.

— Je suis si accablé par la tristesse de ma mère, par l'aspect de mon père qui ne parlera plus jamais, par la disparition de ma sœur ! Devenir Pharaon et donner au peuple égyptien un héritier comblent mon cœur sans pouvoir effacer ma tristesse. Pourquoi m'as-tu caché cette nouvelle qui aurait réjoui mon père ?

A cet instant, Menatou demanda à parler à Aménophis d'urgence.

— Qu'il entre ! dit Aménophis.

Menatou salua le futur roi et regarda Tiyi avec un air désapprobateur qui n'échappa pas à Aménophis.

— N'aie crainte, Menatou. Je ne te ferai aucun reproche. Tiyi a agi comme elle le devait. Elle n'a pas bu la potion que lui avait apportée Iaret. L'aurait-elle bue que je n'aurais dû m'en prendre qu'à moi-même. Tu approuveras, toi aussi, la princesse lorsque tu sauras pourquoi elle n'a pas pu t'obéir.

Menatou salua de nouveau Aménophis comme pour le remercier de son indulgence.

— Maître, Hinutimpet m'envoie.

Le visage de Tiyi se durcit.

— Avant de mourir, Pharaon a exigé que l'on établît un culte en l'honneur d'Aton.

— Hinutimpet sera satisfaite, ajouta Tiyi. Le roi a même affirmé qu'il voulait voir partout écrit combien il remerciait Aton de l'avoir aidé. Aton va devenir aussi important qu'Amon, Ptah ou Min !

— Il existait déjà un culte en l'honneur d'Aton, répondit Menatou.

— Ce n'est rien en comparaison de ce que je vais organiser, promit Aménophis.

— Seigneur, Hinutimpet prie le Faucon d'or d'envoyer des troupes au Mitanni car le roi du Hatti menace encore de l'envahir.

— Pharaon n'a-t-il rien décidé à ce sujet ? Que t'a dit Horemheb ?

— Rien, Faucon d'or. Tu dois agir.

Aménophis sembla embarrassé. Il n'avait jamais pris une décision de cette importance.

— Je vais interroger Horemheb et les principaux conseillers de mon père. D'ici ce soir, je saurai ce qu'il convient de faire. Dis à Hinutimpet que je m'occupe de ce problème. Avons-nous des nouvelles de son père ?

— Non, répondit Menatou, et la princesse est très inquiète.

— J'irai lui rendre visite.

Tiyi tordit nerveusement sa tunique.

— Maintenant que Pharaon nous a quittés, Hinutimpet voudra peut-être retourner dans son pays, suggéra-t-elle. Tu ne t'y opposeras sans doute pas...

— Je préférerais qu'elle reste en Egypte. J'aviserai à ce sujet...

Etonnée d'une telle réponse, Tiyi demanda à se retirer. Cette attirance que Thoutmosis IV et Aménophis ressentaient pour la Mitannienne l'agaçait. Mais Aménophis lui demanda de rester.

— Va et annonce à Hinutimpet ce que je viens de te dire, conclut-il avec Menatou.

Puis il se montra extrêmement tendre avec Tiyi.

— Tu vas devenir Grande Epouse dès que j'aurai été couronné Pharaon. Je souhaite respecter les choix de mon père. Je ne chasserai aucune femme de son harem pas plus que je ne leur ôterai les biens que Thoutmosis IV leur a donnés. Ce serait faire affront à sa mémoire. Quant à ses épouses secondaires, elles resteront au palais ou dans leur domaine si elles le désirent.

— Et si certaines princesses veulent rentrer dans leur pays ?

— Les rares princesses étrangères qui se trouvent au palais ont été échangées contre de l'or ou données à mon père. Elles restent la propriété de Pharaon. La présence d'Hinutimpet en Egypte a permis au Mitanni de se rapprocher de Pharaon. Mon père a eu une idée excellente en l'épousant. Je l'adopterai volontiers. Hinutimpet aidera Aperhel à honorer Aton. Elle peut nous être très utile.

— Tes paroles laissent-elles entendre que tu serais prêt, toi aussi, à épouser une Mitannienne ?

— Ce projet ne me paraît pas incongru. Je serai peut-être amené à prendre également pour épouse une fille du roi hittite !

Dans les jours qui suivirent, Aménophis s'occupa des préparatifs des funérailles de son père et de sa sœur. Il projeta d'envoyer un détachement au Mitanni et d'en confier la direction à Horemheb mais, après le rapport du général et de ses espions, il ne jugea pas nécessaire d'aider davantage les Mitanniens.

Aménophis eut un long entretien avec Hinutimpet pour lui expliquer que les conseillers de Pharaon n'estimaient pas la menace hittite suffisamment sérieuse pour envoyer des troupes au Mitanni avant l'enterrement du roi.

— J'ai reçu un message de ton frère, lui apprit-il. Voilà ce qu'il écrit à Thoutmosis IV :

« Au roi, Seigneur, mon dieu et Soleil, cette lettre de Sutarna, fils d'Artatama ton serviteur, simple grain de sable et de poussière devant toi, homme humble prêt à brosser tes chevaux. Je suis à tes pieds, mon Seigneur et mon Soleil. Je me couche sept fois devant toi. Quel vassal refuserait d'obéir à un tel maître, fils du Soleil vénéré ? De tous les côtés où je me tourne, je ne vois qu'ombre et nuit mais quand je lève mon regard vers Pharaon, je vois la lumière d'Aton. Que le roi place ses pieds sur ma personne. Je le bénirai et le supplierai de continuer. Que le Seigneur Lumière d'or apprenne que le roi Artatama a disparu pendant son voyage vers l'Egypte. Ses coffres ont été volés et sa garde tuée. Aucun des Mitanniens qui l'accompagnaient n'a été retrouvé vivant. Je prends la direction du Mitanni, propriété du pharaon tout-puissant dont j'attends les ordres. Notre pays est en deuil. Artatama se réjouissait de revoir sa fille, ma sœur Hinutimpet, et de renouveler son amitié au Soleil lumineux Thoutmosis IV. Qu'Hinutimpet surmonte sa douleur. »

Hinutimpet qui n'avait plus aucun espoir retint difficilement ses larmes devant Aménophis.

— Nous avons partagé tant de bons moments, lui dit le Faucon d'or. T'apprendre moi-même cette nouvelle est cruel. Tu peux être rassurée pour ton royaume. Ceux de Babylone et d'Assyrie sont calmes. Seuls les Hittites font quelques tentatives sans importance. Horemheb m'a également signalé des mouvements près de Byblos où un petit Etat refuse la mainmise de l'Egypte sur des possessions asiatiques.

Aménophis préféra ne pas évoquer avec Hinutimpet un ancien traité signé par Thoutmosis III avec les Hittites. Celui-ci scellait l'amitié entre les deux peuples. Thoutmosis IV tenait à respecter, dans la mesure du possible, les termes du traité et avait même accepté que des Hittites de la ville de Kouroustama s'installassent à Memphis. Pour renforcer cette alliance, Aménophis avait conseillé à son père de choisir une épouse hittite ou une fille d'un roi anatolien comme le souverain d'Arzawa dont le pays appartenait à Pharaon. Aménophis avait précisément décidé d'adresser un message à Arzawa pour que l'une des filles du roi lui fût envoyée le plus rapidement possible. Il fit la même requête au roi du petit royaume de Wilusa.

Aménophis s'assura, à la demande de sa mère, que les commissaires des trois régions de Palestine, égyptiens ou autochtones, fussent en bons termes avec les gouverneurs des villes. Il envoya un messager au responsable de la région d'Ougarit qui habitait à Sumur, un autre au gouverneur de Kamid qui dirigeait la plaine de la Bekaa, un troisième à Gaza où résidait le chef de la région côtière, qui semblait parfaitement contrôler sa zone.

Aménophis III avait, cependant, reçu une nouvelle lettre du gouverneur de Byblos, Ribada, qui inquiétait beaucoup Néfertary. Après nombre de messages restés sans réponse, le roi prétendait que le port de Byblos était menacé par Abdi-Achirta, le chef du récent Etat d'Amourrou dont Néfertary venait d'approuver la nomination décidée par Thoutmosis IV. Abdi-

Achirta menaçait d'autres cités comme Sumur, Shigata ou Ambia et souhaitait encourager quelques villes désireuses d'obtenir l'indépendance à entrer en guerre contre l'Egypte.

Néfertary mit son fils en garde : le gouverneur de Byblos avait l'habitude de s'inquiéter sans objet. Si Thoutmosis IV avait choisi Abdi-Achirta, celui-ci devait avoir les qualités requises pour diriger un Etat. Il avait même écrit au pharaon qu'il se considérait comme son serviteur et son amimal domestique et qu'il protégeait pour lui l'Etat d'Amourrou, gardant pour lui les récoltes de Sumur qu'il saurait maîtriser si besoin était. Ses propres fils suivaient son parcours alors que Ribada ne pensait qu'à inventer mille mensonges à ses dépens.

Ribada insistait, en effet, auprès du pharaon en lui demandant si Abdi-Achirta était le roi d'Egypte pour convoiter ainsi toutes les villes de Thoutmosis IV. « Il prétend être aux pieds de son maître alors qu'il est un ennemi de l'Egypte. Il dresse la liste de toutes les villes qu'il veut conquérir et affirme que de nombreux gouverneurs sont moins fidèles que lui ! »

Néfertary était partisane d'envoyer un jeune soldat que le pharaon avait récemment distingué pour mettre un terme à ces agissements. Mais son fils la convainquit que ce n'était là que des querelles de chefs et que toute l'Asie leur était soumise. Le frère d'Hinutimpet proposait même à Pharaon son aide en cas d'attaque contre l'Egypte si lui-même lui envoyait armures, armes et soldats.

IV

Néfertary reçut elle-même tous les fonctionnaires chargés de la gestion des possessions asiatiques de Pharaon. Elle les mit au courant de la situation et leur ordonna de l'informer de tout ce qui se passait dans les pays qu'ils dirigeaient. Comme les simples messagers se plaignaient de la difficulté de leur fonction et des dangers qu'ils devaient affronter, Néfertary leur promit des récompenses. Les messagers avaient l'habitude de léguer leurs biens à leurs enfants avant de remplir leur première mission car ils redoutaient les pirates, les bêtes sauvages et les ennemis de Pharaon. Ils n'étaient jamais sûrs de retrouver leur maison en état à leur retour. Aussi la Grande Epouse se montra-t-elle généreuse envers ces coursiers qui étaient précieux à l'Egypte.

Comme le roi babylonien avait adressé des dons à Thoutmosis IV, Néfertary lui envoya de l'or et recommanda au messager Kassi de donner au roi babylonien de très belles pièces.

— Il s'est déjà plaint auprès de pharaon d'avoir reçu de l'or de mauvaise qualité, lui dit-elle. Je ne voudrais pas que cela se reproduise car il nous envoie des présents magnifiques.

Néfertary se chargea elle-même de la réponse à apporter au fils d'Artatama et la confia à l'un des meilleurs coursiers du roi mitannien, l'efficace Mine, qui ne se déplaçait jamais sans l'interprète Kane, le scribe Asli et deux représentants officiels.

*
* *

Dès le lendemain, Aménophis III envoya de nouveau Irechepa auprès de Tarundaradu, chef d'Arzawa, en lui donnant pour mission de ramener avec lui l'une de ses filles qui recevrait un domaine de la Grande Epouse Néfertary. Bien qu'expert dans ce genre de tâche, Irechepa rappela, toutefois, à Aménophis III que Thoutmosis IV avait déjà envoyé un messager à Tarundaradu qui n'avait pas daigné répondre à une requête formulée oralement.

— Dicte-moi quelques lignes pour que ce message soit crédible, dit-il au Faucon d'or. Sinon, Tarundaradu t'enverra à son tour l'un de ses messagers pour vérifier si mon message vient bien de toi. Il ne confiera pas l'une de ses filles à n'importe qui !

Aménophis III l'approuva et lui certifia que Néfertary s'occuperait des formalités.

— Tu as besoin d'un laissez-passer.

Aménophis III appela son scribe.

— Ecris ! « Aux serviteurs du roi d'Egypte et à la demande du prince Aménophis, fils du défunt Thoutmosis IV. Je t'adresse Irechepa, mon coursier, afin qu'il me ramène l'une de tes filles. Que personne ne s'oppose à son voyage. Donne-lui tous les documents nécessaires à la libre circulation dans ton pays. Qu'il passe les frontières sans prendre de retard. Que mon messager soit exempté des droits de passage ou des taxes. »

Puis il donna quelques recommandations à Irechepa.

— Il te faudra passer par la Palestine. Nos gouverneurs seront informés ainsi que les trois commissaires des régions de Palestine. Tous sont des hommes de confiance à l'exception de l'un d'entre eux qui semble comploter avec des bandes ennemies. Je ferai enquêter à ce sujet. Je vais également informer le Supérieur des régions du Nord, Penhout, qui rassemblera les éléments du dossier de cette mission. Comme il est âgé, je demanderai à Khaemouaset, l'époux de la jeune Mana, chanteuse pendant le culte de Bastet, de l'aider en plus de sa tâche de chef des archers des légions du Nord. C'est un excellent militaire comme tous ceux qui supervisent les affaires du pays du Nord et de la région de Koush. Pharaon tenait, à juste titre, à choisir de bons soldats pour ces hauts postes administratifs.

Satisfait du comportement des serviteurs d'Hinutimpet qui ne vivaient pas tous au palais et qui avaient parfois retrouvé leur totale liberté lorsque la princesse le souhaitait, le pharaon Thoutmosis IV leur avait accordé des droits.

Aucun d'entre eux n'avait semé de troubles en Egypte. Leur conduite étant, au contraire, irréprochable, Thoutmosis IV avait vivement encouragé le roi Artatama à lui envoyer d'autres Mitanniens. Ceux-ci étaient les bienvenus en Egypte. Aussi Aménophis avait-il l'intention de poursuivre cette politique d'échanges et de paix quoi qu'en pensât Tiyi. Connaissant son humanité et sa bienveillance, il savait que son épouse finirait par accepter les Asiatiques avec leurs coutumes et leurs croyances.

Quelques-uns s'étaient même installés à Gourob en suivant l'exemple de plusieurs Hittites. Des artisans venaient également habiter à Memphis ou y vendaient leurs vases qui transitaient par Ougarit. Tous les Egyptiens appréciaient ces objets dans lesquels ils mettaient des produits rares et onéreux.

Les Asiatiques installés en Egypte souhaitaient y être enterrés. Aussi faisaient-ils aménager, dès leur arrivée, des tombes à Gourob ou à Thèbes dans lesquelles étaient déposés, à leur décès, des bagues, des bracelets en faïence, des amulettes, des bijoux en forme d'animaux, singes, bouquetins ou crocodiles. Lorsqu'ils débarquaient sur les bords du Nil, les Asiatiques étaient accueillis chaleureusement. Les Egyptiens reconnaissaient leur bateau à la poupe peinte de gazelles ou de bouquetins porte-bonheur. Les femmes portaient souvent sur le bandeau ornant leur front un animal de leur pays, symbole de joie et de naissance.

Thoutmosis IV avait également eu l'occasion de se féliciter de l'intelligence des enfants des étrangers qui fréquentaient les cours de Memphis. Même leurs noms ne les distinguaient plus des petits Egyptiens qui avaient les mêmes professeurs. Car ils abandonnaient souvent leur propre prénom pour un nom typiquement égyptien quand ils n'y associaient pas une particule égyptienne.

Tous vénéraient les dieux égyptiens à l'instar des Egyptiens qui avaient adopté les dieux asiatiques Rechep, divinité du commerce, Bâal et Seth, Qadesh et Anat, la déesse mésopotamienne Ishtar, honorée par les Hittites et les habitants d'Ebla sur l'Euphrate, que les Chypriotes et les Hourrites adoraient sous le nom d'Astarté, femme du dieu phénicien Melqart.

Aménophis était tant attiré par la déesse Astarté qu'il avait l'intention de faire bâtir un temple en son honneur et de restaurer tous ses sanctuaires. Il se promit de combler la déesse en ordonnant l'embellissement de son temple à Beith-Shan auquel Thoutmosis III avait déjà consacré tous ses soins. Thoutmosis IV y avait vénéré la déesse et le dieu Melqart.

Aménophis avait rêvé qu'il protégeait le site d'une épaisse et haute forteresse, longue de plus de vingt mètres. Son père lui avait parlé des magasins et de la nécropole. Il savait que des soldats, autrefois enrôlés dans l'armée égyptienne, y reposaient avec leurs armes.

Aménophis continuait à prier la déesse Astarté qu'il sollicitait depuis l'enfance. Thoutmosis IV avait demandé à Artatama de lui envoyer pour son fils une statue de la divinité. Il était temps de rendre à Sutarna, qui la réclamait, la déesse bienfaitrice. Celui-ci lui rappelait, en effet, que la divinité avait accepté d'aller en Egypte à condition de revenir chez elle. Comme Pharaon avait eu mille occasions de l'honorer, la déesse lunaire pouvait revenir protéger la famille d'Artatama qui en avait tant besoin.

« Elle doit repartir pour le Mitanni, se dit Aménophis. Elle qui est venue ici au moment du mariage de Thoutmosis IV avec Hinutimpet reviendra pour ma prochaine union avec une autre princesse du Mitanni. »

V

Tous les jurés n'étaient pas unanimes sur la responsabilité d'Iaret dans le décès du roi Thoutmosis IV. Certains, comme le jeune Ramosé et son père, affirmaient que la mère de Maïerperi avait choisi les plantes les plus appropriées pour soigner Thoutmosis IV. D'autres, plus suspicieux, avaient confié à des Crétois la tâche d'analyser les potions préparées par Iaret et n'y avaient trouvé aucune substance dangereuse.

Aménophis réunit quelques-uns d'entre eux et leur demanda quelles étaient leurs conclusions avant le procès.

— N'oubliez pas qu'Iaret était très aimée de Pharaon, dit Aménophis à Nefersekeru et à Kérouef, le fidèle serviteur de Tiyi. Le roi ayant accordé, à sa demande, une tombe dans la Vaste Prairie à son petit-fils Maïerperi, elle n'avait aucun intérêt à le faire disparaître puisqu'elle obtenait tout de lui. Aucune faveur, si grande fût-elle, ne lui était refusée.

— Elle convoite certainement le trône d'Egypte pour son petit-fils.

— Peut-être. Mais Maïerperi est si jeune... Il n'avait aucune chance d'accéder au pouvoir aujourd'hui. Pharaon a des héritiers.

— Reconnaissons que cette hypothèse ne tient pas, dit Kérouef. Nous ne pouvons pas non plus tenir Iaret pour responsable de la mort de Tanoutamon qui était déjà souffrante lorsqu'elle a tenté de la soigner. Aucun médecin n'était parvenu à la sauver.

Chacun approuva Kérouef.

— En réalité, nous n'avons aucune preuve de la culpabilité d'Iaret, conclut Aménophis. Que mon père disparaisse en même temps que sa fille est peut-être une simple coïncidence.

— Avoue, cependant, que cela est étrange, dit Nefersekeru... Pharaon se portait bien.

— Remettez votre jugement entre les mains du dieu Aton, dit Aménophis. Il guidera votre décision. Si Iaret est condamnée aux crocodiles, ce sera ma sanction divine. Elle sera aussitôt exécutée. En revanche, si Iaret est déclarée innocente, elle retrouvera sa place au palais. Ma mère devra s'y résoudre. Je refuse d'écouter les arguments de Maïerperi. Je ne rencontrerai personne d'autre que vous jusqu'au jour du procès si je suis désigné comme le successeur officiel du divin Thoutmosis IV.

Devant le jeune âge d'Aménophis, les conseillers du pharaon défunt avaient, en effet, évoqué la possibilité d'une régence de Néfertary. Mais certains affirmèrent qu'Aménophis était déjà marié, qu'il attendait un héritier et qu'il était suffisamment mûr pour prendre la succession de son père.

Le jour des funérailles approchant, il fut décidé qu'Aménophis recevrait les attributs du pouvoir aussitôt après.

*
* *

L'avènement d'Aménophis III quelques jours après l'enterrement de Thoutmosis IV et la naissance du dernier enfant de Thoutmosis IV devait rester dans toutes les mémoires. Le prince Ahmès fut confié au respectable Horemheb qui donna aussitôt des ordres pour consacrer un pan de sa tombe à la représentation de la princesse Imenemipet avec son frère. Il avait une idée bien arrêtée de l'image qu'il souhaitait laisser de la fille de Néfertary assise sur ses genoux. Entouré de sa mère et d'artistes, Horemheb y rappelait sa fonction au palais. La princesse apparemment heureuse tenait une fleur de nénuphar. Lui qui était avant tout prince, confident de Pharaon, regard du maître, jambes du Seigneur des deux terres, porte-étendard et chef du bétail et des champs d'Amon, directeur des soldats, des prêtres, des scribes de l'armée et de la charrerie et scribe royal, se voyait confier là une autre mission qui ne lui était guère familière mais qui le flattait et qui prouvait combien Néfertary avait confiance en lui.

Aton illumina de tous ses rayons l'avènement d'Aménophis III qui fut favorablement accueilli par les prêtres d'Amon, de Seth et de Min et par les alliés de l'Egypte. La prochaine naissance d'un enfant réjouit le peuple. La jeune Tiyi fut aussitôt adoptée par tous bien que Néfertary, devenue reine mère de Pharaon, eût toujours autant de mal à lui imposer ses volontés et ses conseils. Touya couvait sa fille avec l'angoisse d'une femme qui va devenir grand-mère. Elle trouvait sa fille trop active et trop indisciplinée. Tiyi n'écoutait pas les recommandations des médecins. Il lui arrivait de monter les chevaux de son père malgré son état en soulevant l'inquiétude d'Aménophis. Elle partait parfois seule en plein désert sans avoir daigné informer le moindre conseiller de sa promenade dont elle revenait joyeuse et comblée.

Le peuple égyptien pleurait encore Thoutmosis IV dont il avait apprécié la sagesse et l'équité quand Aménophis décida de prononcer un discours résumant son programme politique. Son père avait disparu si jeune, avant même d'avoir connu sa trente-cinquième année, qu'il lui semblait impératif d'agir vite tant que les dieux lui prêtaient vie.

Le jour même, il se pencha également sur la question de la Nubie. Il reçut des ambassadeurs porteurs de tributs auxquels il parla en présence de sa mère avec calme et fermeté. Certains avaient la peau très noire. Ils portaient de larges anneaux dorés aux oreilles, des pagnes longs et plissés croisés sur le devant, des sandales attachées aux chevilles, des bracelets autour des poignets et en haut des bras, des colliers, des perruques ondulées et une petite coiffe. D'autres, présentant sur des plateaux des pots à onguents et des rouleaux de papyrus, avaient les cheveux tressés et une plume sur le sommet de la tête. Ils avaient jeté sur leur avant-bras une peau de fauve et tenaient des fouets.

Vêtus d'une tunique à manches courtes qui leur arrivait aux mollets, dont la taille et les bords étaient ornés d'une large bande brodée de rosaces, ils portaient deux colliers au ras du cou. A côté d'eux avançait à reculons un jeune Nubien aux cheveux frisés qui guidait du geste et de la parole deux bœufs tirant un char à deux roues. Dans la caisse très étroite se tenait debout une jeune femme vêtue d'une tunique plissée, d'une grande finesse, aux cheveux ornés d'une gigantesque coiffe en forme d'éventail sur laquelle étaient représentées des plumes de paon. Le jeune cocher qui se tenait à sa gauche n'avait guère de place pour tirer sur les rênes et le harnais qui passait entre les deux pattes des bœufs blancs tachés de noir.

Aménophis regarda tout d'abord cette jeune Nubienne au visage impassible, un peu sévère. Elle avait le port d'une reine. Que pensait-elle à cet instant, elle qui ne connaissait pas l'Egypte et qui allait rejoindre les autres femmes du harem de Pharaon ?

Aménophis lui dit quelques mots de bienvenue et lui apprit qu'il était le nouveau pharaon du pays des deux terres. Elle aquiesça et lui sourit enfin.

— Comment t'appelles-tu ?

— Capalescou.

— Je vais informer la Supérieure du harem et la Grande Epouse Tiyi de ton arrivée.

Puis il s'adressa aux deux ambassadeurs en laissant les scribes noter le détail des tributs.

— Amenetep assure la fonction de fils royal de Koush avec une incroyable réussite. Mon père n'a pas eu besoin de se rendre souvent en Nubie pendant qu'il travaillait à Aniba aidé en cela par le gouverneur de Koush et celui d'Ouaouat. Excellent militaire, Amenetep est également un redoutable comptable et un bon administrateur. Il m'a cependant fait remarquer qu'il était fatigué. Trouver un nouveau gouverneur des terres du Sud me paraît compliqué. J'ai songé à Mérymès qui verrait bien son nom inscrit sur les pierres de l'île de Séhel, à Assouan, ou à Tombos avec la mention : « proche du pharaon dans les villes du Sud, chef des chantiers, maître des monts charriant l'or, scribe du Seigneur, flabellifère, chef des troupeaux et des monuments du dieu Amon ».

Les ambassadeurs écoutaient attentivement Aménophis sans oser donner leur avis.

— Amenetep nous a donné beaucoup d'or, permettant ainsi de contenter Amon. Or, j'ai l'intention de poursuivre les travaux de mon père et d'embellir le temple de Karnak. L'or sera utile à mes projets. Amenetep pense maintenant à sa tombe plus qu'à nos mines d'or ou de grès. A Mérymès de le remplacer, lui qui connaît toute la richesse que l'on peut tirer des environs d'Assouan et du Gebel es Silsileh. Mais avant qu'il ne soit entouré d'un personnel nombreux, du porte-sandale Imenmouia et du scribe d'Amenetep, il devra apprendre son métier. Cela réclamera peut-être des années. En attendant, il assistera Amenetep. Vous, Nubiens, vous le considérerez avec les mêmes égards que son maître en sachant qu'il prendra bientôt sa place. Que ma parole circule dans toute la Nubie grâce à vous et que chacun soit informé. Ma Seigneurie n'admettra aucune discussion.

Comme Amenetep avait signalé à la Grande Epouse l'indiscipline d'un meneur d'hommes du nom d'Icheni, Aménophis rappela que toute révolte serait sévèrement punie car les dieux même de Ouaouat acceptaient Pharaon. Il ne manquerait pas de le mentionner, en temps utile, sur une stèle de Bouhen.

— Chacun sait que Pharaon se rend rarement en Nubie et qu'il y va surtout pour ses campagnes militaires. Je n'en suivrai pas moins la politique de Thoutmosis III en créant ou en agrandissant les temples près des cataractes. Il est normal d'honorer les dieux à Quban, là où se trouve l'or apprécié des dieux, et de songer à Amon en faisant bâtir pour lui un sanctuaire non loin de ce village. Tiyi y sera représentée en ma compagnie. Comment oublier les Horus de Bouhen, de Meha et d'Aniba dont je ferai embellir les temples ? J'œuvrerai à Saï là où Thoutmosis III a fait bâtir un temple afin d'y être, comme lui, représenté sur les piliers. Que la reine Tiyi ait également ses constructions à Soleb ou à Sedeinga comme le voulait mon père. J'y serai en compagnie d'Amon, d'Iah, dieu lunaire, d'Atoum d'Héliopolis, de Soped le faucon et de Selkis, le cobra. Qu'une dédicace rappelle sur un lion gigantesque, symbole de Khonsou, ou sur un dromos de béliers, symboles d'Amon, que je suis éternel comme Rê et Aton et que j'agis pour Nebmâtrê.

Aménophis s'arrêta de parler et réfléchit puis, assez content de lui, il avança.

— Avant tout, je veux que les allées menant au temple soient magnifiques. Qu'on y plante les plus belles variétés d'arbres et qu'on y garde un troupeau de béliers pour Amon.

Trouvant cette idée étrange, les ambassadeurs n'osèrent, toutefois, pas la discuter.

— D'autres lieux me plaisent, comme Kawaou Sanam. Il est important que les divinités égyptiennes soient parfaitement implantées en Nubie et qu'Amon y reçoive un culte, que le dieu lunaire ne soit pas oublié face à Aton. Certains égyptiens y ont déjà des tombes semblables aux ouvriers de Deir el Medineh.

Aménophis désigna aussi un nouveau prêtre pur qui prendrait sa fonction à Saÿ, un scribe et un comptable gardien du Trésor qui partirait pour Aniba avec un gestionnaire des prêtres chargés du culte d'Horus et un chef des greniers. Il demanda un rapport sur la sécurité des forteresses nubiennes et remit à plus tard le choix des carriers, des entrepreneurs et des chefs de chantiers pour la construction des temples.

Aménophis III tint aussi à contrôler le commerce effectué avec Mycènes et Rhodes où étaient vendus de nombreux objets égyptiens. Des Grecs traitaient avec des commerçants d'Avaris où étaient particulièrement appréciés les vases crétois. Les Egyptiens de Memphis préféraient les céramiques mycéniennes. Des navires asiatiques partaient régulièrement d'Egypte avec des objets en verre et en ivoire et passaient par Chypre où les marins achetaient du cuivre. Eux-mêmes vendaient leur résine de térébinthe, leur étain et leur pâte de verre.

Aménophis III veilla à ce que les nomades libyens cessassent leurs pillages dans la vallée du Nil. Il leur rappela qu'il avait droit de vie et de mort sur eux et qu'il interromprait tout commerce avec eux s'ils ne restaient pas tranquilles. Mais, alors même qu'il s'apprêtait à leur envoyer un message, Horemheb vint lui apprendre qu'ils venaient encore de sévir à Thèbes et que les ouvriers de Deir el Medineh craignaient pour leur famille.

— Ils se sont réfugiés dans les montagnes. Certains refusent de sortir des temples.

— Nous allons y mettre un terme, lui dit Aménophis en lui donnant des ordres précis.

Comme le jeune pharaon souhaitait aussi encourager le commerce de l'Egypte avec les contrées situées à l'ouest de la Libye où vivaient quelques Thébains, une expédition partit pour la région, évitant ainsi la voie maritime trop périlleuse.

VI

Le scribe royal remplissait des feuilles de papyrus de sa main habile en réécrivant le premier discours politique d'Aménophis. Ces rouleaux seraient ensuite classés dans la Maison de Vie.

Amenhotep, fils de Hapou, avait su décider Pharaon à développer sa ville d'Athribis. Il lui avait fait visiter les environs de l'endroit qui l'avait vu naître, lui avait expliqué une nouvelle fois quelles améliorations le roi pouvait envisager pour rendre la vie des autochtones plus agréable.

— Il fait tellement chaud ici malgré les palmiers qui abritent les toits... Nos champs ont besoin d'être irrigués. Nous devons aménager des canaux d'irrigation.

Après lui avoir fait remarquer qu'il avait déjà demandé bien des faveurs pour les paysans de son village, Aménophis lui rappela aussi qu'il savait mieux que personne combien les canaux d'irrigation coûtaient cher à l'Egypte. Mais cédant à l'un des hommes les plus efficaces de la cour, il finit par lui promettre que tout serait fait pour rendre les champs fertiles.

— J'ai commencé à faire bâtir de petits temples...

— Continue.

— Mais nous aurions besoin d'un clergé pour honorer les dieux...

— Je m'en chargerai.

Rien ne pouvait réjouir autant Amenhotep qui savait combien son père serait ému d'apprendre avec quelle attention le pharaon avait visité Athribis.

Aménophis voulait avant tout poursuivre la politique de son père et donner au peuple une idée précise de son programme. Il souhaitait être très présent à Abydos, à Héliopolis et à Bubastis, faire bâtir à Memphis un temple en l'honneur de Ptah et un Serapeum pour le taureau Apis.

Le scribe trempa de nouveau son calame dans l'encre rouge. Il sortit des pains d'encre durs et demanda à un domestique de les faire fondre sous la chaleur de Rê.

— Quand ils auront ramolli, rapporte-les-moi, souffla-t-il discrètement à l'Egyptien.

Le scribe écrivit lentement tout en cherchant ses mots.

« Le Seigneur des deux terres prévoit devant le temple de Thot à Héliopolis la création de plusieurs statues de babouins gigantesques... »

— Voyons, de combien de babouins Aménophis a-t-il parlé ? D'une vingtaine ? Non, il y en aura davantage...

Ne parvenant plus à se souvenir des termes

exacts du Faucon d'or, le scribe préféra poursuivre.

« Il contentera son épouse Tiyi en faisant aménager un lac et un grand complexe. Thèbes constituera l'une de ses premières préoccupations. Il fera, tout d'abord, agrandir Karnak et se fera élever un magnifique palais sur la rive ouest. Son temple de millions d'années prévu à Kom el Hettan sera le plus grand de tous. Près de lui, le port aura une activité intense. »

Tout en écrivant, le scribe prononçait tout haut les paroles du roi.

« Je veux trouver dans mon temple un sanctuaire de Sokar, des statues de la famille royale et des sphinx représentant Tiyi. Les ouvriers de Deir el Medineh vivent dans une cité dépourvue d'enceinte. Celle-ci a été endommagée. Elle doit donc être réparée. Les artisans seront rassurés en cas d'attaque libyenne. »

La liste des divinités qu'Aménophis voulait combler était longue. A Soumerou serait dressé un temple en l'honneur de Sobek. A Elkab, Aménophis rendrait hommage à son père. Dans l'île Eléphantine, il contenterait Khnoum dont le temple avait besoin d'être restauré.

« Pharaon rendra l'allée conduisant au temple de Louxor plus agréable, notamment par l'élaboration de grands sphinx à tête de béliers que les Egyptiens pourront toucher. »

— Il est vrai que le peuple aime caresser les sphinx par superstition, dit le scribe au domestique qui lui rapportait l'encre demandée.

— Hélas ! répondit le domestique en se courbant. As-tu observé combien les sphinx étaient abîmés dans la ville thébaine et devant les temples ? A force d'être touchés et sollicités, ils deviennent lisses et s'usent sous les doigts.

— Nous ne pouvons empêcher les Egyptiens de faire des vœux. Il m'arrive d'agir de même.

Le scribe continua son texte après avoir de nouveau imbibé son calame d'encre.

Le gigantisme voulu par Aménophis tranchait avec les projets des rois précédents. Aménophis III souhaitait une statue immense devant l'un des pylônes de Karnak. Il ne concevait pas son temple de millions d'années sans plusieurs colosses que les Thébains pourraient distinguer de loin. Quand il voyait la statue d'Hatchepsout sur son temple du Djeser Djeserou, Aménophis III évoquait systématiquement sa mère Moutemuia ou son épouse qu'il voulait pareillement honorer.

— Je veux pour elles des statues encore plus grandes. Je souhaite que tout étranger en visite à Thèbes les voie de la rive est.

Certaines de ces statues devaient être sculptées dans le quartzite.

— Je ferai déplacer ces statues lors des fêtes importantes. Nous utiliserons alors des traîneaux immenses.

D'autres effigies permettraient au peuple de s'adresser au roi et de l'honorer comme s'il priait une divinité.

Aménophis semblait avoir songé à tous les détails. Nulle réalisation, nul choix de site n'était gratuit. Il réfléchissait longuement avant de désigner telle ou telle ville pour la construction d'un temple. Il avait parcouru toute la rive ouest pour trouver le meilleur des endroits afin d'y ordonner la construction de son temple. Il avait lu tous les rapports de ses fonctionnaires pour savoir si tel ou tel temple nubien devait être restauré.

Le roi commanda aussi des dizaines de statues de Sekhmet pour apaiser la déesse génératrice de maux qui se montrait douce et compréhensive lorsqu'elle était honorée. En construisant pour elle un sanctuaire en Moyenne-Egypte, Hatchepsout avait su l'amadouer.

— Où ces statues seront-elles placées ? demanda tout haut le scribe.

— Si tu me permets d'intervenir, maître. J'étais devant la porte lorsque Aménophis a parlé de cette création. Je ne crois pas qu'il ait précisé ce qu'il comptait en faire. Peut-être ne le sait-il pas encore lui-même...

— Es-tu sûr de ce que tu avances ?

— Oui, maître. A moins qu'il ne l'ait dit quand j'étais absent au début de son discours, je peux affirmer qu'il est resté très vague sur ce point.

*
* *

Pour plaire à son père, Aménophis convoqua Aperhel qui était chargé du culte d'Aton et lui demanda s'il avait réfléchi à la manière dont un culte pouvait être rendu au dieu solaire dans toutes les villes égyptiennes.

— J'y travaille, maître, lui répondit le prêtre. Hinutimpet m'aide dans ma tâche. Elle seule sait préparer le breuvage amer que les Egyptiens boivent avant de vénérer Aton et de mieux entrer en contact avec les désirs divins.

— Connais-tu les secrets de cette potion ? La princesse m'en a préparé mais j'ai trouvé ce liquide très âpre, presque imbuvable. La Grande Epouse se refuse à y goûter car elle n'a pas confiance en Hinutimpet. Elle prétend même que ce breuvage pourrait tous nous tuer !

Le prêtre sourit.

— J'ai confiance dans la bonté et le savoir d'Hinutimpet. Je ne puis te révéler ses secrets. Je ne connais pas moi-même toutes les plantes qu'elle utilise pour préparer ses potions. Mais elle en a fait venir de tous les pays. Elle les attend parfois pendant plusieurs semaines, les commande aux chefs partant en expéditions, refuse de substituer une plante à une autre. Je l'ai vue donner des instructions très précises au chef de l'expédition partie récemment à l'ouest de la Libye.

— Et toi prêtre, as-tu bu cette potion ?

— A chaque fois que je vénérais Aton lorsque j'ai été nommé prêtre du dieu solaire. Aujourd'hui, ce rite est pour moi inutile. La potion doit être servie aux nouveaux adorateurs du Soleil.

— Je me demande si Thoutmosis IV en a bu.

— Hinutimpet lui en a donné une coupe quelques jours avant sa disparition. Pharaon en a été transformé. Le lendemain, il bénissait Aton de l'aider dans ses campagnes et de lui faire remporter des victoires.

— J'avais bien noté un changement dans son

attitude et dans l'intérêt qu'il portait au dieu. Lorsque Hinutimpet est arrivée à Memphis, il s'irritait de son discours qui privilégiait le seul dieu Aton. Il me déconseillait même d'écouter la princesse. Mais, peu à peu, Pharaon s'est montré plus attentif aux propos de son épouse mitannienne. Je crois qu'elle a su le convaincre du bien-fondé de ses croyances.

— Thoutmosis IV a toujours vénéré Aton comme le faisaient nos ancêtres bâtisseurs de pyramides...

— J'en ai la preuve car je l'ai vu moi-même prier le dieu Soleil. Mais il craignait qu'Amon ne s'en offusquât à Thèbes et que Ptah ne se fâchât à Memphis. Or, ses dernières paroles ont été pour le dieu Aton tout-puissant. Il m'a ordonné d'en faire un dieu supérieur aux autres et de l'honorer avec des temples et des monuments exceptionnels.

— Tu sembles avoir été surpris par un tel discours.

— Je l'avoue, prêtre. Thoutmosis IV paraissait avoir pris soudain conscience d'une évidence juste avant de nous quitter. Est-ce la boisson d'Hinutimpet qui a agi sur son esprit ?

— Le dieu Aton est si puissant qu'il est capable de nous transformer, répondit mystérieusement le prêtre. La Grande Epouse royale Tiyi a eu des apparitions et bien qu'elle refuse encore de le reconnaître, elle a été éblouie par la force d'Aton. Menatou m'a expliqué comment le dieu s'était présenté devant elle alors que l'astre se couchait. Le ciel s'est soudain illuminé avec un tel éclat qu'il faisait clair comme en plein jour. Mais seule la Grande Epouse a pu constater cet étrange phénomène. Alors que tu étais à côté d'elle, tu n'as rien vu. Menatou m'a affirmé que tu avais continué ton entretien sans t'interrompre.

— Mon chambellan aurait donc vu ce phénomène bizarre ?

— Il me l'a affirmé avec une certaine crainte. Il a été surpris de constater que personne ne semblait troublé à l'exception de la Grande Epouse.

— Tiyi n'en honore pas pour autant Aton. Elle lui donne des offrandes comme aux autres dieux.

— La Grande Epouse sera obligée de reconnaître sa toute-puissance.

Aménophis réunit aussitôt les meilleurs de ses architectes. Abandonnant provisoirement les travaux qu'il dirigeait à Medinet el Gourob, Amenhotep, fils de Hapou, arriva en tête au palais thébain en compagnie de l'artisan Souty. Aménophis lui ordonna de faire graver des textes en l'honneur d'Aton sur de nombreux monuments.

VII

Tiyi ne pouvait ignorer les décisions de son époux. Elle ne parvenait pas non plus à oublier cette vision étrange qu'elle avait eue en compagnie de Menatou. Mais elle était trop préoccupée par les directives que Néfertary donnait à son sujet pour prendre parti. La reine mère envoyait chaque jour des médecins à son chevet. Tous lui proposaient des potions pour la soulager de divers maux qui lui rendaient la vie difficile. Certains prétendaient avoir le remède le plus efficace contre les nausées, d'autres des mélanges magiques pour soigner les vertiges.

Néfertary avait également donné des ordres précis au sujet de l'emploi du temps de Tiyi qu'elle comptait entièrement contrôler. Malgré sa peine et ses préoccupations et bien qu'elle fût accaparée par son dernier fils, rien ne l'intéressait autant que l'état de Tiyi.

— Quelle nourrice donnerons-nous à cet enfant ? demanda-t-elle à la jeune femme. Méryt ? S'il s'agit d'un garçon, il lui faudra un précepteur.

— Je souhaite m'occuper moi-même de cet enfant toutes les fois que je le pourrai, lui répondit Tiyi.

— Mon petit, tu dois assumer ton titre de Grande Epouse royale. Tu auras bien d'autres occupations que de t'occuper de cet enfant. Nous avons au palais de Thèbes et de Memphis les plus douces des nourrices. Heqarchar est trop âgée pour assumer ce rôle mais il y a aussi Imenmipet, la nourrice d'Aménophis. Quant aux précepteurs, je pense à Méryrê qui a souvent remplacé le regretté Heqerneh.

— Ma mère m'a parlé de ces obligations, de tes choix, Grande Epouse divine, et de mes devoirs. Chaque nuit, Hathor vient me visiter. Elle m'affirme que je dois veiller moi-même sur mon enfant.

— Je faisais les mêmes rêves, Tiyi, car nous portons en nous un don des déesses et nous voulons lui offrir ce qu'il y a de mieux au monde. Il nous rappelle sans cesse qu'il existe et qu'il a besoin de nous. Mais nous ne sommes pas des femmes ordinaires. Nous ne pouvons donc agir comme de simples Egyptiennes.

— Je suis consciente de mes obligations. Je travaillerai auprès d'Aménophis. Je ferai tout ce qu'il me demande. Mais je souhaite, si je le peux, garder un peu de temps pour mes enfants.

Néfertary s'irrita de son obstination.

— Tu devras te plier aux volontés de Pharaon et du clergé.

— Je le ferai, répondit Tiyi. Mais je ne changerai pas d'avis !

Néfertary préféra parler à Touya en exigeant d'elle qu'elle raisonnât sa fille.

Alors que Tiyi était partie en plein désert au détriment de toutes les recommandations de la reine mère et qu'elle avait réussi à tromper la vigilance des gardes, Néfertary alla elle-même rendre visite à Touya.

Quand elle arriva dans la maison familiale, Touya surveillait le travail d'un ébéniste qui achevait de sculpter deux magnifiques fauteuils. L'un des sièges était manifestement conçu pour un enfant, l'autre, un peu plus grand, aurait pu servir à un adolescent. L'artiste dorait avec beaucoup de minutie le fauteuil en cèdre le plus haut tandis qu'un dessinateur esquissait quelques ébauches pour l'ornementation des deux pièces d'une remarquable qualité.

Touya observait chaque détail tout en faisant part de ses réflexions. Elle réclamait plus de couleur ou de dorure et guidait la main habile du dessinateur. Lorsqu'elle vit la reine, Touya la salua avec beaucoup d'égards et s'étonna de cette visite imprévue.

— Si tu voulais me voir, Reine divine, il fallait m'envoyer l'un de tes messagers. Je me serais immédiatement déplacée.

— Je le sais, Touya. Mais j'avais besoin de sortir du palais pour réfléchir.

Néfertary admira les dessins de l'artiste qui voulait se retirer après l'avoir saluée. Sur ses fresques, un enfant tenait des nénuphars à côté d'une femme. Derrière elle avançait une jeune fille admirablement vêtue.

— Cette femme ressemble à Tiyi, dit Néfertary, pensive.

— C'est bien ma fille, répondit fièrement Touya.

— Et cet enfant ? On ne devine guère son visage. Est-ce un garçon ou une fille ?

— Il s'agit de l'enfant que Tiyi va mettre au monde. Nous ne connaissons pas encore son sexe bien que tous les signes laissent entendre que ce sera sans doute une fille.

— Quel nom Aménophis a-t-il choisi ? J'en suggérerais bien un mais Tiyi risque de s'y opposer en prétextant encore une fois qu'elle souhaite seule décider de tout ce qui concerne son enfant !

— J'ai entendu parler de Satamon, répondit évasivement Touya en comprenant que celle qu'elle considérait comme une amie était très agacée par l'esprit d'indépendance de Tiyi.

— Et la seconde jeune fille ? Est-ce une sœur espérée ? Tiyi ne souhaite-t-elle pas un héritier ?

L'artiste continuait à dessiner autour des trois personnages le petit navire qui progressait dans les marais du Fayoum. Il prit un autre papyrus et acheva le portrait d'une jeune fille assise qui se parait de bijoux en or rapporté de Nubie.

— Satamon ? demanda Néfertary.

— Elle-même telle que nous l'imaginons dans quelques années.

— Tu dois être heureuse d'être bientôt grand-mère grâce à Hathor, ma chère Touya, dit Néfertary.

Les yeux brillants de Touya remplacèrent toutes les réponses.

— Je suis très inquiète, Touya. Peut-être avais-tu raison en me mettant autrefois en garde contre ta fille.

Surprise d'entendre la reine mère remettre en cause son propre jugement, Touya lui demanda des explications.

— Tiyi refuse de voir les médecins et de prendre des médicaments. Elle ne se repose jamais alors que sa grossesse arrive à son terme. Elle monte même à cheval au risque de se tuer ! Plus je lui parle et tente de la raisonner, plus elle m'évite !

— Où est-elle ?

— Elle est partie à cheval sans prévenir les gardes. Personne ne sait dans quelle direction elle a été. Je n'ai pas encore prévenu Aménophis. Mon fils est si accaparé ces derniers temps que je ne souhaite pas l'inquiéter davantage.

— J'ai confiance en Tiyi. Je la sens forte et assistée des dieux.

— Elle peut faire une chute de cheval et mourir sous les rayons de Rê à l'écart de tous ! Elle peut ressentir des douleurs ou avoir des vertiges.

— Elle monte comme une déesse.

— Personne n'est à l'abri d'un malaise.

— Son cheval la ramènera jusqu'ici. Il est plus fidèle qu'un chien et parfaitement dressé.

— Tu es trop confiante, Touya. Tout le palais est en effervescence depuis l'escapade de Tiyi.

— Ne la brime pas. Evite de lui donner des ordres toute la journée. Peut-être t'écoutera-t-elle d'une oreille plus attentive...

— Comment oses-tu me parler ainsi ?

— Grande Epouse, tu as affirmé toi-même

que tu me considérais comme ta sœur et ta confidente. Je te parle avec mon cœur, loin de tout témoin. Je n'en respecte pas moins la Grande Aimée d'Hathor et de Maât.

— J'ai tout essayé. Je crois que Tiyi refuse d'écouter qui que ce soit. Toi seule peux la raisonner et lui expliquer qu'elle ne pourra garder sa place si elle continue d'agir ainsi.

— Elle est maintenant Grande Epouse et toi reine mère même si le peuple et les courtisans te donnent encore tes anciens titres. Elle décide de faire ce qui lui semble bon. Nous ne pouvons pas lui donner d'ordres. Elle est toute-puissante devant les dieux. Il faudrait qu'Aménophis lui parle sévèrement et lui fasse comprendre qu'elle met sa vie et celle de notre famille en danger.

— Tu as raison, répondit Néfertary. Seul mon fils peut changer son comportement.

VIII

Tiyi s'était éloignée des pistes. Accaparée par ses pensées, elle n'avait pas pris garde à l'endroit où la conduisait son cheval. Après avoir quitté le palais à l'aube à l'insu des gardes, elle avait suivi le chemin qui longeait le Nil avant de quitter Thèbes et de s'enfoncer dans le désert. Bien qu'elle ait l'habitude de venir dans ces plaines arides entourées de monts peu élevés mais pelés, elle s'était avancée plus loin qu'à l'accoutumée et se rendit subitement compte qu'elle ne connaissait pas le lieu où elle arrivait.

Elle ressentit plusieurs douleurs au ventre et se courba sur son cheval en retenant un cri.

— En songeant que Nebekabeni, l'enfant chérie de la nourrice Amis, décorative royale qui allaite les dieux, ferait une nourrice idéale pour Satamon, « la fille d'Amon », je me suis trompée de piste. Je suis complètement perdue. Comment vais-je retrouver mon chemin ?

Elle emprunta une voie qui passait entre deux monts en revenant sur ses pas. Mais au bout de quelques instants, elle comprit qu'elle tournait en rond. Des douleurs dans le dos la firent sursauter. Elle se tint les reins et se sentit soudain exténuée. Son front était ruisselant de sueur. Elle avait terriblement chaud. Son cœur s'était mis à battre à toute vitesse. Elle ferma les yeux pour éviter de tomber de cheval.

— Je perds conscience. Je dois retrouver à tout prix mes esprits sinon je suis une femme morte !

Son cheval attendait un geste pour avancer. Tiyi préféra, cependant, se laisser glisser à terre en se retenant au harnais. Elle marcha en titubant jusqu'au pied d'un mont et s'assit près d'une cavité pour s'abriter du soleil. Puis elle but une grande rasade d'eau. Mais elle ressentit subitement en renversant la tête pour porter de nouveau la gourde à ses lèvres une présence tout près d'elle. Elle se retourna légèrement et discerna des lionceaux dans la grotte.

— Je ne dois pas rester ici. La lionne a dû partir chasser. Si elle revient, je lui servirai de proie.

Elle tenta alors de se lever mais elle tituba et s'effondra devant l'antre. Un rugissement la fit frémir. Intriguée par les cris inhabituels des lionceaux, la lionne revenait à la hâte, une proie dans la gueule.

— Que dois-je faire ? Elle m'a vue.

Tiyi siffla son cheval en espérant pouvoir se remettre en selle. La lionne se dirigeait vers elle quand un trait la fit rugir de douleur. Elle venait d'être sérieusement blessée au flanc. Une autre flèche la frappa sur le dos et l'obligea à se coucher. Une troisième, bien ajustée, l'immobilisa. L'animal restait inerte, la tête renversée sur le côté et la langue pendante, en respirant fortement.

— Que fais-tu là, jeune fille ? lui demanda le chasseur en reprenant ses flèches et en les nettoyant.

— Aide-moi à me relever.

L'Egyptien la prit par les épaules et l'aida à se lever. Il comprit qu'elle attendait un enfant et s'étonna plus encore de son escapade.

— Où sont tes amis ? Tu ne t'es pas aventurée seule ici et dans cet état !

— Hélas, si. Je me rends compte que c'était très imprudent de ma part. Fais attention. Des lionceaux se trouvent dans cette grotte.

— Je vais attacher cette lionne et nous allons la rapporter à Thèbes.

— Nous ? Tu n'es donc pas seul ?

— Non, contrairement à toi, je suis venu avec mon très jeune frère Moïse. Je m'appelle Nabi et je suis le fils d'Abraham.

— Je suis ravie de te connaître. Sans toi, je crois bien que je serais maintenant devant Osiris. Je connais bien les fauves et j'ai senti que cette lionne ne m'aurait pas épargnée !

— J'avoue ne pas être mécontent d'avoir croisé ton chemin car je vais ainsi rapporter un beau butin chez moi alors que nous n'avions attrapé jusque-là que des lièvres !

— Aide-moi à monter sur mon cheval. Je souhaite rentrer le plus rapidement possible.

— Il serait préférable de voyager dans notre char. Nous allons y attacher ton cheval.

— Penses-tu que je suis incapable de monter ?

— Oui. Ce ne serait pas raisonnable.

Tiyi hésita avant d'accepter son offre. Moïse les rejoignit et chercha à en savoir plus sur l'identité de la jeune femme.

— Je t'ai déjà rencontrée, dit-il.

Il examina la beauté et la finesse de ses vêtements.

— Ton mari est sans doute très riche.

Comme Tiyi se contentait de sourire en s'allongeant sur les coussins ordinaires qui se trouvaient au fond du char, Moïse insista.

— Pourquoi nous caches-tu ton nom ? As-tu peur que nous parlions de ton escapade à ton mari ?

Puis il poussa un cri comme s'il avait devant lui Thoutmosis IV en personne.

— Tu es la Grande Epouse Tiyi, dit-il en tombant à genoux. Nabi ! Il s'agit de la femme d'Aménophis III ! Je ne puis le croire ! Raconte-moi ce qui s'est passé ! Il est inconcevable que tu te retrouves seule ici sans garde !

Parce qu'elle était très lasse, Tiyi le pria de la raccompagner au palais sans poser de questions.

— Ne crois pas, Nabi, que je ne souhaite pas te répondre. Mais, comme tu as pu le constater, j'attends un prince ou une princesse. Or, perdre cet enfant engendrerait de nombreux problèmes. Je doute même que la famille royale me le pardonne. Je m'en remets donc à ta bonté. Sache que la Grande Epouse et le pharaon savent distinguer leurs amis de leurs ennemis et qu'ils se montreront très généreux envers la famille d'Abraham si tu agis comme je te le demande.

— Nous sommes à tes ordres, Grande divine,

lui répondit humblement Nabi. Une des épouses de Thoutmosis IV nous parle souvent de la cour et des idées politiques et religieuses de Pharaon.

Tiyi se montra intriguée. Tandis que les deux Hébreux prenaient le chemin du retour, elle chercha à savoir quelle femme s'entretenait ainsi avec une famille étrangère installée à Thèbes.

— Il s'agit d'Hinutimpet, répondit Nabi.

— Elle est généreuse et compréhensive, ajouta Moïse. Grâce à elle, plusieurs d'entre nous ont obtenu un poste au palais. Thoutmosis IV écoutait ses conseils d'une oreille attentive. Nous sommes satisfaits de servir Pharaon même si nous n'avons pas toujours les mêmes conceptions de la vie que les Egyptiens.

— Croyez-vous, vous aussi, en l'existence du dieu unique Aton ?

— Non, Maîtresse. Nous vénérons un dieu comme nous l'a enseigné notre ancêtre Abraham mais il ne s'agit pas d'Aton.

— Mais de qui s'agit-il ? s'étonna Tiyi en oubliant presque ses douleurs. De Min ? De Ptah ? D'Amon ? D'Horus ? D'un dieu asiatique ? nubien ?

— Il est tout-puissant et prépare pour nous une existence meilleure.

— Comment le savez-vous ? Des devins vous l'ont-ils prédit ?

— En quelque sorte, répondit Nabi en riant. Maîtresse des deux terres, je préfère que tu parles avec notre père si tu souhaites en savoir plus. Il te dira tout ce que tu dois connaître à notre sujet.

— Tout ce qu'Hinutimpet sait déjà...

— Absolument.

— J'ai longuement entendu parler des contrées dont vous venez. Le pharaon Thoutmosis III les avait parcourues. Il nous a laissé des rapports intéressants sur ses campagnes. Aménophis II évoquait souvent les dieux asiatiques. Nous les connaissons tous en Egypte. Ils sont nombreux et ont parfois été assimilés à nos propres divinités.

— Mais notre dieu est supérieur à tous.

Tiyi préféra fermer les paupières et se reposer. Le char avançait lentement sur la piste de sable doré. Près du véhicule, les deux frères chevauchaient tranquillement en observant les crêtes des monts. La lionne abattue gisait non loin de Tiyi sous une couverture. Son cheval, attaché à l'arrière du char, suivait au pas. Aucun bruit ne venait troubler le repos de la Grande Epouse qui se laissait bercer par le mouvement régulier du char penchant tantôt à droite, tantôt à gauche.

« Qui sont donc ces Hébreux ? se demanda-t-elle. Puisque certains servent au palais, je devrais mieux les connaître. Ils me paraissent serviables et pacifiques. Je n'interrogerai pas Hinutimpet à leur sujet. Je préfère convoquer Abraham au palais. »

Quand le char arriva aux portes du palais, les gardes se précipitèrent pour prévenir Néfertary. Celle-ci vint accueillir Tiyi en personne.

— Que fait la Grande Epouse dans cette tenue et dans ce véhicule avec des étrangers ? lui demanda-t-elle sévèrement. Oublierait-elle qu'elle attend un enfant de mon fils ?

Tiyi réclama de l'aide.

— Vite ! Que les médecins auscultent la reine ! dit Néfertary en se rendant soudain compte de la faiblesse de sa belle-fille.

Moïse et Nabi furent bientôt entourés de gardes et de médecins. Tous donnaient leur avis et leurs conseils. Ne sachant que faire, ils attendirent que Tiyi fût emmenée à l'intérieur du palais et jugèrent bon de se retirer.

— Nous allons emporter le cheval de la Grande Epouse à l'écurie, leur dit Menatou. Vous reviendrez voir la reine plus tard. Je suis certain qu'elle voudra vous parler.

— L'Aimée d'Amon vous dira ce qui s'est passé.

— Je crois avoir compris, répondit Menatou en souriant. Je te connais, Moïse. Reprenez votre travail. Je vous enverrai un messager lorsque Sa Majesté l'aura décidé.

Les deux Hébreux le saluèrent et rentrèrent chez eux. Tous deux étaient conscients d'avoir vécu des instants exceptionnels.

— A quoi songes-tu, Nabi ? lui demanda Moïse.

— Que notre reine est magnifique et qu'elle a les plus beaux yeux du monde !

IX

Aménophis se hâta de rejoindre le temple de Medinet Habou en apprenant que les ouvriers de Deir el Medineh s'y étaient de nouveau réfugiés. Sa garde le suivait au galop.

Le pharaon s'arrêta devant le petit temple de Thoutmosis et descendit promptement de cheval. Puis il se dirigea d'un bon pas vers l'entrée du temple.

— Ouvrez ces portes ! cria-t-il.

Il avança au centre de la cour et harangua les artisans de sa voix puissante et autoritaire.

— Les Libyens se trouvent loin d'ici. Je viens de recevoir les rapports de mes espions. Vous m'avez obligé à faire tout ce chemin pour rien alors que je me trouvais à Memphis. Le vizir vous a, pourtant, informés de la situation. Avez-vous un porte-parole ?

Un peintre sortit du groupe et vint saluer le roi.

— Bien ! Explique-moi, par Horus, pourquoi vous avez quitté Deir el Medineh. Je vous avais pourtant promis de vous protéger. Je vous avais envoyé un message pour vous rassurer.

— Maître des deux terres, les Libyens ont déjà menacé notre village et nos familles. Nous les redoutons. Le bruit a couru qu'ils se trouvaient aux portes de Thèbes.

— Les Libyens sont les serviteurs de Pharaon. J'ai envoyé chez eux de nouvelles escortes chargées de les surveiller. En outre, j'ai ordonné de construire autour de votre village une enceinte suffisamment haute pour que vous vous sentiez à l'abri. Ce mur sera gardé nuit et jour.

— Seigneur, des gardes se trouvent déjà aux quatre portes de notre village. Les Libyens ne cessent pas pour autant leurs menaces.

— Mes ancêtres avaient décidé de placer un gardien à chaque porte mais j'ai pris la décision, moi, Aménophis III, de mettre des soldats tout autour de l'enceinte. Personne n'osera approcher. Vous vivrez en paix. Vos enfants pourront jouer en toute liberté. Vos femmes s'occuperont de vos maisons lorsque vous travaillerez dans la nécropole royale. Vous devez maintenant regagner vos demeures. Les temples ne sont pas des lieux d'asile !

Comme les ouvriers ne bougeaient pas, le pharaon haussa la voix et ordonna à ses soldats de faire sortir tous ceux qui avaient envahi les lieux.

Alors que les derniers ouvriers quittaient le temple, la tête basse, un peu honteux d'avoir cédé si vite à la panique, un messager arriva au galop de la rive est.

— Maître, maître ! La reine mère te demande !

Le messager se prosterna devant le roi et lui donna des explications.

— Horus tout-puissant, tu dois revenir le plus vite possible au palais. La divine Néfertary te cherche partout.

— Que se passe-t-il ? Je viens de quitter la rive opposée...

— Maître, un grand événement vient de se produire !

— Vas-tu m'en dire davantage au lieu de parler par énigmes ?

— Hélas, je ne puis. Seule la Grande Divine a le droit de te parler.

— J'exige que tu m'en dises plus ! insista Aménophis, déjà irrité par l'attitude des artisans.

— La Grande Epouse Tiyi a eu un accident... Elle est partie seule dans le désert. Deux hommes l'ont ramenée au palais. Elle était très faible...

— Que me dis-tu là ? s'exclama Aménophis en remontant sur son cheval.

Il donna des ordres pour qu'on reconduisît les ouvriers dans le Village de l'Equité puis il fit signe aux gardes de le suivre. Le messager se mit à sa hauteur comme il le lui demandait.

— Que sais-tu d'autre ? La vie de la reine est-elle en danger ?

— Quand j'ai quitté le palais, elle venait d'aller se reposer. Elle souffrait mais les médecins étaient très optimistes et soulagés de revoir leur reine.

— Ce sont souvent des incapables ! Leur

science est limitée ! Ils ont été impuissants face à la maladie de ma sœur et n'ont pu guérir Pharaon. Leur verdict ne me rassure pas !

Aménophis donna deux violents coups de talon dans les flancs de son cheval qui accéléra son allure. Quand il arriva au bord du Nil, il monta sur le navire royal et laissa l'équipage s'occuper des chevaux qui furent placés sur des barges solides.

— Ne laissez pas le vent guider notre traversée. Ramez ! Et vite !

Tous les Egyptiens s'activèrent pour faciliter le parcours du roi qui arriva très rapidement au palais où régnait une atmosphère joyeuse.

— Où se trouve ma mère et que signifient ces pleurs ?

— Maître, nous pleurons de joie, lui dit Irinet quand il approcha des appartements de Tiyi.

— Que se passe-t-il ?

— Seigneur, la reine nous a fait très peur car son escapade l'a considérablement fatiguée. Cette lassitude a déclenché de grandes douleurs. Quand elle est rentrée, elle paraissait si éreintée ! Au moment où elle s'endormait, les douleurs sont revenues, plus vives et plus fréquentes. L'accouchement était déclenché. Une petite fille est née peu de temps après.

— Une petite fille ? répéta Aménophis. Mais les déesses n'avaient pas prévu qu'elle naisse si tôt... Elle ne va pas survivre à cette naissance prématurée...

— Maître, elle respire et pleure normalement. Bien qu'elle soit petite, elle est très belle. Nous sommes si heureux !

— Relève-toi, Irinet. Je veux voir ma fille et sa mère. Puisque tu es ici, je pense qu'Hinutimpet est venue rendre visite à la reine.

— Elle est ici, répondit Irinet.

— Serais-je le dernier à voir mon enfant ?

Aménophis était très ému lorsqu'il entra dans la pièce. Il trouva Tiyi très belle. Elle n'avait pas perdu ses couleurs et refusait de dormir comme l'y invitaient les médecins. Elle ne voulait pas non plus leur confier sa fille.

— Aménophis ! cria presque Néfertary en se précipitant vers le roi. Tu arrives à point nommé. Tu dois absolument raisonner ta femme. Tiyi doit se reposer. Mettre au monde un enfant est éprouvant !

Aménophis lui prit les mains sans rien dire. Il n'avait d'yeux que pour le petit être que Tiyi tenait contre elle.

— Aménophis, lui dit-elle d'une voix calme, voilà ta fille Satamon. Es-tu heureux ?

Très troublé, le pharaon se pencha au-dessus du visage de sa femme qu'il félicita. Touya, Youya et Néfertary retenaient leur souffle. Le pharaon serait-il satisfait ? Voulait-il un garçon ?

— Les dieux me comblent ! dit-il. Nous offrirons les plus belles offrandes à tous les dieux égyptiens. Satamon est la lumière de ma vie. Tiyi est ma joie.

Aménophis s'inquiéta de nouveau de la fragilité de sa fille.

— Est-elle réellement hors de danger ? Ne va-t-elle pas mourir de faiblesse ? Elle est si chétive...

Il regardait cet enfant comme un être surnaturel dont les traits l'étonnaient.

— Pourquoi ne cesse-t-elle de pleurer ? Cette rougeur m'effraie !

— Elle manifeste ainsi sa colère, lui répondit l'un des médecins. Nous devrions la placer dans son berceau et la laisser se reposer en paix. Trop de monde tourne autour d'elle. Ce brouhaha lui fait peur. Je conseille à Pharaon de me confier cet enfant comme le suggère la reine mère Néfertary. Sinon, je ne me porte pas garant de ce qu'elle deviendra.

— Je crois que tu as raison, répondit le roi.

— Ne regrettes-tu pas qu'il s'agisse d'une fille ? demanda Tiyi.

— Ne me l'avais-tu pas dit ?

— Rien n'est jamais sûr...

— Nous avons tout le temps d'avoir des fils et d'autres filles. Je souhaite que ma chère mère soit plusieurs fois grand-mère.

Tiyi finit par se résoudre à laisser sa fille entre les mains des médecins.

— Je vais la confier à une nourrice, dit aussitôt Néfertary.

— J'ai déjà choisi celle qui conviendra à Satamon. Elle s'appelle Nebekabeni.

— Voilà un choix judicieux. Sa mère Amis est très respectable. Je lui parlerai pour lui donner mes instructions.

— Non, reine mère. Je lui exposerai moi-même mon point de vue sur l'éducation de ma fille. Je serai sur pied dès demain. J'aurai tout le loisir de la surveiller et de lui dire ce que j'attends d'elle.

Néfertary regarda son fils en espérant une aide de sa part. Mais Aménophis demeurait ébloui par la présence de Satamon et ne se préoccupait guère des querelles de sa femme et de sa mère. Peut-être faisait-il mine de ne rien avoir entendu ?

— Fais-moi une promesse, Aménophis, dit encore Tiyi.

— Je t'écoute, lui répondit tendrement le roi tout en regardant le médecin emporter sa fille dans la pièce voisine.

— Surveille Satamon. Veille à ce que personne ne l'emmène. Dès que je me réveillerai, je la reprendrai avec moi.

Cette fois-ci, Touya tenta d'intervenir en expliquant à sa fille qu'il était impératif pour elle de dormir et de reprendre des forces. Tiyi s'en offusqua.

— Serais-je seule contre vous tous ?

— Nous t'aimons tous et nous souhaitons le bonheur de toute la famille royale, dit Néfertary. Oublions ton escapade dans le désert. Ne revenons plus sur tes caprices. J'effacerai tout si tu acceptes de te comporter comme une Grande Epouse royale. Tu en as l'intelligence, la générosité, la grandeur d'âme. Le protocole est très strict au palais, je le reconnais...

— Sois sans crainte, reine mère, je serai toujours présente près d'Aménophis. Je veux être l'une des meilleures épouses que les Egyptiens aient connues. Changer quelque peu la discipline ne transformera pas l'Egypte !

Articulant chaque mot pour faire sentir

qu'elle était désormais celle qui donnait des ordres, Tiyi conclut d'un ton sans appel :

— Et maintenant, retirez-vous. Laissez-moi dormir. Maître des deux terres, Mon Seigneur, tous mes sens sont avec toi, ajouta-t-elle en regardant Aménophis avec une grande tendresse. J'obéirai toujours à Pharaon.

X

Neferoueref attendit que Néfertary se fût rendue au banquet donné en l'honneur d'un ambassadeur nubien puis il se dirigea discrètement vers l'aile droite du palais où Iaret était retenue prisonnière. Il ne rencontra personne à l'exception des domestiques qui apportaient des fleurs et des parfums dans la salle de réception.

Quand le garde de la reine mère arriva devant la porte des appartements d'Iaret, trois soldats y étaient postés. Ils saluèrent Neferoueref et lui firent savoir que Pharaon interdisait à quiconque de franchir le seuil de cette porte.

— Même aux jurés qui décideront de la vie ou de la mort d'Iaret ?

— Nous n'avons reçu aucune instruction à ce sujet, répondit l'un des soldats en interrogeant les autres.

Neferoueref entra d'office dans la pièce où se trouvait Iaret. Celle-ci avait réclamé plusieurs fois au roi l'autorisation de sortir. Elle clamait son innocence.

— Ta fille Maïerperi m'a parlé, lui dit-il. Ainsi

donc tu as osé proposer un marché aux membres du jury. Sais-tu que tu signes là ton arrêt de mort ?

— Il faudrait que Pharaon le sache. Qui le lui dira ? Toi ? Si tu viens me trouver, je doute que tu parles ensuite à Pharaon. Je pense, au contraire, que tu es là parce que mes propositions t'intéressent.

— Qu'est-ce qui te le fait croire ?

— Je sais à qui je m'adresse. Je suis innocente. Pourquoi ne tenterais-je pas de demander l'aide des dieux et des hommes qui vont me juger ? Je te le répète : je ne suis pas coupable. J'ai agi de mon mieux pour sauver la princesse et son père.

— Je te crois, Iaret. Voilà pourquoi je suis ici. Mais je doute que tu restes en vie car la majorité des jurés sont convaincus de ta culpabilité...

Iaret se prit le visage à deux mains.

— Quel malheur ! Comment puis-je leur démontrer que je n'ai rien fait de répréhensible ?

— Maïerperi m'a dit que tu connaissais des potions pour rendre heureux dans l'Au-Delà.

La ruse de Maïerperi fit sourire Iaret.

— En effet, répondit-elle. Personne d'autre que moi ne connaît ces formules magiques ni ces potions qui assurent à tous d'échapper à la chienne. Tout le monde peut être livré à cet animal qui s'acharne sur ses victimes. Qui sait si, pour toi, Osiris fera pencher la balance du bon côté ou si les deux plateaux s'équilibreront ?

— Et toi, tu prétends donner ce bonheur à coup sûr.

— Je peux affirmer qu'après avoir bu les

breuvages appropriés, tout homme connaîtra un bonheur éternel et paisible.

— Si je te sauve la vie, me donneras-tu ces potions ?

— Sans aucun doute ! Les dieux m'autoriseront à te servir.

Etonnée par tant de crédulité, Iaret insista sur ses pouvoirs magiques.

— Hélas, si je peux voter en ta faveur, les autres jurés feront peut-être un autre choix, ajouta le garde.

— Dans ce cas, je ne pourrai plus rien faire pour toi. Il faudrait que tu réussisses à en convaincre d'autres.

Neferoueref réfléchit.

— J'agis ainsi parce que je suis sûr que tu es innocente...

— Bien entendu.

— Je n'ose en parler à Nefersekeru, à Ramosé ou à Kérouef.

— Les dieux les tiennent éloignés de toute infidélité au roi.

— Est-ce de l'infidélité ? Il s'agit de juger au nom de Maât.

— Je te conseille de réfléchir longuement avant de parler de tes projets à d'autres. Choisis les bons mots et les bonnes personnes sinon vous courrez de très grands dangers. Néfertary a choisi les plus fidèles de ses hommes. Toi-même tu es son garde personnel. Que dirait-elle si elle te savait là en ce moment ? Tu risques ta tête !

— J'ai réfléchi, répondit Neferoueref, et j'avoue que ta fille a su me convaincre que j'agissais au mieux. Si nous nous trompons dans notre jugement, les dieux pourraient nous punir car ils t'ont donné des dons étonnants qui nous font tous trembler !

— Je vais réfléchir, moi aussi. Tente d'évoquer une solution avec les autres jurés. Mais ne t'avance pas trop... Ma fille peut t'aider. Agis vite car le procès approche. Si tant d'événements ne s'étaient succédé, j'aurais été jugée depuis longtemps !

*

* *

Néfertary ne pouvait imaginer que son garde personnel tentait de traiter avec Iaret. Celui-ci profita de son absence le lendemain matin pour parler aux filles de Menna qu'Aménophis III avait gardées dans son harem. Imonemusekhet et Nehemta comprendraient sans doute quel était leur intérêt et prendraient la défense d'Iaret en incitant leur père à voter en sa faveur. Il utiliserait les mêmes arguments que ceux de Maïerperi.

Néfertary avait rejoint Aânen au temple de Karnak. Le prêtre lui montra l'une de ses représentations sur le reposoir de la barque d'Amon. Elle y figurait sous le nom de Moutemuia et était assise dans un bateau. En voyant ce dessin choisi par le frère de sa belle-fille, Néfertary sourit.

— Tu es malin, Aânen. Ce dessin symbolise mon nom.

— En effet, lui répondit le frère de Tiyi. Le texte te convient-il ?

La reine mère se pencha pour lire les mots flatteurs qui la désignaient comme « mère divine », titre que l'on avait donné autrefois aux femmes les plus remarquables. Elle était encore appelée « princesse honorée maintes fois, aimable, charitable, envoûtante grâce à son parfum frais comme la brise matinale, Maîtresse de Haute et Basse-Egypte, qui a le pouvoir de rendre réel tout ce qu'elle touche ».

Aânen avait également pris soin de rappeler qu'elle était Grande Epouse, mère du nouveau roi, aimée du dieu Amon. Elle pouvait s'asseoir dans sa barque en toute sérénité.

— Aménophis a donné des ordres pour que la scène de sa naissance soit complétée dans le temple de Louxor. En réalité, il veut que sa conception soit représentée sur un mur entier.

— Rien ne peut me faire plus plaisir. Je suis très flattée d'être ainsi dessinée auprès d'Amon.

— Jusqu'à ce qu'Aménophis III grandisse, tu restes l'interlocutrice principale de nos alliés. Ton rôle demeure très important à la cour.

— Aménophis est très mûr malgré son jeune âge...

— Le roi a eu une initiative qui va te plaire, lui dit Aânen. Il a décidé de se faire représenter dans une petite salle du temple de Louxor à côté d'Amon et de Moutemuia.

— La mère et son fils ?

— Exactement.

Néfertary cacha mal sa joie.

— Hélas ! Je crains que cette décision ne soit pas du goût de ta sœur. Est-elle au courant ?

— Absolument pas. Mais je peux me charger de lui dire tout le bien que j'en pense.

— Tu ferais là acte utile.

— Par Horus, je ne demande qu'à plaire à ma reine, dit Aânen en mettant le genou à terre.

— J'ai l'impression que Tiyi m'aime de moins en moins. Je tente, pourtant, de l'aider...

— Ma sœur a toujours eu un caractère étrange. N'en sois pas blessée, Grande Divine. Même mes parents ne parviennent pas à la comprendre. Mais elle est bonne, franche, juste et intelligente.

— Je n'en ai jamais douté en la choisissant comme l'épouse de mon fils.

Néfertary frémit en voyant arriver le Grand Prêtre Amenemhat.

— Je reviens de la tombe de Neferophis, chef des greniers d'Amon, lui dit le Grand Prêtre en la saluant. Il tenait à me montrer de quelle manière il a fait représenter sur les murs de sa sépulture les princes de Sa Majesté. Aakheperourê y figure en bonne place sur ses genoux.

— Méryrê tient à faire de même dans sa tombe de Saqqarah. Il y a déjà fait dessiner Satoum. Je crois qu'il tient à rappeler combien il prend à cœur de succéder à notre cher Heqerneh...

— Il est bien difficile de faire oublier un personnage aussi exceptionnel.

— Mes fils lui doivent beaucoup.

— J'ai également vu la magnifique statue qui a été réalisée pour fêter la venue au monde d'Ahmès.

— J'ai commandé une stèle sur laquelle figureront tous les titres que Pharaon voulait lui donner. Il les portera d'office. Ainsi sera-t-il chef du Trésor et contrôleur de l'or et de l'argent rentrant au palais, directeur des chantiers et des troupeaux, responsable du grenier et des champs, prêtre pur d'Atoum à Héliopolis.

— Il portera sans doute les titres de chancelier du roi, de prince héréditaire, d'ami du roi et de dignitaire...

— Bien entendu. Et je tiens aussi à ce que soit indiqué sur cette stèle qu'il a été choisi par Pharaon pour exécuter sa fonction dans le temple d'Atoum. Il surveillera tout : le personnel, le cheptel, les récoltes, les offrandes données au dieu d'Héliopolis. Il sera voyant et aimé d'Amon.

Se souvenant qu'elle devait parler à Horemheb, Néfertary abrégea l'entretien. Elle se demandait pourquoi Aménophis refusait d'envoyer des soldats au Mitanni. A son avis, ce n'était ni prudent ni astucieux. Horemheb demeurait sceptique. Elle trouvait étrange que son fils ait commandé des dizaines de statues de Sekhmet et un buste d'Astarté pour soulager ses douleurs.

« Mon fils est-il compétent pour régner ? Pourquoi souffre-t-il si jeune ? Ces maux ne l'empêchent-ils pas de prendre les bonnes décisions ? Je ne suis pas certaine que les Hittites se tiennent éloignés du Mitanni. »

Quand elle rentra au palais, Néfertary fut étonnée de ne pas y trouver Horemheb qui lui avait promis de l'attendre.

— Sais-tu où il se trouve ? demanda-t-elle à

Maïerperi qu'elle trouva, contre toute attente, non loin de ses appartements.

— Non, lui répondit froidement Maïerperi en esquissant un salut parce que le protocole lui interdisait de l'oublier.

— Je suis sûre que tu en sais plus que tu ne le dis.

— Tu me soupçonnes, comme ma mère, de vouloir faire disparaître toute la famille royale. Je pourrai ainsi mettre le pschent sur la tête de mon fils !

— Ta mère est une sorcière ! répondit Néfertary. Les dieux décideront de son sort.

— Non. Seuls les jurés, tes amis fidèles, jugeront ma mère qui est innocente !

— Ainsi donc tu refuses de me dire où se trouve Horemheb ?

— Il est parti avec ton garde. Tous deux me paraissaient très préoccupés. Ne font-ils pas partie du jury que tu as désigné et qui votera dans quelques jours pour ou contre ma mère ? Je comprends que leur conscience les torture.

Comme Néfertary refusait de répondre en faisant signe à Maïerperi de se retirer, celle-ci ajouta en défiant la reine mère.

— Tu es sûre de toi ? Tu es persuadée que tes hommes t'approuveront et que ma mère sera jetée aux crocodiles !

— Je refuse de porter un jugement. J'ai vu et écouté Iaret.

— Et si elle était jugée innocente ? La laisserais-tu vivre au palais normalement ?

— Oui. Pharaon l'a exigé. Il m'a fait promettre de l'accepter et de me comporter avec elle comme avant.

— Ai-je ta parole, Néfertary ?

— La discussion est close.

Maïerperi reprit espoir. Elle avait eu la bonne idée de contacter les deux hommes les plus attentifs aux formules magiques d'Iaret. Agé et malade, Horemheb devait se présenter juste de voix devant Osiris dans peu de temps. Sans doute le sentait-il et craignait-il l'instant du jugement d'Osiris. Si ces deux jurés étaient convaincus de l'innocence d'Iaret et si Nehemta parvenait à convaincre son père, il fallait aussi parler aux autres ou les soudoyer. Or, les jours passaient et la date du procès approchait...

XI

— C'est décidé ! dit Aménophis à Amenhotep, fils de Hapou, qui était depuis l'aube dans le bureau du pharaon. Mon père avait décrété que la Grande Epouse Tiyi aurait un domaine non loin d'Akhmim. Ce sera Djaroukhâ. Pour ma part, je lui offrirai également une ville.

— Voilà une excellente nouvelle, dit Amenhotep, enjoué.

— Contrairement à ton habitude, tu parais bien joyeux aujourd'hui, lui fit remarquer le roi en souriant.

— Me trouves-tu d'ordinaire de triste compagnie ?

— Tu es plus souvent austère et sérieux que gai.

— En effet et je dois cette bonne humeur à Pharaon. Grâce à lui, nous avons commencé les travaux dans la ville qui m'a vu naître. Mon père te remercie mille fois. Quel nom vas-tu donner à la ville que tu veux faire construire en l'honneur de la belle Tiyi ?

— Qu'en penses-tu ? Elle y honorera Min, bien entendu, et Amon...

— Dans ce cas, nous pourrions l'appeler Tyamon...

— Scinder le nom d'un dieu avec le sien est une excellente idée. Voyons... Tiaton... Taaton...

— Et pourquoi pas Taâta ? Voilà qui rappellerait tous les noms de cette auguste famille...

— Je suis de ton avis ! Cette ville s'appellera Taâta !

— Tiyi est comme toi, Amenhotep ! Elle reste attachée à sa ville d'origine. Elle m'a demandé de faire des travaux d'irrigation dans sa chère ville d'Akhmim. J'aimerais que tu contrôles ces aménagements. Le chef de chantier ne me paraît guère efficace. Or, Tiyi a prévu de se rendre très bientôt à Akhmim pour voir où ils en sont. Je ne voudrais pas qu'elle soit déçue. Elle a donné au peuple égyptien une merveilleuse petite princesse. Aussi mérite-t-elle bien une récompense... Nous pourrions emmener avec nous sa sœur Moutemnebo. Ma mère veut la marier à l'un de mes fonctionnaires.

— La reine mère pensera bientôt à marier ses autres fils ! Moutemnebo serait une magnifique épouse.

— Ce n'est pas tout, Amenhotep. Nous allons également faire construire pour la Grande Epouse un temple à Sedeinga en Nubie. Ce sera le temple de Tiyi.

— J'ai déjà envoyé Souty repérer les lieux, lui répondit Amenhotep, car ce projet était celui de Thoutmosis IV.

— En effet. J'ai consulté les plans du temple.

Rajoute des colonnes, des chapiteaux hathoriques et un linteau majestueux où Tiyi sera représentée en sphinx. Elle est particulièrement flattée par ce genre de détails.

— Comptes-tu avoir également un culte non loin de ce temple ?

— Oui, Amenhotep. Nous construirons, dès qu'il sera achevé, un autre temple en mon honneur, non loin de celui de la Grande Epouse.

— Cela me semble juste, répondit Amenhotep.

Comme le roi paraissait distrait, Amenhotep lui proposa de se retirer.

— Non, reste encore avec moi. Nous n'en avons pas fini. Je songeais seulement à cette jeune Nubienne qui est arrivée depuis peu en Egypte...

— Je vois à qui tu fais allusion, grand maître, lui répondit Amenhotep. Il s'agit probablement de la très belle Capalescou.

— En effet. Quelle noblesse dans le maintien et dans le regard ! Cette fille me trouble l'esprit. Elle ose presque me toiser !

— Ne fait-elle pas partie de ton harem ?

— Elle se trouve à Thèbes en effet.

— Eh bien ! Tu peux dès ce soir en profiter ! Quand la cour va-t-elle retourner à Medinet el Gourob ?

— Dans quelques jours. Juste après le procès d'Iaret qui se tiendra ici même.

Le visage d'Amenhotep s'assombrit. Il sembla fuir les yeux du roi.

— Nous avions promis de ne plus évoquer Iaret tant que le jugement n'avait pas eu lieu, dit

Aménophis. Sais-tu quel parti tu vas prendre ? Les dieux t'inspirent-ils ?

— J'avoue être très sceptique...

— Tu paraissais pourtant sûr de ton fait...

— J'ai réfléchi... J'ai parlé aux autres jurés. Nous sommes aujourd'hui très partagés...

— Les événements vous ont pourtant laissé beaucoup de temps pour réfléchir !

— Plus nous réfléchissons, plus nous hésitons. En réalité, je ne suis pas sûr qu'Iaret soit coupable. Elle n'avait pas de réel mobile. Si son petit-fils avait été plus âgé, s'il avait pu prendre ta place sur le trône d'Egypte, nous aurions pu imaginer un complot entre Maïerperi et sa mère. Mais ce n'est pas le cas...

— Les raisons de ces meurtres, si meurtres il y a, ne sont en effet pas claires. Iaret clame son innocence et souhaite me voir. J'ai évidemment refusé de lui parler. Je n'ai pas non plus rencontré Maïerperi.

— Tu as bien fait, roi équitable et juste. Sache seulement que notre décision n'a pas été prise et que tu dois éventuellement préparer la reine mère Néfertary à un acquittement.

Aménophis s'occupa aussi d'informer le peuple égyptien de sa politique. Aussi réunit-il le même jour le chef des greniers Khaemhat, le vizir Thoutmès et les fonctionnaires Menna et Sennefer. Il souhaitait que tous fussent informés de ses projets politiques et économiques. Pour ce faire, il avait décidé d'utiliser un moyen qu'il avait déjà testé lors de son mariage : les textes gravés sur les scarabées.

Il demanda au scribe Menna chargé des champs royaux de rédiger lui-même les phrases qu'il lui dicterait sur la répartition des terres et les récoltes.

— Je ne veux pas prendre les paysans au dépourvu. Cette année, la crue du Nil a été plus importante que nous ne l'avions prévue. Les redevances de chacun seront donc plus élevées que l'an dernier. Que des scribes régionaux préviennent les cultivateurs afin qu'ils s'organisent.

Puis il lui dicta quelques lignes à inscrire sur des scarabées en pierre de petite dimension.

— Ne lésine pas sur le nombre de scarabées. Qu'il en circule dans le pays autant qu'il le faudra.

D'autres textes concernaient la politique extérieure. Aussi fut-il décidé que les scarabées seraient envoyés jusqu'en Nubie et en Asie.

— Tout le monde doit savoir que j'ai pris le pouvoir. Voilà les mots officiels que je veux voir gravés sur les amulettes porteuses de messages : « Horus, Taureau puissant, qui règne près de Maât et respecte la justice, qui dicte les lois et maintient le pays en paix, fils du vainqueur des Nubiens et des Asiatiques, lui-même victorieux en Nubie, Nebmaâtrê, fils de Rê, roi de Haute et Basse-Egypte, roi de Thèbes et de Memphis, a succédé à son père Thoutmosis IV. Il a reçu les insignes du pouvoir. Tiyi, fille de Youya et de Touya, est devenue Grande Epouse royale d'un roi dont la puissance s'affirme au sud jusqu'en Nubie et au nord jusqu'au Mitanni. »

Puis le roi enchaîna sur le texte qui devait

figurer sur le scarabée ordonnant le creusement du lac dans le domaine de Djaroukhâ :

— « Le Maître des deux terres donna des instructions pour faire un bassin à la gloire de Tiyi dans la ville de Djaroukhâ d'une longueur de trois mille sept cents coudées sur sept cents coudées de large. Le roi décida d'inaugurer ce lac... »

Amenophis s'arrêta de dicter et interrogea Amenhotep qui assistait, lui aussi, à cette réunion.

— Combien faut-il de temps pour réaliser un tel projet ?

— Une quinzaine de jours...

— Quand penses-tu que nous aurons fini ? Je voudrais prévoir, dès maintenant, une date d'inauguration pour fixer des objectifs aux chefs de chantier.

— Tu peux écrire le troisième mois de la saison d'Akhet.

— Quel jour ?

— Un jour porte-bonheur. Evite ceux où Seth a combattu contre Osiris.

— Tu as raison. Le 16 me paraît de bon augure.

— Qu'il en soit ainsi puisque Pharaon le veut.

Amenhotep reprit son texte :

— « Pharaon naviguera sur ce lac le premier, dans sa barque royale où figureront les mots "Aton resplendit". »

Menna s'en étonna.

— N'est-ce pas le bateau de la princesse Hinutimpet qui porte cette mention ?

— Dorénavant, pour plaire à mon père, tous les bateaux royaux porteront à leur poupe cet hommage au dieu Soleil. Je veux aussi qu'un scarabée rappelle que Tiyi aura un domaine sur les terres d'Amon. Il lui faudra un personnel important, des scribes, des servantes, des jardiniers, des cultivateurs, des vignerons, des artisans, un intendant pour les diriger et un gardien. Pour cette dernière fonction, Mesu fera l'affaire.

Aménophis demanda aussi le rapport qu'il avait réclamé la veille au responsable du Trésor. Il le lut rapidement.

— Bien. Notre trésor regorge d'or. Nous pouvons donc offrir à Sutarna des statues en or et en lapis-lazuli. J'ai déjà montré à ses messagers que nos sculptures sont en or plein et, pour le leur prouver, il m'est arrivé de faire fondre une partie de l'une d'entre elles.

— Que demanderas-tu en échange ? intervint le vizir.

— Je compte bien épouser une ou plusieurs Mitanniennes aussi belles qu'Hinutimpet.

Comme Aménophis paraissait avoir terminé, Sennefer lui fit savoir que Tiyi avait commandé elle aussi des scarabées rappelant son amour pour le roi qu'elle appelait « son frère parfait en tout point » et « son dieu qu'elle vénérait de plusieurs offrandes ».

Aménophis se montra très touché par une telle attention.

— Que ces scarabées transmettent nos messages de paix et d'amour ! dit-il en cachant mal son émotion.

XII

Les Mitanniens n'avaient plus aucun espoir de revoir leur roi Artatama. Sans doute avait-il été enlevé ou tué pendant son voyage vers l'Egypte avec sa garde et ceux qui l'accompagnaient. On avait finalement retrouvé des chariots vidés de leur contenu et abandonnés en plein désert, des soldats tués et quelques objets sans valeur manifestement jetés par les pilleurs. Mais était-ce des voleurs qui avaient agressé le roi ? Artatama se déplaçait avec un si grand nombre de militaires et de serviteurs qu'il paraissait inconcevable de l'attaquer. On en revenait alors à la thèse hittite. Cependant, aucune preuve ne permettait d'affirmer que le roi du Hatti avait donné l'ordre de suivre puis de tuer Artatama.

Chagriné par la disparition de son roi, le peuple mitannien avait fini par adopter son fils, le jeune Sutarna qui manquait encore d'expérience. La nourrice que Pashed avait embauchée pour sa fille Yuri avait également été choisie par Sutarna pour sa fille Gilukhepa tandis que son propre mari servait de précepteur à son fils Tushratta.

Gilukhepa, qui avait cinq ans, considérait Yuri, âgée d'à peine deux ans, comme une enfant. Son frère lui obéissait et préférait Yuri, au caractère plus docile.

Comme Yuri réclamait sans cesse la présence de ses parents, la nourrice lui promit qu'ils seraient bientôt de retour.

— Ils sont partis pour l'Egypte, un pays ami du Mitanni, lui dit-elle. Je t'ai lu hier un message que ton père Pashed m'a envoyé. Le pharaon a quitté cette terre. Aussi a-t-il dû prolonger son séjour à Thèbes. Le chemin du retour sera long. Il ne reviendra pas avant deux bons mois.

Malgré ce discours, Yuri demandait chaque jour à sa nourrice des nouvelles de son père.

— Ta mère t'aurait emmenée avec elle si elle n'avait pas jugé le voyage trop fatigant et trop dangereux pour toi. Elle est sage et raisonnable. Aurais-tu voulu disparaître comme notre bon roi Artatama ?

Yuri reconnaissait alors qu'elle préférait être en sécurité derrière les murs de la ville. Elle était aussi timide que Gilukhepa était expansive. Ses traits n'étaient pas encore aussi beaux que ceux de sa mère mais elle avait, comme elle, les cheveux clairs. Brune et pétillante, Gilukhepa soulevait l'admiration de tous. Ses grands yeux étaient d'autant plus expressifs que ses sourcils épais et noirs donnaient à son regard une profondeur étonnante pour une enfant de cet âge. Quand elle plantait son magnifique regard dans celui de son père, fût-il le roi en personne, elle semblait deviner ses pensées les plus secrètes.

Bien qu'elle se languît de sa fille, Camita n'osait parler à son époux de son retour au Mitanni. Chaque jour, Pashed se rendait dans le nouveau domaine d'Hinutimpet pour avoir des nouvelles de la princesse. Ils passaient parfois plusieurs heures ensemble. Hinutimpet lui racontait des souvenirs d'enfance. Se sentant délaissée, Camita avait tenté à plusieurs reprises d'aborder le sujet avec Pashed mais celui-ci demeurait évasif.

— Il faudrait que nous songions à rentrer chez nous, lui dit-elle. Notre fille a besoin de ses parents. Elle nous réclame.

— Faisons-la venir jusqu'ici. Irechepa, le messager de Pharaon, pourrait se charger d'elle...

— Les dieux te troublent l'esprit ! rétorqua Camita. Veux-tu qu'elle disparaisse comme le père d'Hinutimpet que tu chéris tant ?

— Elle recevrait ici une bonne éducation. Les professeurs sont meilleurs que chez nous...

— Ce n'est pas un garçon ! Nos éducateurs sont à la hauteur ! Jamais je ne laisserai ma fille voyager seule ! C'est insensé !

Puis elle ajouta :

— Je ne resterai pas plus longtemps dans un pays où tu délaisses ton épouse.

— J'avoue avoir été négligent et peu agréable, lui répondit Pashed. Je dois aussi te faire un aveu. J'ai autrefois été fiancé avec Hinutimpet. Je l'ai connue lorsqu'elle était en visite en Egypte avec son père.

Froissée de n'apprendre cette nouvelle que tardivement, Camita voulut hâter leur départ. Elle se rendait compte que la présence d'Hinutimpet risquait de compromettre leur avenir. « Pashed voudra-t-il seulement retourner au Mitanni ? » finit-elle par se demander avec angoisse. Mais elle ne souhaitait plus s'entretenir avec Hinutimpet. Aussi chercha-t-elle des arguments pour décider Pashed à quitter l'Egypte. Elle insista sur l'état de santé de leur fille qui se morfondait et qui risquait de tomber malade. Elle lui promit de revenir l'année suivante à Memphis. Malgré ses promesses et le mécontentement de ses serviteurs, eux aussi désireux de rentrer chez eux, Pashed n'avait d'attention que pour Hinutimpet.

Le dernier prétexte que Pashed avait trouvé pour prolonger son séjour à Thèbes était l'inauguration du lac de Tiyi. Tous les Egyptiens en parlaient même si celui-ci ne figurait guère que sur les plans d'Amenhotep qui avait renouvelé ses promesses de l'achever une quinzaine de jours plus tard. On considérait ce projet comme un tel exploit que la nouvelle avait fait le tour du pays.

Tiyi n'était pas peu fière de se retrouver au centre des prochaines réjouissances. Elle s'y préparait chaque jour avec la nourrice de Satamon, la Décorative royale Nebekabeni, mère d'un scribe d'Osiris. Celle-ci avait été si flattée d'être choisie à ce poste qu'elle avait déjà ordonné la création d'une stèle pour commémorer sa place auprès de la princesse Satamon. Son fils avait tenu à la lui offrir et à payer les frais de sa réalisation.

Nebekabeni souhaitait voir cette stèle à Abydos. Tout devait y être représenté selon ses vœux : Satamon serait assise sur ses genoux. On y trouverait le nom de sa mère à qui elle devait sa fonction. Parce qu'il travaillait dans le temple d'Osiris, son fils lui conseilla d'y ajouter des prêtres du temple de Karnak et de Louxor. Les titres officiels de Satamon apparaîtraient sans doute pour la première fois sur un monument officiel.

Pour lui être agréable, le scribe se rendit chez tous les sculpteurs qui fréquentaient la cour à tour de rôle et qui avaient l'ambition de réaliser un buste de Tiyi.

— J'ai enfin trouvé l'artiste idéal, dit-il à sa mère. Mais il ne pourra utiliser une stèle neuve. Le Grand Prêtre m'en a donné une qui a servi sous Aménophis II. Nous la réutiliserons.

— Pourvu que Satamon et notre famille y figurent d'une manière claire et sans équivoque, je te fais confiance.

Bien que l'approche de l'inauguration du lac de Tiyi mobilisât une partie de l'armée égyptienne, Horemheb n'était pas en mesure de s'en occuper. Iaret avait réussi à le convaincre sans peine de ses bonnes intentions à son égard. Quant à Menna, il avait préféré écouter ses filles plutôt que Méryrê ou Sennefer, encore hostiles à la mère de Maïerperi.

Plus le temps passait, plus Iaret avait des chances d'être acquittée. Non seulement sa fille avait réussi à corrompre des membres du jury mais les prochaines réjouissances faisaient en partie oublier les deuils récents qui avaient touché la famille royale. Néfertary, elle-même, avait perdu de sa vindicte à la naissance de son fils et de sa petite-fille.

— Tu sais pourtant que Pharaon fait couper les mains des jurés qui osent se laisser corrompre, dit Méryrê à Menna qui tentait de lui parler des qualités d'Iaret.

— Qui te parle de corruption ? Elle ne m'a rien donné ! Mes filles la connaissent bien. Elles fréquentent régulièrement Maïerperi et elles sont arrivées à la conclusion qu'on allait commettre une erreur judiciaire en condamnant Iaret.

— Peut-être... Je reste pourtant sur mes positions.

— Ne crains-tu pas une vengeance des dieux si ton jugement se porte à tort sur Iaret ?

— Menna, admettons que la princesse soit morte d'une maladie inconnue de nos médecins, pourquoi notre pharaon a-t-il, lui aussi, disparu après avoir bu une potion d'Iaret alors qu'il était jeune et en pleine forme ?

— Menatou pourrait t'apprendre qu'il était très las le matin de la grande fête d'Amon et qu'il ne parvenait pas à quitter sa chambre. Or, Iaret ne l'avait pas encore vu à ce moment de la journée.

— Tu me parais bien renseigné, Menna, s'étonna Méryrê.

— J'ai effectivement parlé avec Menatou qui

fait comme nous partie de ce jury et qui est très sceptique...

— Nous nous étions pourtant mis d'accord pour ne plus en parler jusqu'au jour du procès.

— Il est difficile de ne pas s'inquiéter à ce sujet.

— Que me caches-tu ? J'ai l'impression que tu en sais plus que tu ne le dis...

— Non. Nous jugeons après-demain Iaret et je ne veux pas me tromper. Cette femme a des pouvoirs surnaturels. Les dieux ont favorisé sa vie. Sa fille et son petit-fils jouissent d'un statut que leur a donné Pharaon. Jamais Iaret n'aurait dû vivre un jour au palais. Or, son destin est digne des contes de nos ancêtres. Je suis persuadé qu'un dieu la protège et l'aide dans son parcours. Si nous plaçons un obstacle devant elle, je ne suis pas sûr que nous en ressortions indemnes. Je crois que nous devons réfléchir très sagement et très posément à ce que nous allons faire.

— Mon intention n'était pas de juger à la légère.

— Je connais ton sérieux, Méryrê. Je préfère te dire ce que nous en pensons dès maintenant. Plusieurs d'entre nous ont révisé leur jugement...

Méryrê promit finalement d'y réfléchir.

XIII

De nombreux fonctionnaires avaient été mobilisés pour le procès d'Iaret qui concernait tous les Egyptiens. Devant la salle où devait être jugée la mère de Maïerperi s'étaient rassemblés le vizir Thoutmès et son fils, les enfants de Thoutmosis IV, les chefs de troupes, les scribes royaux et ceux de la bibliothèque du palais, les majordomes, les chambellans, les porte-éventails, les porte-parasols, les scribes des impôts, quelques messagers et représentants de Pharaon à l'étranger, le chef des canaux avec son important personnel. Des prophètes d'Amon vinrent se mêler à ces premiers arrivants avec leur majordome, leur responsable de maison et leurs serviteurs chargés de les attendre jusqu'à la fin de la séance. Les scribes du Trésor et le chef du sceau du Trésor accompagné du scribe du sceau d'Amon arrivèrent juste avant le roi lui-même suivi des membres du clergé de Min, des chefs des travaux et des responsables du cheptel, des chars, des vêtements, des magasins et des comptes.

Les petits fonctionnaires s'activaient dans la salle du tribunal. Ils déposaient sur des tables les jetons qui serviraient au vote, nettoyaient les sièges des jurés, contrôlaient la propreté des lieux, tâches qu'ils se transmettaient de père en fils. Chacun savait qu'à la moindre négligence titre et fonction seraient définitivement perdus pour toute la famille. Quel que fût l'âge, toujours tendre, où les enfants des fonctionnaires se rendaient à l'école ou dans les temples pour suivre les cours des meilleurs maîtres, leurs premières ceintures nouées autour de la taille, ni leur compétence, ni leur talent, ni leur courage ne pouvaient alors rattraper les erreurs d'un père.

La plupart des enfants s'étaient réunis, eux aussi, avec leur panier rempli de pain et leur cruche de bière afin d'observer, avant de se rendre à l'école, les fonctionnaires qui arrivaient. Ils s'écartèrent avec crainte lorsque les représentants de la loi furent annoncés. Tous les Egyptiens redoutaient, en effet, les juges qui condamnaient facilement les paysans au fouet ou qui confisquaient une partie de leurs terres. La plupart veillaient, pourtant, sur leur sécurité et jugeaient avec beaucoup d'équité.

Le roi y était attentif car tous les pharaons avaient dû, pendant leur règne, condamner tel ou tel fonctionnaire ou membre du clergé pour abus envers leurs concitoyens. Certains scribes prélevaient trop d'impôts, d'autres s'appropriaient des biens destinés aux dieux, d'autres encore confisquaient des champs à leur profit. Les magistrats devaient donner l'exemple.

La dernière fois qu'Aménophis s'était rendu

au tribunal, des décrets avaient été pris pour la protection de la demeure du *ka* d'Amenhotep, fils de Hapou. Il avait nommé un haut fonctionnaire chargé de surveiller ce domaine avec vigilance et promettait aux voleurs ou aux brigands la vengeance d'Amon. Tous les Thébains avaient encore en mémoire les durs châtiments qui ne manqueraient pas de s'abattre sur les Egyptiens désobéissants. « Le cobra jaillissant du front royal cracherait alors son venin sur les traîtres et dévorerait leurs chairs. Les coupables se verraient priver d'offrandes. Leurs fils perdraient leur poste. Ils ne pourraient plus ni manger ni se désaltérer dans le Nil. Leurs filles et leurs femmes seraient violées. Enfin, ils seraient tués à l'arme blanche. »

Connaissant ces textes par cœur, les Egyptiens se demandaient avec effroi ce qui attendait Iaret. Aurait-elle les oreilles et le nez coupés comme les magistrats qui avaient failli à leur tâche ? Résisterait-elle à la bastonnade ? Avouerait-elle ses crimes ? Les témoins qui défileraient seraient-ils soumis à la question ? Avait-elle des complices ? Ceux-ci seraient-ils entendus ? Serait-elle envoyée en Nubie, mutilée ou attachée à un poteau en bois jusqu'à ce que mort s'ensuive ? Les Thébains savaient que les inculpés résistaient rarement à la bastonnade. Quand les coups administrés sur le dos ne suffisaient pas, le greffier décidait de frapper les pieds et les mains des accusés. Iaret n'aurait même pas la chance de finir dans une mine ou une carrière car elle était trop âgée et trop chétive.

La populace recula encore à l'approche des

policiers qui écartèrent la foule sans ménagement. Le char d'Iaret arriva enfin. Les policiers eurent beaucoup de mal à éviter les projectiles que lançaient certaines femmes convaincues de la culpabilité d'Iaret. Les injures pleuvaient.

Alors que la famille royale et les magistrats avaient pris place dans le tribunal, Maïerperi priait les dieux pour sa mère. Elle avait agi le mieux possible et espérait avoir tout prévu. Mais l'acquittement d'Iaret était maintenant entre les mains des dieux. Aussi avait-elle acheté de magnifiques bijoux sur le marché afin de les offrir à Amon, à Min et à Ptah. Elle avait également commandé de la viande chez le boucher et avait promis aux divinités de la leur offrir en sacrifice.

Quand elle arriva dans la salle du jugement, Iaret était confiante. Elle affichait même un sourire énigmatique qui troubla Néfertary. La reine mère avait tenu à assister aux votes en compagnie de son fils et de sa belle-fille.

— Pourquoi Iaret semble-t-elle si rassurée alors qu'elle a réclamé en vain une audience pendant plusieurs jours ? murmura-t-elle au pharaon. L'aurais-tu entendue malgré ta promesse ?

— Je jure, par Horus, que je n'ai pas revu Iaret depuis qu'elle est enfermée dans ses appartements !

— J'espère que tu ne mens pas à ta mère, dit Néfertary, sceptique, en observant Iaret.

— Elle me paraît, en effet, très sûre d'elle ! A-t-elle oublié qu'elle sera jetée aux crocodiles ce soir même si elle est reconnue coupable ?

— Que trame-t-elle encore ?

Iaret se plaça face à ses détracteurs. Elle avait choisi une tenue sobre, une tunique blanche en tissu épais qui ne laissait rien deviner de ses formes. Aucun bijou ne brillait à ses bras ni à son cou. Elle, d'ordinaire si élégante, ne s'était attardée qu'à sa coiffure. Une perruque courte et simple cachait ses cheveux qui commençaient à blanchir. Elle n'en était pas moins distinguée et digne dans le malheur.

Toute à ses pensées, Tiyi se désintéressait presque du procès. Elle songeait à ce que le roi lui avait dit : il confierait à Amenhotep l'embellissement de sa tombe et l'aménagement de deux nouvelles salles qui n'étaient pas prévues sur le plan initial.

— L'une sera pour toi, Tiyi, l'autre pour notre fille Satamon.

« Aménophis souhaite de nombreux enfants. Il ne va pas faire agrandir cette tombe à l'infini toutes les fois que je lui donnerai un fils ou une fille. L'emplacement de cette sépulture doit rester secret, à l'écart du chemin qu'empruntent les ouvriers. Lorsqu'elle sera achevée, le roi doit ordonner de recouvrir cette voie de sable pour la dissimuler aux regards. Sinon, cette tombe, volontairement creusée à l'ouest de la nécropole des rois, sera pillée par les voleurs de trésors. »

Tiyi ne savait si la perspective d'avoir une salle dans la tombe du roi lui plaisait vraiment. « Veut-il que je passe ma vie éternelle près de lui et de notre fille ? Ne serait-il pas plus normal que j'aie une tombe personnelle dans la Vaste Prairie ? »

La Grande Epouse fut troublée dans ses

réflexions par le ton impératif du juge qui ouvrait officiellement la séance. Ses yeux, sans expression, se posèrent sur Iaret qu'elle n'aimait guère mais qu'elle ne croyait pas coupable. « Thoutmosis IV l'a trop honorée. Cette femme se croit maintenant plus puissante que moi ! Elle a besoin d'une leçon ! » Mais Tiyi n'avait pas l'esprit à la vengeance. Elle était trop heureuse de partir pour Memphis et d'être bientôt au centre des festivités qui inaugureraient le lac de son nouveau domaine.

La séance ne dura guère. Après le rappel des faits, les membres du jury exprimèrent leur avis. Néfertary s'étonna de leur bienveillance à l'égard d'Iaret. Elle comprit tout de suite qu'un événement avait eu lieu entre le moment où Pharaon était mort et le jour du jugement

— Il faut interrompre ce procès ! dit-elle à son fils. Ces hommes n'ont pas leur raison. Ils ont été drogués ! Comment Menna, Méryrê ou Horemheb peuvent-ils prendre la défense d'une telle femme ?

Tiyi s'étonna d'une telle intervention. Très respectueuse du protocole, Néfertary n'avait pas coutume de s'interposer lors d'un jugement. Iaret semblait, soudain, démobilisée par son attitude. La Grande Epouse eut conscience que quelques détails lui échappaient. Son mari répondit calmement à sa mère.

— Peut-être ont-ils réfléchi.

— Ne te moque pas de moi. Je connais tous ces hommes. Ils me doivent tout ! Ils savent aussi ce que j'attends de ce procès !

— J'ai entièrement confiance en eux, répondit vaguement Aménophis qui trouvait la séance trop longue.

Contre toute attente, la reine mère se leva et apostropha les jurés.

— Que se passe-t-il ici ? Oubliez-vous que Pharaon a disparu et que la princesse Tanoutamon a été tuée ? Les semaines qui ont passé vous auraient-elles endormis ? Vous étiez tous convaincus qu'Iaret était coupable. Aujourd'hui, vous hésitez !

Mais les jurés lui expliquèrent qu'ils n'avaient trouvé aucune preuve contre Iaret.

— Avons-nous besoin de preuve ? La princesse s'est éteinte aussitôt après avoir bu un breuvage immonde ! Quant à Thoutmosis IV, qui avait été chassé la veille de la grande fête d'Amon, il s'est endormi lui aussi comme un enfant avant de se présenter devant Osiris !

— Nous sommes impuissants ! insista Neferoueref.

— Je ferai mener une enquête ! clama Néfertary. Je vous soupçonne tous de corruption ! Que vous a promis cette sorcière d'Iaret ? Vous avez un poste enviable. Vous vivez dans l'aisance. Que peut bien vous donner d'autre une femme aussi ordinaire qu'Iaret ?

— Majesté, lui dit alors Horemheb, tu connais notre dévouement. Nous avons été si tristes lorsque Pharaon nous a quittés ! Hélas ! Nous devons reconnaître aujourd'hui notre impuissance. Tes enquêteurs n'ont rien trouvé contre Iaret. Elle n'a jamais commis de crime là où elle habitait avant. Depuis qu'elle vit au palais, sa conduite est si exemplaire que Thoutmosis IV lui-même a décidé de donner une tombe à son petit-fils dans la Grande Prairie. Aucune des plantes qu'elle utilise ne sert à préparer du poison.

— Tu oublies, Horemheb, ce pouvoir étrange qui lui permet de décider du sort des uns ou des autres !

Malgré les délibérations et les tergiversations, les membres du jury passèrent aux votes sans réelle conviction.

— Je veux que ce procès soit reporté jusqu'à la fin de l'enquête ! ajouta Néfertary. Qu'il en soit ainsi puisque je l'ai décidé !

Tiyi s'apprêtait déjà à se retirer quand Aménophis prit la parole.

— Il est impossible de remettre ce jugement, dit-il. Je ne le souhaite pas. Tout cela a trop duré. Demain, je veux que nous regagnions Memphis. Nous sommes restés très longtemps à Thèbes. Qu'on en finisse ! Qu'Iaret meure ou qu'elle vive en paix !

Pour la première fois depuis qu'il avait pris le pouvoir, Aménophis était en désaccord avec sa mère. Celle-ci tenta encore de le convaincre mais elle comprit bientôt qu'elle parlait en vain. Aussi accepta-t-elle la décision de son fils afin de garder toute sa dignité devant les fonctionnaires qu'elle avait choisis.

— Mère, lui dit doucement Aménophis. Tu as désigné chacun des membres du jury. Tu avais confiance en eux. Je ne me suis pas immiscé dans ce choix. Remettrais-tu en doute leur bonne foi ? Si tel est le cas, je les chasserai de la cour !

— Je préfère en être sûre, répondit Néfertary.

— Bien ! Votez !

Chaque juré prit deux jetons de couleur sur une table et en déposa un dans un pot en terre cuite. Lorsque chacun eut voté, le juge piocha dans le récipient et montra à tous ceux qui étaient présents la couleur du jeton qu'il tirait. Il sortit, tout d'abord, trois jetons blancs qui soulevèrent la colère de Néfertary. Un jeton noir la rassura. Mais elle dut bientôt se rendre à l'évidence : la mère de Maïerperi était acquittée.

— Qui m'a trompée ? demanda-t-elle à son fils. J'ai compris que ce jugement avait été faussé. Nous n'en resterons pas là ! Je vais faire interroger tous mes serviteurs. Si un seul d'entre eux a vu l'un de ces hommes pénétrer dans les appartements d'Iaret avant le procès alors que nous avions donné des instructions très strictes à ce sujet, je ne réponds pas de sa vie !

— Nous n'en retournons pas moins à Memphis ! rétorqua le roi.

— Rien ne m'empêchera d'éclaircir cette affaire ! lui dit la reine. La cour peut se rendre à Memphis ou à Medinet el Gourob, mes serviteurs parleront s'ils ont quelque chose à dire !

— Comment peux-tu imaginer, lui demanda Neferoueref en tombant à ses pieds, que nous oserions défier les ordres de la reine mère et de Pharaon. Nous te sommes tous fidèles et dévoués. Nous agissons ainsi pour ton bonheur. Si Iaret est innocente, nous devons la laisser sauve. Les dieux en ont décidé ainsi.

— Prenez garde ! Je n'agirai jamais contre la volonté des dieux. Mais je ferai immédiatement tuer tout traître à ma cour !

La plupart des jurés baissèrent les yeux en se demandant soudain s'ils n'avaient pas été envoûtés par Iaret qui savourait silencieusement sa victoire. Mais ils étaient conscients qu'il leur était impossible de revenir sur leur vote. « Les gardes postés devant la porte d'Iaret parleront, se dit Menna. Ceux qui ont voté pour la condamnation d'Iaret révéleront à Néfertary de quelle manière nous avons tenté de les persuader. Nous sommes perdus ! »

XIV

Les Egyptiens qui attendaient l'issue du procès devant le tribunal s'étonnèrent de la rapidité avec laquelle les jurés s'étaient exprimés. Dès qu'ils virent sortir le greffier, ils se précipitèrent, malgré les policiers, pour en savoir plus sur la condamnation. Quelle ne fut pas leur surprise de voir Iaret sortir libre du tribunal et monter sur son char avec la fierté d'une reine.

La colère de Néfertary qu'ils vénéraient n'échappa pas aux Thébains. L'un des adolescents présents réussit à se faufiler entre les rangs des représentants de l'ordre et interrogea l'un des tortionnaires qui quittaient la place un peu dépité.

— Iaret n'a rien avoué ? lui demanda-t-il. Elle a résisté à la torture ! Cette femme est une sorcière ! Elle est habitée par les dieux mauvais.

— Thébain ! Aucun dieu n'est mauvais sans raison ! Sache que l'honorable Iaret n'a pas été torturée et qu'elle n'a pas eu l'occasion de s'exprimer !

— Que dis-tu ? Mais c'est impossible !

L'adolescent n'eut pas le temps de poser d'autres questions. Des policiers l'emmenèrent de force.

Pashed avait, néanmoins, entendu les propos du tortionnaire.

— Tu n'as pas menti ? Tout s'est passé ainsi, sans torture, sans témoignages ? Iaret ne s'est même pas défendue ?

— Elle est acquittée. Les jurés ont demandé de passer immédiatement aux votes. Ils avaient manifestement réfléchi avant d'entrer au tribunal. Pharaon ne souhaitait pas que la séance se prolongeât. Seule la reine mère réclamait justice pour Thoutmosis IV et sa fille Tanoutamon.

— Voilà qui est étrange, répondit Pashed. Les procès pour un vol d'oie se prolongent pendant des heures alors que celui-ci n'a même pas duré une demi-journée !

Malgré les ordres stricts du roi, Maïerperi avait réussi à sortir du palais. Lorsqu'elle vit sa mère revenir triomphalement sur son char, elle se précipita vers elle pour l'embrasser. Mais le peuple l'en empêcha et commença à lancer des briques en direction d'Iaret.

— Faites votre travail, dit le roi qui se trouvait déjà aux portes du palais. Si vous n'intervenez pas, Iaret sera lynchée ! Horemheb ! Que ces Thébains rentrent chez eux ! Il n'y a rien à voir ici ! Iaret a été acquittée et a le droit de retrouver ses titres, ses droits et ses avantages.

— Du moins pour le moment, répondit sèchement Néfertary qui dévisagea son fils avec rage. Tiyi ! Je ne sais ce que ton mari a en tête et j'espère que tu ne lui as pas encore brouillé l'esprit ! Mais je t'invite à réfléchir et à lui parler ! Peut-être t'écoutera-t-il davantage que moi !

De plus en plus surprise par le déroulement de l'affaire, Tiyi en avait presque oublié son prochain départ pour Memphis. Elle sentait, elle aussi, que le procès ne s'était pas déroulé dans les règles et elle en était chagrinée.

— Je ne veux en aucun cas qu'un mauvais procès ne rejaillisse sur ton prestige, confia-t-elle à Aménophis. Quoi que tu décides ou que tu aies fait, je te soutiendrai les yeux fermés.

— La reine mère oublie que je suis le pharaon de ce pays et pas seulement son fils chéri. Je n'éprouve aucune antipathie contre Iaret. Si les dieux ont décidé de la sauver en ce jour, je me plie à leurs volontés. Je ferai en sorte que Néfertary se taise.

— Sauf si le procès a été réellement truqué...

— Ce serait grave, Tiyi, très grave... Des hommes comme Horemheb, Méryrê ou Neferoueref me paraissent tellement dignes de foi ! Il faudrait alors soupçonner tous les courtisans, tous les fonctionnaires de mentir au roi !

Tiyi était soudain consternée. Elle se demandait si la famille royale était entourée de traîtres.

— Mon père avait décidé de passer plus de temps à Memphis parce qu'il avait compris que les fonctionnaires de Thèbes avaient trop de pouvoir, lui confia Aménophis. Je ne suis pas mécontent de retourner dans le nord de l'Egypte. La puissance du pays se trouve là où est Pharaon.

Puis il ajouta en lui adressant un sourire irrésistible :

— Ne songeons plus qu'à fêter Tiyi. Je veux être le premier à naviguer sur le lac de ton domaine. Je te garantis qu'il sera magnifique !

La Grande Epouse retrouva ses couleurs et sa joie. Les manigances d'Iaret ne sauraient remettre en question les festivités prévues. La perspective de s'arrêter à Akhmim lui réchauffa le cœur.

*
* *

Trois jours plus tard, alors que la cour s'apprêtait à embarquer, Nabi reçut un message de Tiyi. Après avoir longuement attendu une audience de la Grande Epouse, le fils d'Abraham avait fini par se convaincre que Tiyi avait oublié ses promesses. Il avait en vain espéré la revoir.

Le messager s'effaça devant Neferoueref dont la visite surprit la famille d'Abraham.

— L'un des Hébreux travaillant au palais a commis une faute... dit aussitôt Abraham en bousculant ses enfants qui se tenaient sur le seuil de sa maison, afin d'accueillir le haut fonctionnaire.

— Rassure-toi, Abraham, répondit le garde de Tiyi. Les Hébreux sont très appréciés de Pharaon. Nous sommes venus offrir à tes fils Nabi et Moïse des bêtes et des céréales.

Abraham salua Neferoueref et le remercia vivement de ses présents.

— Mes fils n'ont fait que leur devoir. Je ne peux accepter ces biens.

— La Grande Epouse se fâcherait si tu les

refusais. Comme tu le sais, la famille royale part aujourd'hui pour Memphis. Aussi la reine a-t-elle demandé à voir ton fils Nabi. Elle l'attend au palais.

Nabi, qui se tenait derrière son père, se présenta devant le garde et lui dit qu'il était prêt à le suivre.

— Je voudrais, cependant, faire un peu de toilette avant de t'accompagner. Ai-je le temps de devenir présentable pour la plus grande des reines ?

Neferoueref sourit.

— Hâte-toi.

Le garde refusa la boisson qu'Abraham lui proposait. A l'affût de tout, il se tenait droit, la main sur la lance et l'arme collée au corps. Vêtu d'un simple pagne, la poitrine gonflée, les muscles des jambes saillants, Neferoueref, qui était aussi d'une grande taille, impressionnait les paysans qui s'arrêtaient en voyant des véhicules somptueux devant la maison d'Abraham.

— Nabi a travaillé au palais, lui dit Abraham en insistant pour qu'il se repose. Il en a gardé un bon souvenir... Ses sœurs l'enviaient beaucoup lorsqu'il était là-bas.

— Tu as la chance d'avoir des fils courageux qui ont su conquérir le cœur de la Grande Epouse.

Comme Nabi revenait auprès de son père, le torse parfumé, les cheveux mouillés et le pagne propre, son frère lui demanda de l'emmener avec lui.

— Non, Moïse, tu resteras ici, lui dit Abraham. Mais je suis sûr que la Grande Epouse se souvient également de toi et qu'elle parlera de ta gentillesse à Nabi. Ton frère nous racontera son entrevue avec la reine.

Sans ajouter un mot, Neferoueref remonta dans son char et fit signe à Nabi de prendre place dans le même véhicule que lui. Les yeux clairs de l'adolescent, son teint brun, ses sourcils épais et sombres donnaient à son visage un charme auquel ne résistaient pas les Egyptiennes. A force de travail, il devenait fort. Son regard surtout troublait toutes les femmes. Ses yeux étaient plus clairs que ceux de son père et paraissaient presque irréels.

Tremblant légèrement, très impressionné par la stature de Neferoueref qu'il observait du coin de l'œil, Nabi ne cessait de revoir le visage effrayé de Tiyi lorsqu'il s'était penché vers elle pour lui porter secours. « Comment aurais-je pu deviner, à cet instant, qu'il s'agissait de la reine d'Egypte ? Elle paraissait si fragile, si dépourvue... Comment va-t-elle me recevoir ? Sera-t-elle distante ? Aura-t-elle retrouvé sa superbe ? »

S'étonnant de son mutisme, le garde comprit que Nabi était intimidé par sa rencontre avec Tiyi.

— Notre reine est bonne et douce, lui dit-il.

— Je le sais, répondit naturellement Nabi. Je me suis rendu compte qu'elle était exceptionnelle. Je la servirai toujours le mieux possible.

— Tu es si jeune... Je comprends ton appréhension.

— La reine, elle aussi, est très jeune. Sans doute l'est-elle plus que moi.

— En effet. Nos souverains sont arrivés au pouvoir à un âge où d'autres écoutent encore les cours de leurs professeurs.

Le reste du parcours se fit dans le plus grand silence. Nabi ne voyait plus les champs défiler à droite et à gauche du chemin. Il ne réfléchissait même pas aux mots qu'il emploierait pour saluer la reine. Etait-il seulement heureux, lui qui avait tant attendu pour la rencontrer ?

Quand ils pénétrèrent dans le parc et que les soldats saluèrent Neferouheref, Nabi sembla sortir enfin de ses pensées. Il leva ses yeux magnifiques vers l'aile dans laquelle habitait la reine et se souvint, soudain, en voyant les serviteurs se précipiter vers eux, de ce jour étrange où il avait ramené la reine en ce lieu.

Les femmes et les hommes attachés au service de la cour se hâtaient de transporter les objets, les malles, les petits coffres qui seraient embarqués pour Memphis. A l'exception des gardes et des servantes chargés de les accueillir, personne ne paraissait faire attention à eux. Le palais s'était transformé en véritable ruche.

— La reine ne me gardera sans doute pas très longtemps, murmura Nabi, un peu déçu.

— Combien d'Egyptiens attendent en vain une audience du vizir ? Te plaindrais-tu alors que la Grande Tiyi, juste de voix, Beauté, Santé et Equité, va te recevoir en personne ?

— Si tu comprenais, garde, combien je suis comblé ! Je me souviendrai pendant toute ma vie de notre première rencontre !

Choqué par ce discours quelque peu familier, Neferoueref préféra ne rien ajouter.

— Suis-moi, Nabi, lui dit Menatou en venant rejoindre Neferoueref. Je vais te conduire auprès de notre reine.

Puis il ajouta à voix basse à l'adresse de Neferoueref :

— Néfertary a réclamé une nouvelle enquête sur les activités de certains d'entre nous. Tu sais de qui je veux parler. Elle a compris que nous avions rencontré Iaret à plusieurs reprises avant le procès et elle se doute que la plupart se sont laissé influencer par son discours.

— Quelle sera sa sanction ?

— Je crois qu'elle sera très déçue. Sévira-t-elle ? Il faut prier les dieux pour qu'elle soit indulgente. Sinon...

Comme Nabi faisait mine de ne rien entendre et de contempler les statues qui ornaient l'entrée du palais, Menatou lui fit signe d'avancer.

— Suis-moi !

Nabi se comportait comme s'il entrait pour la première fois dans cet endroit qu'il connaissait bien.

— Ne lambine pas ! Pharaon est prêt à partir ! La reine ne veut pas le faire attendre !

Nabi se laissa guider. Il entra dans la salle d'audience du roi avec beaucoup d'hésitation. La pièce lui parut vide et triste malgré la beauté des peintures, des tentures et des mosaïques. Les gardes et les serviteurs qui entouraient d'habitude les souverains assis sur leur trône vaquaient à d'autres occupations car la reine n'avait pas jugé utile de les conserver auprès d'elle. Tiyi avait, en effet, une entière confiance en Nabi. L'atmosphère morose qui émanait du lieu venait sans doute de l'ambiance feutrée qui y régnait. L'éclairage était limité au strict minimum.

— Approche ! cria presque Tiyi en s'adressant à Nabi. N'aie crainte ! Menatou, tu peux nous laisser.

Comme le chambellan hésitait, la reine insista.

— Il n'est pas décent pour une Grande Epouse de...

Mais Menatou préféra se taire.

— Je n'ai rien entendu, Menatou ! Va dire au pharaon que je vais le rejoindre.

Puis elle s'adressa plus doucement à Nabi qui était tombé à ses pieds.

— Relève-toi, mon ami. Je te dois tant ! Les dieux t'ont placé sur mon chemin dans cet immense désert ! Tu aurais pu passer non loin de moi sans même me voir ! N'y décèles-tu pas un signe du destin ?

— Sans doute, répondit Nabi. Je vais souvent chasser là-bas...

— Tu es modeste mais tu ne me convaincras pas en me laissant croire que cet événement devait arriver et qu'il était ordinaire. Je n'étais jamais allée dans ces vallées. Je me suis stupidement égarée et les dieux auraient pu me punir pour avoir agi aussi légèrement. Une Grande Epouse a des devoirs. Non seulement tu as sauvé la reine mais tu as aussi permis à Pharaon d'avoir une adorable fille. Je lui ai expliqué ton geste et celui de ton frère. Aménophis te remerciera personnellement car ce n'est pas un ingrat.

— Reine, il m'a déjà fait envoyer des présents magnifiques.

— Tous les dons du monde ne suffiront pas pour te remercier. J'ai l'intention de faire bien davantage. Voudrais-tu nous suivre à Memphis et devenir l'un de mes proches conseillers ?

Nabi se demanda s'il avait correctement saisi le message de la reine.

— Je ne suis qu'un pauvre paysan.

— Allons, Nabi ! Tu as vu que je ne t'ai pas accordé audience immédiatement après notre rencontre...

— La Grande Epouse était trop occupée. Elle a mis au monde l'héritière de Pharaon...

— En effet. Mais je me suis aussi renseignée sur la famille d'Abraham. Tu es brillant, Nabi ! Tout le monde le dit. Ton père t'a donné une remarquable éducation car sa sagesse et son savoir dépassent de beaucoup ceux des autres hommes. Je suis convaincue que tu feras un excellent conseiller. On raconte qu'Abraham redoute parfois les propos de Pharaon et qu'il se croit haï par le roi pour ses idées religieuses.

Nabi n'osa répondre.

— Le roi est très tolérant comme l'étaient ses ancêtres, insista la reine. La preuve en est que des hommes de toutes religions et de tous pays travaillent au palais. Son père, le grand Thoutmosis IV, a même épousé des étrangères...

La voix de Tiyi se cassa. Nabi comprit que la reine n'était pas toujours favorable à cette politique.

— Si besoin est, ajouta-t-elle avec un soupir, Aménophis fera, lui aussi, des mariages de raison avec des princesses du Mitanni, du Hatti ou d'horizons divers. Je veux te donner une preuve de notre bonne foi et de notre grandeur d'âme. Retourne préparer ton sac et rapporte à ton père ce que je viens de te dire. Tu prendras le dernier bateau en partance pour Memphis. Tu fais dorénavant partie de l'entourage de la reine !

Profondément ému, ne sachant comment remercier la Grande Epouse, Nabi se contenta de se jeter à ses pieds, les larmes aux yeux. Au bout de quelques instants, il lui avoua son émotion.

— Ne me demande pas de longs discours de remerciement. Aucun mot ne peut exprimer ce que je ressens. Je suis comblé. La Grande des grandes me rend si heureux que je la servirai pendant tous les instants de ma vie terrestre et éternelle.

Troublée à son tour par tant de dévouement, la reine regarda Nabi avec plus d'attention. « Qu'il est beau ! se dit-elle. Dans ses yeux pleins de larmes aussi lumineux que le ciel, on lit une extrême bonté et un amour infini. »

son avec des princesses [illegible] du [illegible] ou l'horizon [illegible] le voit. Le donne une preuve de notre [illegible] de notre [illegible] [illegible]

Profondément [illegible] la Grande [illegible] de [illegible] bord de quelques [illegible] tion.

— Nous ne demandons [illegible]

[illegible]

[illegible] il y a [illegible]

[illegible] ais la [illegible]

XV

Persuadé qu'il avait agi pour le bien de tous en disculpant Iaret, Menna décida de donner plusieurs sacs de céréales aux gardes postés devant son appartement pour acheter leur silence. En apprenant cette démarche, Iaret le fit appeler et lui apprit que son geste n'était pas nécessaire.

— Non seulement il n'est pas utile mais il t'accuse, lui dit Iaret tranquillement. En achetant ces gardes, tu risques d'être pris sur le fait. As-tu vraiment le sentiment d'avoir trahi tes souverains ?

— Je ne comprends pas, rétorqua Menna. Comment es-tu au courant de mes intentions ?

— Je sais tout ce qui se trame dans ce palais, répondit Iaret.

— J'ai la conviction d'avoir agi au mieux des intérêts du roi, répondit Menna. Mes filles ont eu raison de me parler. Mais nous devons nous protéger. Néfertary a réclamé une enquête sur nous tous. Je connais la reine mère. Elle n'abandonnera pas tant que l'affaire lui paraîtra louche. Elle poursuivra ses recherches à Memphis.

— Elle ne trouvera rien de compromettant.

— Explique-toi.

— Je me suis chargée de parler aux gardes. J'ai su les convaincre du bien-fondé de nos rencontres avant le procès. Ils seront muets comme des carpes du Nil. Jamais la reine mère ne trouvera de preuve d'une quelconque supercherie. Vous y gagnerez tous une vie éternelle sereine et joyeuse, éloignée des animaux funestes que dompte Osiris.

Malgré l'assurance d'Iaret, Menna n'était guère réconforté. Il avait déjà pu tester l'opiniâtreté de la reine mère et ne l'avait jamais vue aussi révoltée. Seuls les dons exceptionnels d'Iaret sauraient peut-être calmer l'ire de Néfertary.

Les chargements ayant réclamé plus de temps que prévu, le roi jugea préférable d'embarquer le lendemain matin. Il souhaita passer sa dernière nuit thébaine auprès de la Nubienne Capalescou qui l'intriguait. Il se demandait comment cette fille timide et secrète pouvait le regarder aussi effrontément, avec cette hauteur qui en aurait exaspéré plus d'un. Mais cet aspect racé du personnage l'attirait.

Il fut encore plus étonné de découvrir que cette jeune femme n'avait jamais connu d'homme avant lui. Pourtant, malgré l'abandon manifeste et l'obéissance de Capalescou, Aménophis restait persuadé qu'elle pouvait le tuer sans état d'âme après avoir accepté toutes ses volontés.

La Nubienne avait même pris un soin extrême à sa toilette. La peau glabre et douce, parfumée à l'amande et à la myrrhe, les cheveux inondés de fragrances épicées, le visage totalement maquillé, elle séduisait le roi par ses gestes distingués, ses désirs raffinés et son élégance. Ses longs bras et ses jambes aussi minces que des pattes de gazelle la faisaient paraître plus grande qu'elle n'était.

Bien qu'Aménophis passât auprès d'elle des heures agréables, Capalescou gardait son mystère. Pendant leurs étreintes, elle regardait le roi, un sourire énigmatique aux coins des lèvres comme si elle préparait un piège. Le roi s'était demandé à plusieurs reprises à quoi elle pensait pendant qu'elle se laissait ainsi aller entre ses bras. Il avait l'impression de saisir le vent tout en étant contraint de le laisser s'échapper. « Si Capalescou me hait, pourquoi me donne-t-elle l'impression d'être heureuse auprès de moi ? Elle pourrait faire son devoir comme beaucoup de femmes du harem. Je ne l'oblige pas à partager mon plaisir. »

Après avoir passé des moments de grande complicité avec Aménophis, Capalescou se leva dès que Pharaon lui fit signe qu'il devait la quitter. Elle le salua et se retira comme s'il lui avait donné audience. « Est-ce de la résignation ? se demanda encore le roi. Je ne lis rien sur son visage. Que ressent-elle pour moi ? Comment me considère-t-elle après ces heures d'intimité ?

Joue-t-elle pour mieux me provoquer et susciter mon désir ? »

Comme Capalescou allait ouvrir la porte, le roi lui ordonna de rester.

— Attends, Nubienne ! Tu me dois des explications...

Capalescou lui avoua qu'elle ne comprenait pas ses propos.

— Tu te moques de moi. Comment peux-tu être aussi froide ? Aucune des femmes du harem n'agit ainsi avec Aménophis III. Qu'éprouves-tu pour moi ? Tu as été remarquablement reçue au palais. J'ai donné des ordres pour que tu t'y sentes comme chez toi au milieu de tes nombreuses domestiques.

— Maître, je mentirais si je te disais que je ne regrette pas mon pays. Plus le temps passe, plus je m'habitue à l'Egypte. Pardonne ma mélancolie...

— As-tu été acceptée au sein du harem ?

— Non. Certaines Egyptiennes ou Asiatiques n'aiment guère les Nubiennes !

— A juste titre, crois-moi. Les Nubiens nous ont suffisament fait souffrir ! Ils sont ingérables !

— Voilà sans doute pourquoi tu me trouves froide et triste.

— Et que penses-tu de Pharaon ? demanda Aménophis qui attendait une réponse favorable et flatteuse.

— Je ne sais que répondre, lui dit la Nubienne dans un mauvais égyptien.

Comme le roi allait la réprimander pour une telle injure, Capalescou eut l'intelligence de s'excuser en voyant le visage du roi changer de couleur.

— Je ne comprends pas toujours ce que dit Pharaon. Mais depuis que je suis ici, j'ai bien progressé.

— En effet, reconnut Aménophis. Tu parles égyptien presque aussi bien que nous. Mais tu n'as pas répondu à ma question.

— Nous ne sommes pas habitués à juger nos chefs, répondit Capalescou.

— Oublie que je suis le roi d'Egypte et dis-moi ce que tu penses d'Aménophis.

— Pharaon est Horus d'or et Taureau puissant, répondit Capalescou en biaisant de nouveau. Seigneur des deux pays, je dois aller me préparer si tu veux m'emmener à Memphis.

— Tu feras partie du harem d'accompagnement.

Comprenant qu'il n'obtiendrait rien de plus, le roi la laissa partir et resta sceptique. Bientôt, des femmes l'entourèrent. Les unes rangeaient dans des pots à onguent des mixtures à épiler. D'autres saisissaient de petits coffres en bois pour y classer les peignes et les barrettes. D'autres encore alignaient les vases en obsidienne et en or remplis d'encens utile pour les frictions du corps.

Des Egyptiennes à peine vêtues rassemblèrent des tuniques en lin et du matériel de toilette, bassines, rince-doigts, vases à eau puis elles placèrent dans un pot de la cendre et de l'argile servant à faire mousser l'eau. D'autres récipients contenaient du sel pour se rincer la bouche ou du sable et du natron avec lesquels on se frottait la peau.

Rien n'était laissé au hasard. Ustensiles de manucure, de barbier, rasoirs de coiffeur, pinces étaient délicatement disposés dans des étuis en cuir abrités dans des coffres ornés d'ivoire.

Les parfumeurs et les droguistes pénétrèrent dans la chambre où se trouvait encore le roi. Confus, ils se courbèrent devant lui et s'excusèrent d'une telle audace.

— Faites comme si je n'étais pas là, répondit Aménophis. Je souhaite maintenant quitter Thèbes le plus vite possible. Rangez ces vases pleins d'essences et ces petits sacs de galène et de malachite. Quelle femme accepterait de partir sans son maquillage ? Qu'elles soulignent leurs yeux avec de la galène et qu'elles ombrent leurs paupières de vert avec cette malachite ! Il nous arrive de faire de même. Mais je ne comprends pas pourquoi nous emportons tant de produits. Memphis et Medinet el Gourob en regorgent !

Des jeunes servantes emportèrent, à leur tour, des mixtures de térébinthe et d'encens pour supprimer les odeurs du corps, des crèmes pour adoucir la peau, enlever les taches de rousseur et les boutons et des huiles mélangées à du sel, du natron, du miel et de la poudre d'albâtre pour raffermir le corps.

Capalescou avait oublié ses pots de lait d'ânesse et ses produits pour faire pousser les cheveux. Tout fut emporté, de l'huile de ricin aux étranges pommades pour teindre les cheveux ou les sourcils blancs. Comme le pharaon observait une très jeune fille qui prenait en tremblant un récipient de fenugrec servant à préparer une pâte spéciale, celle-ci le laissa tomber et fondit en larmes.

— Relève-toi ! lui dit le roi. Pourquoi gémis-tu ? Est-ce pour ta maladresse ou parce que tu redoutes une punition ?

L'Egyptienne ne parvenait pas à articuler un son.

— Si les femmes du harem n'ont pas ce fenugrec pour préparer la pâte des dieux propre à éclaicir le teint et à supprimer les rougeurs du visage, je serai fouettée !

— Ce fenugrec est-il réellement aussi précieux ?

— Oui, maître. Il ralentit le vieillissement de la peau. L'huile obtenue avec le fenugrec est si longue à préparer et elle coûte si cher !

— Ramasse ce que tu as fait tomber. Personne n'en saura rien, je te le promets.

L'Egyptienne regarda le pharaon comme si elle ne comprenait pas. Puis elle prit les miroirs à manche d'ébène placés sur des supports en argent.

— Le Seigneur des deux pays ne me punira pas ?

— Non. Car tu m'as appris quelque chose de précieux : une recette pour garder la jeunesse. Comment voudrais-tu que je sévisse contre toi après une telle révélation ?

— Pharaon n'en a pas besoin, répondit l'Egyptienne avec des yeux admiratifs. Le roi ne vieillit jamais. Il reste magnifique et beau comme un dieu.

Comme d'autres femmes entraient pour s'emparer des coffres à bijoux et des tuniques, Aménophis se décida à quitter la chambre. Bien qu'il n'ait pas dormi de toute la nuit, il ne ressentait aucune fatigue.

— Aton, que ta lumière nous éclaire comme chaque jour ! Rê, je te vénère et te remercie de la chaleur que tu nous apportes, dit-il en levant le regard vers le ciel. Les journées qui vont suivre seront exceptionnelles. Je veux qu'elles restent dans toutes les mémoires !

Il retrouva son épouse à l'aube à l'embarcadère. Il savait que Tiyi ne lui pardonnerait pas cette infidélité. Mais elle devait s'y habituer et accepter son sort.

La Grande Epouse veillait attentivement sur sa fille en donnant à la nourrice d'ultimes conseils pour le voyage. Certains fonctionnaires demeurèrent à Thèbes ; d'autres embarquèrent pour Memphis.

XVI

Le cortège royal parvint aux abords du chantier de Djaroukhâ trois jours plus tard. Amenhotep n'en finissait pas de fournir des détails à Tiyi et de lui montrer ses plans. La jeune femme n'avait jamais espéré un domaine aussi grand. Ses parents, eux aussi, furent impressionnés par les ordres d'Aménophis. Youya commençait à se demander si Aménophis n'avait pas des projets trop présomptueux et s'il ne s'attirerait pas ainsi la foudre des dieux et des hommes. Même s'ils avaient coutume d'ordonner des constructions gigantesques, les pharaons étalaient ces chantiers sur plusieurs années. Or, Aménophis avait déjà en tête un nombre incalculable de nouveaux temples et de monuments commémoratifs.

Lorsqu'ils arrivèrent au chantier de Djaroukhâ, Tiyi se montra un peu déçue. Elle espérait voir déjà debout quelques édifices. Mais dès qu'Amenhotep conduisit le couple royal au bord du lac immense qui lui était dédié, Tiyi se sentit envahie d'une incroyable fierté. Tous les Egyptiens présents se demandaient avec stupéfaction comment l'honorable Amenhotep avait réussi un pareil exploit en si peu de jours.

Une embarcation arrangée avec goût dans laquelle se trouvaient déjà plusieurs musiciennes s'avança vers Aménophis III.

— A toi l'honneur, grand maître, d'inaugurer le lac de la divine Tiyi, lui dit Amenhotep.

Le pharaon monta seul dans le bateau à la proue en forme d'oiseau. Il s'étendit sur des coussins et écouta les flûtistes interpréter un morceau doux et poétique. Le navire vogua bientôt au fil de l'eau sous les acclamations des courtisans. Puis le roi revint à son point de départ et invita Tiyi à monter dans le navire.

— Ma chère épouse, je t'offre ce lac et ce domaine. Tu y auras un personnel nombreux et compétent. Ton dévouement et ta beauté méritent bien un tel honneur !

Les Egyptiens s'agenouillèrent et reprirent en chœur un hymne à la gloire du couple royal. Néfertary, elle aussi, avait conscience que son fils devenait dépensier et que ce comportement pouvait nuire à sa réputation. Elle ne souhaitait pas, toutefois, le réprimander trop tôt car Aménophis avait besoin de s'affirmer et de gouverner seul pour mieux comprendre ses erreurs.

S'il dilapidait le trésor royal, le roi serait, en effet, contraint de faire la guerre pour rapporter un butin en Egypte — ce qu'il ne désirait pas. Comment affronterait-il les paysans mécontents qui se plaindraient des redevances ou les ouvriers qui réclameraient leur salaire ? Des grèves avaient autrefois failli entraîner la chute de certains rois. Même si l'Egypte était plus prospère que jamais, Aménophis devait être prudent et consulter les registres des scribes avant d'engager des frais.

Après cette émouvante inauguration, les courtisans accompagnèrent la famille royale jusqu'à Medinet el Gourob où les fêtes commencèrent. Pendant la soirée, le roi apprit la révolte d'un commissaire de Palestine contre lequel on l'avait déjà mis en garde. Furieux, il envoya aussitôt des soldats dans la ville où il résidait en leur ordonnant de le ramener mort ou vif. Le commissaire s'était mis en relation avec le souverain du royaume d'Amourrou qui prenait le parti du roi du Hatti.

Camita trouva là le prétexte de suggérer une nouvelle fois à son époux de retourner au Mitanni. Mais Pashed resta sourd à ces arguments. Pendant le banquet auquel ils étaient conviés, la jeune femme lui promit de revenir dès que possible à Memphis. Elle le supplia de penser à sa fille et de lui épargner une plus longue attente. Pashed semblait indifférent à toutes ses remarques. Il observait les danseuses de ses yeux brillants et buvait beaucoup. Comme il ne répondait pas, Camita insista.

— Elle a raison, Pashed, dit Aménophis qui avait entendu la Mitannienne. Nous n'avons plus de nouvelles de ton pays. N'as-tu pas hâte de le retrouver ?

— J'avoue ne pas être pressé de m'entretenir avec Sutarna.

— On dit pourtant que son fils est élevé avec ta propre fille.

— En effet, le petit Tushratta reçoit la même

éducation que notre fille Yuri. Mais son père n'estimait guère Sutarna à la hauteur de sa future tâche. Aujourd'hui qu'il se trouve à la tête du Mitanni, je crains que nous ne nous affrontions. Artatama m'appréciait et ne le cachait pas à son fils.

— Nous n'avons, pour l'instant, qu'à nous louer de ses intentions. Il continue la politique de son père.

— Prions Aton pour qu'il n'ait pas à combattre les Hittites. Sans toi, Pharaon, je doute qu'il sache mener nos hommes au combat.

— Tu repousses donc ton départ à cause de Sutarna...

— Pas tout à fait, répondit Pashed en rougissant.

Le roi surprit un regard complice entre le Mitannien et Hinutimpet. La scène n'échappa pas à Tiyi.

— Les Mitanniens apprécient tous l'Egypte. Nombreux sont ceux qui viennent s'installer chez nous depuis que nous sommes en bons termes, constata-t-elle. La princesse Hinutimpet n'a jamais manifesté le désir de repartir depuis le décès de Thoutmosis IV...

— La laisserais-tu partir ? demanda, soudain, Pashed à Aménophis avec une note d'espoir dans la voix.

— J'en ai déjà parlé avec la Grande Epouse. Hinutimpet a été offerte à mon père. Il est normal qu'elle demeure ici. Je crois que sa présence est excellente pour les relations entre l'Egypte et le Mitanni.

— Et si elle souhaitait partir... suggéra Pashed.

— Je ne l'envisage même pas, répondit froidement Aménophis.

Comme Pashed s'attarda auprès d'Hinutimpet tard dans la soirée, Camita attendit son retour dans la maison qu'ils habitaient pendant leur séjour à Medinet el Gourob. Hinutimpet avait elle-même parlé au roi pour que cette demeure peu éloignée du palais et de son propre domaine fût mise à leur disposition.

Quand Pashed rejoignit Camita bien longtemps après, elle lui dit d'un ton ferme qu'elle ne pouvait supporter davantage sa séparation d'avec sa fille.

— Yuri nous attend. Sa nourrice ne saurait nous remplacer. Les domestiques qui nous ont accompagnés prennent ombrage de tes tergiversations car tu leur avais promis de rentrer avant l'inondation du Nil. Si tu ne fais pas tes bagages dès demain, je retournerai seule au Mitanni. J'affronterai, s'il le faut, les brigands et les bêtes sauvages. J'emmenerai avec moi tous ceux qui voudront m'accompagner !

Bien que Pashed cherchât à trouver des excuses pour rester encore en Egypte, Camita refusa de l'entendre. Elle évita toute discussion et partit dans sa propre chambre. Au lieu de la suivre, Pashed se laissa tomber dans un fauteuil et se mit à réfléchir.

— Que m'arrive-t-il ? soupira-t-il. Camita a raison. Le roi m'a mis sur la voie. Je n'ai jamais été aussi faible. Je m'étais pourtant promis de rester fidèle à ma femme et je croyais avoir oublié Hinutimpet. Aton, pourquoi me tourmentes-tu ainsi ? Je suis vieux et j'ai droit au repos. J'ai enfin fondé une famille que j'aime. Ne suis-je pas ridicule auprès d'Hinutimpet qui est beaucoup plus jeune que moi et qui appartient à Pharaon ? Je ne me reconnais plus. Yuri comblait mes jours. Je n'ai pas le droit de délaisser ainsi ceux qui me rendent cet amour.

Ayant honte de lui-même, Pashed finit par se lever. Il fit appeler l'une des servantes de sa femme.

— Tu vas dire à Camita que je l'attends. Qu'elle vienne immédiatement me rejoindre !

— Maître, Camita dort profondément.

— Tu mens ! Elle vient de me quitter. Je sais qu'elle passe tous les soirs de longs moments à sa toilette !

— Non, maître, je ne mens pas. Lorsqu'elle t'a quitté, elle s'est mise à pleurer. Elle nous a congédiées puis elle s'est endormie. Comme je n'entendais plus aucun bruit, je me suis rendue auprès d'elle. J'étais inquiète... J'ai pu constater qu'elle dormait très profondément.

— Eh bien, réveille-la ! dit Pashed.

Comme la servante hésitait à exécuter ses ordres, Pashed se radoucit.

— Non. Ne la réveille pas, dit-il finalement. Je lui parlerai demain.

Il décida de rejoindre Hinutimpet au palais. Impuissant, ne sachant résister à son charme, il devenait peu à peu prisonnier de ses sentiments comme il l'avait été autrefois en voyant la princesse pour la première fois.

Il fit appeler son cocher qui s'étonna de le voir

repartir et lui donna l'ordre de lancer ses chevaux au galop.

— Vite ! Au palais !

— Je m'apprêtais à conduire les chevaux aux écuries...

— Attelle-les et file ! répondit Pashed. Je n'ai pas de temps à perdre !

Ils furent bientôt rendus au palais.

— Tu peux rentrer, dit Pashed au cocher.

— Mais comment mon maître va-t-il retourner...

— Je ne sais si je rentrerai ce soir. Je ne veux pas que tu passes la nuit ici.

— Mais je peux attendre près des écuries de Youya. Si tu as besoin de moi, un domestique viendra me prévenir.

— Soit !

Pashed se dirigea vers la salle du banquet qui se vidait petit à pctit. Seuls quelques Egyptiens égrillards ou endormis s'attardaient encore dans la pièce qui dégageait des odeurs fortes de parfums, de cuisine et de sueur. Des domestiques nettoyaient les mosaïques recouvertes, par endroits, de vin, de sauce et de bière. Les membres de la famille royale s'étaient retirés en même temps qu'Aménophis III.

Après avoir constaté qu'Hinutimpet n'était plus là, Pashed n'hésita pas à se diriger vers l'aile où elle habitait. Il avait l'esprit brouillé par le vin.

— Qui vient par ici ? demanda un garde en s'approchant de lui, une torche à la main.

— Pashed. Je viens rendre visite à la princesse Hinutimpet.

— Mais tout le monde dort ! répondit le garde. Ses servantes se reposent.

— Contente-toi de me guider. Tu pourras ensuite nous laisser seuls.

— Pashed, seul Pharaon a le droit de venir ici.

— Thoutmosis IV n'est plus et Aménophis III ne se préoccupe guère d'Hinutimpet.

— J'ai des ordres.

— Je n'en doute pas, garde, mais je te donnerai une bonne récompense. Je te propose de prévenir Hinutimpet. Tu me rapporteras sa réponse et j'agirai comme elle l'entend. Si elle ne veut pas me recevoir, je rentrerai chez moi. En revanche, si elle consent à me parler, tu te retireras et tu te tairas, sinon...

Le garde accepta à contrecœur. Comme il s'éloignait, Pashed le suivit discrètement et entendit ainsi la réaction d'Hinutimpet qui était en train de prier Aton. Au lieu d'attendre la réponse du garde dans le couloir, il franchit le seuil des appartements d'Hinutimpet et fit signe au garde de sortir.

— Que fais-tu ici ? lui demanda-t-elle, un peu effrayée. Pourquoi n'es-tu pas rentré chez toi ? Camita va s'inquiéter ! J'ai pourtant vu ton char s'éloigner !

— Je suis rentré, lui expliqua Pashed. Mais j'ai décidé de revenir te voir. J'avais besoin de te parler.

— Pashed, j'appartiens à Pharaon. S'il apprenait que tu es ici, je n'ose imaginer ce qui t'arriverait !

— Hinutimpet, je ne crains rien lorsque je suis près de toi. Tu ne peux oublier nos promesses autrefois échangées. Nous étions sur le point de nous unir. N'éprouverais-tu plus rien pour moi ?

— Pashed, je n'ai même pas le droit de me poser la question. Pharaon est mon maître et mon seul amant désormais.

— Me laisserais-tu croire que tu aimais Thoutmosis IV et qu'Aménophis te séduit alors qu'il n'est qu'un enfant ?

— Je suis à lui quoi qu'il advienne et quoi que je pense.

Enhardi par le vin qu'il avait bu, Pashed attira Hinutimpet contre lui.

— Nous étions, pourtant, si complices.

En mal d'affection après la disparition de son père, meurtrie et accablée par le chagrin, la princesse mitannienne se laissa aller dans les bras de Pashed. Sans doute cherchait-elle une épaule amie. Encouragé par ce geste inattendu, Pashed lui caressa les cheveux. Il la trouvait belle ainsi, sans perruque, la chevelure déployée dans son dos nu. Sa robe à larges bretelles ne cachait pas sa poitrine. Pashed embrassa sa nuque et lui promit de ne jamais l'abandonner.

— Je suis encore si triste, Pashed. A qui puis-je parler de mon père et de notre pays ? Qui peut me comprendre à part toi ? Pharaon n'accepterait même pas de me voir faire le voyage jusqu'au Mitanni.

Il l'embrassa en mêlant ses larmes aux siennes.

— J'ai été si blessé par ton départ, lui avoua-t-il. Comment Thoutmosis a-t-il osé t'enlever à moi ? Les dieux l'ont sans doute puni pour mieux nous rassembler. Suivons la volonté des divinités. Grâce à elles, nous sommes aujourd'hui réunis.

— Tu as raison, répondit Hinutimpet. Ne m'abandonne pas. Aton veille sur nous !

Pashed l'embrassa de nouveau. Comprenant la situation, les deux servantes d'Hinutimpet se retirèrent, effrayées par l'insouciance de leur maîtresse. Hinutimpet se livrait au Mitannien comme si rien d'autre ne pouvait lui faire retrouver le sourire.

— Te souviens-tu, Pashed, des fêtes que mon père donnait au palais ? J'invitais des artistes et des savants. Les soirées se prolongeaient si tard... Nous parlions des voyages de nos grands géographes, des inventions de nos meilleurs médecins, des sculptures de nos artistes et nous écoutions des comédiens lire les derniers écrits de nos poètes.

Pashed la laissa raconter ses souvenirs. Tantôt elle riait, tantôt elle sanglotait, regrettant manifestement cette vie insouciante et heureuse.

— Comment Thoutmosis te traitait-il ? lui demanda-t-il. Te respectait-il ?

— Le roi m'a toujours appréciée, répondit Hinutimpet. Je suis accablée par son absence. Par bonheur, les dieux t'ont guidé jusqu'ici...

Elle parut se souvenir soudain de Camita.

— Rentre chez toi, Pashed. Je suis sûre que Camita t'attend. Elle est belle et intelligente...

— Oublie Camita, lui répondit le Mitannien. Je ne veux parler que de nous.

Hinutimpet lui prit les mains et les serra très fort.

— J'ai confiance en toi.

Saisissant cette opportunité, Pashed qui avait toujours respecté Hinutimpet, oublia tous ses principes et se laissa gagner par un désir d'autant plus vif qu'il n'avait jamais pu l'assouvir. Il aimait toujours Hinutimpet et il n'avait cure de ce qui arriverait.

Septième partie

Aménophis III fit placer les criosphinx devant le temple de Karnak.

Memphis.

Kôm el Hettan où fut élevé le temple de Millions d'années d'Aménophis (en cours de fouilles).

Détail de tombe (époque des Thoutmosides) dans la Vallée des Rois.

Statue d'Aménophis III (Louxor).

Détail de la tombe de Sennefer, aut fonctionnaire sous la XVIIIe dynastie (Vallée des Nobles).

Détail de la tombe du vizir Ramosé (Vallée des Nobles).

Sarcophage de la tombe KV 55 dans laquelle furent retrouvés des objets ayant appartenu à Tiyi.

Coffret des vases canopiques de Touya, mère de Tiyi (musée du Caire).

Procession funéraire dans la tombe d'un fonctionnaire de la XVIIIe dynastie (Sheikh Abd el Gournah).

À Chypre furent retrouvés des objets égyptiens témoignant d'échanges fructueux (Amathous).

En haut

Le temple de Louxor en partie bâti par Aménophis sur la rive est du Nil

En bas

Scènes de vendanges dans la tombe du scribe Nakht (Vallée des Nobles).

Aménophis IV, fils d'Aménophis III (Louxor).

Char de la famille royale (musée du Caire).

Harpiste dans la tombe
de Djehoutymès (El Khôkha).

Scènes de la vie
quotidienne :
chez le coiffeur
(tombe d'Ouserhat).

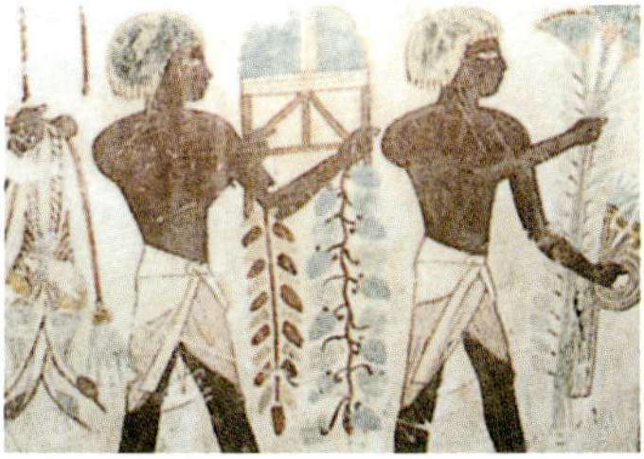

Porteurs de myrrhe dans
la tombe d'Ouserhat
(Sheikh Abd el Gournah).

Flûtiste dans la tombe de Menna.

Procession dans la tombe de Séthi Ier (Vallée des Rois).

Les divinités assises dans une tombe d'artisan (Deir el Medineh).

XVII

Sutarna s'était habitué à son métier de roi plus vite que Pashed ne le pensait. Il assumait correctement ses fonctions et était respecté de son peuple et des courtisans de son père. Se sachant l'ami de Pharaon, il répondait avec dignité aux menaces du Hatti et du pays d'Amourrou. L'annonce de l'inauguration du lac de Tiyi par le coursier d'Aménophis III, Irechepa, lui rappela qu'il devait songer à rendre visite au couple royal. Il hésitait, toutefois, à s'éloigner du Mitanni pendant cette période mouvementée où de nouveaux roitelets cherchaient à s'imposer non loin de son pays.

Il lut avec plaisir le message d'Aménophis où étaient alignés ses cinq noms officiels : Horus à la gloire reconnue, à la vie longue et heureuse, représentant de Rê dirigeant les deux pays, roi des rois coiffé de la couronne blanche ; légiste pacifique, Deux Maîtresses réunissant les deux rives, semant la peur à l'étranger, Roi de Thèbes, grand bâtisseur proportionnel à sa puissance ; Dominateur en Horus d'or des Asiatiques et des

Libyens, taureau éloignant le peuple des Neuf Arcs, parfait, bien bâti ; Roi de Haute et Basse-Egypte Nebmaâtrê, représentant de Rê, d'Amon, d'Atoum ; et, enfin, Fils de Rê.

A ces titres habituels dans lesquels on décelait les ambitions d'Aménophis, avait été ajouté, d'une manière claire et insistante, le titre d'« Aton resplendissant ».

— Hinutimpet serait-elle passée par là ? s'étonna Sutarna. Je savais que les pharaons adoraient Aton mais ils ne l'avaient jamais cité dans leur titulature. A moins qu'il ne s'agisse d'une proposition de Pashed ? Mais quel pouvoir cet homme peut-il bien avoir sur Aménophis III ? Est-il son conseiller comme il l'était à notre cour ?

Le roi égyptien insistait sur son règne qu'il espérait long, sur son territoire qu'il souhaitait agrandir et faire fructifier et sur la célébration de ses jubilés qu'il voulait multiplier. Comme tous les rois avant lui il rappelait sa force physique mais il ajoutait constamment que les peuples ennemis devaient le redouter et lui obéir.

— Aménophis III craindrait-il une attaque ? Je doute que Thoutmosis IV ait eu le temps de le former. Il a pris le pouvoir très jeune. Même si la reine mère le guide, elle ne pourra rien pour lui en cas de malheur. Néfertary ne saurait l'accompagner à la guerre.

Sutarna finit par se convaincre qu'Aménophis avait hérité de Thoutmosis III la vaillance et la force.

— Après tout, je ne devais pas succéder si tôt à mon père et je suis aujourd'hui respecté. Il doit en être de même pour Aménophis. Il vaudrait mieux que j'évalue les forces de l'Egypte et la capacité d'Aménophis à traiter les affaires étrangères. Je dois absolument me rendre en Egypte ! Si ce pays ne peut plus nous apporter son aide, il faudra bien que le Mitanni se défende seul contre les Hittites ! Je ne veux pas être pris au dépourvu. Mes soldats doivent savoir quel est le tempérament du nouveau roi d'Egypte et quels sont ses moyens.

Sutarna comprit aussi les messages dissimulés dans la titulature du pharaon fraîchement nommé. Le roi considérait manifestement Thèbes comme l'égale de Memphis.

— Il se dit « roi de Thèbes ». Il vénérera donc Amon autant que Ptah. Et pourtant, j'ai l'impression que le fait d'avoir ajouté le nom d'Aton en gros caractères est significatif...

Il pensa soudain que cette lettre écrite dans une langue parfaitement maîtrisée avait été traduite par sa sœur. Il en relut le début.

— Aménophis se dit aussi fils héritier et aimé de Rê. Nul doute qu'il place le disque solaire au-dessus de tout. Il est la représentation d'Atoum, dieu d'Héliopolis où est également honoré Rê. Il m'invite aux prochaines fêtes du Nouvel An au moment où apparaît la plus brillante des étoiles pour assister aux réjouissances d'Héliopolis. Afin d'y recevoir des dieux l'assurance de son pouvoir et la force créatrice de Rê-Atoum, il se couvrira le corps et le visage de la terre de Rê recueillie à Héliopolis. Pendant cet événement, le pharaon souhaite la présence de tous les alliés de l'Egypte.

Tandis qu'il restait songeur, la femme qu'il avait réclamée entra dans son salon. Il la regarda attentivement, les yeux brillants. Non seulement Sutarna adorait les femmes, mais il se contentait rarement d'une seule Mitannienne dans la journée. Les femmes de son harem, plus nombreuses que sous le règne de son père, étaient souvent sollicitées et ne s'en plaignaient pas car le roi se montrait généreux.

— Délicieuse, lui dit-il, ma chère Fleur d'Aton, tu es merveilleuse. Tu viens de remplir cette pièce austère de ton parfum et de réjouir mes yeux de ta beauté. Viens près de moi et occupe-toi de ton roi. J'aime tes mains douces et délicates.

La jeune femme s'assit à ses pieds et lui caressa les jambes.

— Mon entraînement m'a fatigué. J'ai chassé ce matin pendant quatre heures. J'ai les mollets durs comme du bois et le haut des épaules endolori.

— J'ai prévu de petits massages comme les aime mon roi, lui répondit la Mitannienne en faisant signe à sa servante d'apporter les pots à onguents.

— Je crains de m'endormir sous tes caresses tant je suis fourbu ! Ce serait dommage... Je préfère profiter de toi !

— L'un n'empêche pas l'autre, maître. Pendant que tu lis ce courrier, je te masserai les jambes et les épaules. Nous aurons, ensuite, tout le temps de nous aimer.

— Tu m'as convaincu, dit le roi en s'abandonnant aux mains expertes de la Mitannienne.

Il prit le scarabée qui accompagnait le message d'Aménophis et y vit encore gravés les principaux titres d'Aménophis ainsi que les origines de la reine Tiyi. Sur le sceau royal figurait la jeune tête d'Aménophis que Sutarna n'avait jamais rencontré.

— Il est plus jeune que moi... Ses traits sont réguliers et un peu bouffis. Mais on retrouve les expressions de la famille des Thoutmosides. Je me souviens du regard et du menton volontaire de Thoutmosis IV. Mon père n'osait jamais contrarier le pharaon. Ces yeux en amande, ce visage allongé, ces pommettes hautes et saillantes, ces traits réguliers ressemblent à ceux du pharaon défunt. A l'exception de cet embonpoint étonnant qui rend cette figure plus douce... Mais j'aurais, sans doute, tort de ne pas me méfier de l'Euphrate qui dort. Aménophis doit avoir hérité de cette volonté et de cette bravoure étonnante qui caractérisent les Thoutmosides. Artatama me racontait, autrefois, les exploits de Thoutmosis III qui me glaçaient de terreur.

Aménophis III ajoutait qu'il aurait voulu le rencontrer lors de la fête qui avait immédiatement suivi son avènement.

— C'était, hélas, impossible car nous ne savions où se trouvait le roi Artatama, ajoutait-il. En outre, cette fête a été préparée dans la précipitation car les Egyptiens avaient affronté des mois difficiles, des périodes de deuil et de procès.

Il décrivait les funérailles qui avaient accablé les Egyptiens et concluait avec enthousiasme :

« Mais je tiens à ta présence pour les prochaines réjouissances. »

Sutarna se demanda s'il répondrait favorablement à l'invitation du roi.

— Il m'est difficile de la refuser sans froisser le pharaon. J'ai, cependant, des circonstances atténuantes puisque les Hittites nous menacent. Si je ne me rends pas en Egypte, Aménophis ne m'en voudra pas.

Sutarna sentait, pourtant, que son devoir était de partir pour l'Egypte.

— Je ne puis rester dans l'incertitude. Je dois connaître notre principal allié, celui qui est propriétaire de notre terre et qui la dirige, le vrai chef de notre pays.

— Te sens-tu mieux ainsi, maître ? lui demanda la Mitannienne.

— Tes mains font des merveilles. Continue tes massages. Ils me plaisent et me soignent. Mais ne te limite pas à mes épaules...

La Mitannienne étouffa un rire et réclama un nouveau pot à onguent. Elle dévêtit le roi qui se laissa dénuder et embrassa le corps royal avant d'y déposer ses pommades étourdissantes de senteurs. Sutarna poussa un long soupir de satisfaction qui en disait long sur son état d'âme. Il ferma les yeux et imagina son séjour à la cour d'Aménophis.

— J'emmènerai quelques femmes, murmura-t-il. Pharaon m'en donnera d'autres dès que je serai arrivé. J'emporterai de l'or et des objets de grande valeur. Aménophis m'a promis en échange de l'or pur et des pierres précieuses. Je pourrai aller chasser les taureaux sauvages avec le Taureau puissant se recommandant de Maât. On dit que le roi est capable de tuer soixante bêtes en une journée et qu'il totalise aujourd'hui près de deux cents victimes. Le scarabée qu'il nous a fait parvenir à ce sujet n'est pas innocent. Il laisse ainsi entendre qu'il est excellent chasseur et probablement bon soldat et qu'il a la force de repousser quiconque menace l'Egypte. Je me mesurerais bien avec lui pour voir comment il combat et comment il entraîne ses troupes avec lui.

Aménophis précisait sur un autre scarabée qu'il tuait environ dix fauves par an.

— Chasser les crocodiles, les hippopotames sur les bords du Nil ou rapporter d'Egypte quelques singes me plairait assez.

— Le roi m'emmènera-t-il ? osa la Mitannienne en baisant chaque partie du corps qu'elle massait.

— Si tu continues ainsi, je ne pourrai bientôt plus me passer de ta présence. Cela te plairait-il de m'accompagner en Egypte ?

La jeune femme arrêta ses massages. Elle se redressa et regarda le roi avec des éclats dans les yeux.

— Quel rêve ! Sutarna compte-t-il partir pour le pays magique où Pharaon se transforme en aigle ?

— Sans doute.

— Je serais si honorée de venir avec lui ! On raconte tellement de récits sur ce pays étonnant ! Pashed me disait que les monuments y étaient d'une hauteur gigantesque. Peut-être embellissait-il ses récits pour me faire plaisir car je ne comprends pas comment des bâtiments arriveraient presque à toucher les cieux. Il me disait aussi que des obélisques très élevés tutoyaient les étoiles, que la barque d'Amon était faite d'or et d'ivoire, que les pylônes de Karnak étaient plus solides que toutes les bâtisses du Mitanni et que Pharaon portait des gorgerins d'une largeur inimaginable.

— Je m'étonne que Pashed t'ait adressé la parole. Pourquoi se rendait-il au harem ?

— Artatama lui en avait donné l'autorisation. Il avait toute confiance en lui. Je crois que Pashed aime parler avec les étrangères qui font partie du harem.

— Pashed a probablement été dithyrambique. Il a fait de ses récits de véritables contes pour mieux te faire rêver. Il n'y a qu'un moyen de le savoir : nous rendre en Egypte !

La Mitannienne calma ses ardeurs et se réfugia auprès de son roi. La vie au palais au service de Sutarna lui plaisait car elle trouvait le nouveau roi plus viril et plus ardent qu'Artatama.

— Sutarna, dont l'esprit est illuminé par Aton, me comble.

— Tu pourras préparer tes coffres dès ce soir car le voyage sera long...

Sutarna songea soudain à son père et pria les dieux de le protéger là où il se trouvait.

— Espérons que notre traversée du désert ou notre navigation ne s'achèveront pas d'une façon aussi funeste...

XVIII

Conscient que le clergé d'Amon prenait de plus en plus de pouvoir, Aménophis III jugea bon d'agir avec les prêtres de Thèbes comme avec les fonctionnaires. Mieux valait fêter certains événements d'importance à Memphis ou à Héliopolis plutôt que de favoriser constamment le clergé d'Amon et la ville d'Ouaset.

Le vizir Thoutmès se réjouissait d'accueillir dans le nord de l'Egypte tous les alliés des Egyptiens. Aménophis fit également part à Amenhotep, fils de Hapou, de son nouveau désir.

— Je veux un nouveau palais, un domaine immense qui soit éloigné de la rive est de Thèbes.

— Je ne comprends pas, maître.

— Je préférerais avoir un palais sur la rive des morts, lui confia Aménophis.

— Voilà qui est étrange, Seigneur des deux terres, lui répondit Amenhotep, non seulement je rêve d'avoir ma tombe dans la Grande Prairie mais je voudrais aussi y faire construire un temple...

Parce qu'il s'était trop révélé, Amenhotep rougit.

— Ton père est encore très actif ! lui répondit le pharaon. Tu n'es qu'un jeune architecte plein de talent et tu voudrais déjà un temple à Thèbes alors que Pharaon n'en a pas encore un !

— Excuse mon audace. Il est vrai que je rêve parfois d'un temple de millions d'années comme en possèdent les rois. C'est très présomptueux de ma part...

— Peut-être pas. Si tu fais tes preuves pendant mon règne et si tu réalises encore des exploits comme l'aménagement si rapide du lac de Tiyi, nous pourrons alors y songer. Laisse-moi penser avant à mon propre temple...

Amenhotep reconnut que le roi avait raison de se moquer de lui. Il se retira car Aménophis souhaitait faire le premier bilan de son début de règne. Il avait engagé de nouveaux fonctionnaires, en avait remplacé d'autres. Il commença, tout d'abord, par faire le point sur le personnel qui vivait dans l'entourage de la reine, les chanteuses, les musiciennes, les coiffeuses, les responsables des bijoux royaux, des couronnes, des vêtements, des chaussures et des attributs royaux.

— Voyons... Tama, Mai, la harpiste Henutana sont très appréciées de Tiyi. Les artisans Nebamon et Ipouky sont si remarquables que je vais leur donner de nouvelles responsabilités. Voilà la liste des échansons : Chouy, Seth, Sétaou... Sennefer possède, après mon grand-père, les plus belles vignes de Thèbes. Il devient vieux. Pourquoi ne lui donnerais-je pas le titre d'échanson royal ? Passons aux intendants. J'ai entière confiance en eux. Ils savent choisir leur personnel. Kérouef restera auprès de Tiyi. Mis s'occupera de son domaine thébain. Ouserhat devient indispensable. Quant à Amenhotep, outre son titre d'architecte, je lui donnerais bien celui de gestionnaire des domaines de ma fille lorsque Satamon aura son propre personnel. La reine doit avoir au moins deux intendants importants à ses côtés. En plus de Kérouef, je placerais bien ce Houia dont on m'a dit le plus grand bien. Je conserve, bien entendu, Surer et donnerais volontiers une promotion à Nefersekeru en le nommant grand intendant de pharaon et de mes domaines illuminés par Rê. Le fils de Thoutmès, Meriptah, pourrait s'occuper de mon futur domaine de la rive ouest puisque Houi est déjà occupé à Memphis à gérer le temple où je côtoie le dieu Ptah.

Aménophis relut attentivement chaque ligne et réfléchit de nouveau sur les attributions de chacun.

— Meriptah aura une tâche énorme. S'occuper de mon temple de millions d'années. Sera-t-il à la hauteur ? Mon père lui avait déjà donné de hautes fonctions. Je ne crois donc pas me tromper. Reste Ramosé, ce jeune homme ambitieux qui soulève l'admiration de Tiyi.

Aménophis hésitait. Il le trouvait encore trop jeune pour lui donner une fonction essentielle.

— Il pourrait prendre la succession d'Amenemopé qui fut l'un de nos meilleurs vizirs, à moins que je ne multiplie les vizirs. Deux vizirs, c'est peu pour le travail à accomplir. Mon père a eu raison de ne pas se limiter à un seul homme. Faut-il pour autant en choisir trois ou quatre ?

Aménophis prit un autre rouleau et lut la liste que les scribes avaient préparée pour lui.

— Ouserhat restera chef du harem, Khaemhat, chef des greniers, et Menna, scribe des champs royaux, Méryrê s'est montré si efficace que je pourrais le nommer responsable des sceaux royaux.

Le roi était très préoccupé par la grandeur des villes qui croissaient sans cesse.

— Je vais être obligé de nommer des fonctionnaires chargés de les gérer. Qui pourrais-je choisir pour diriger Memphis ? Amonmès ? Houi ? Houi conviendrait mieux. Il connaît parfaitement Memphis et son père s'occupait déjà de cette ville. Le fait que Ramosé fasse partie de sa famille est un point important. Je verrais mieux Amonmès à Thèbes.

Le roi en arrivait à un secteur plus délicat lorsque Tiyi se fit annoncer.

— Je ne veux pas être dérangé, répondit Aménophis.

Il relut la liste des richesses disponibles en or, argent, électrum, pierres semi-précieuses, bois, huiles, parfums.

— Qui vais-je placer à la tête du Trésor ? La famille de Nebesen est inégalable. Nebesen est sans aucun doute le meilleur scribe du Trésor et son fils l'égalera bientôt. Je le conserve comme intendant de la Maison de l'or et de l'argent. Le prophète d'Amon Samout, Houi et Mis porteront également ce titre.

Le pharaon était également conscient qu'il lui

fallait organiser les activités de plus en plus nombreuses des ports, notamment celle du port principal où les Memphites flânaient toute la journée et où se faisaient les échanges.

— Horemheb souhaite se retirer. Qui vais-je trouver d'assez compétent pour mettre à la tête de l'armée ? L'arsenal, la garnison et la flotte doivent être tenus par des mains de fer. Qui sera capable de surveiller le port, le chantier naval, les casernes, les magasins, les champs, le bétail et les cultes d'Amon-Rê, d'Aton et d'Astarté ? Pas d'inquiétude pour la cavalerie. Youya surveille tout cela avec ses dons habituels et supervise parfois les ateliers où l'on fabrique nos armes. Je vais lui donner un assistant, un chef de la cavalerie et un responsable de l'écurie. Resh serait parfait dans cette dernière fonction.

Il hésita une nouvelle fois en lisant l'ensemble des titres de Resh qui était déjà responsable du domaine de Montou, des terres inondées par le Nil, porte-enseigne, responsable de deux navires et chambellan.

— Il est accaparé par la gestion des vignobles et des vergers qui poussent sur les terres fertiles inondées chaque année par le Nil. Sycomores, persea, oliviers, figuiers côtoient les fleurs et les potagers. Il n'en surveille pas moins des expéditions ou des chasses auxquelles participent les enfants de rois ou de princes étrangers éduqués au palais. Il a formé d'excellents garçons. J'aimerais, toutefois, le voir travailler avec Youya.

Aménophis tenta de se souvenir des enfants de princes dont Resh lui avait récemment parlé et qui lui semblaient plus doués que les autres.

— Sebeti... Voyons, il est déjà Grand Prêtre de Montou et Resh m'a dit qu'il avait demandé à Menna de s'occuper de sa propre tombe. Voilà qui dénote une belle ambition ! Il sait qu'il sera enterré dans la Vallée ! Je le verrais bien porte-étendard de Ma Seigneurie et peut-être, comme Resh qu'il pourrait aider, porte-étendard des enfants de princes mais je consulterai auparavant son ancien maître. Je ne prends aucun risque en le nommant, pour l'instant, camérier et chef des archers.

Le roi termina son travail par les vaisseaux de la flotte royale.

— L'*Astre de Memphis* et l'*Aimé d'Amon* sont bien gouvernés par Resh. Reste le *Khaemâat* qui est si pratique pour aller chasser dans les environs de Memphis. Je laisse Syece porte-étendard comme il l'était sur l'*Aimé d'Amon*. Personne ne l'égale. En revanche, je vais lui donner un assistant. Neben serait parfait car il respecte le chef des porte-enseignes. Tous ces hommes seront ravis de savoir que je fais construire de nouveaux navires dont un *Roi tout-puissant* et un *Aton resplendissant* sur le modèle de celui d'Hinutimpet. Dès que ces bateaux seront terminés, je les mettrai aux commandes. J'aurai alors besoin de nouveaux équipages performants sur mes anciens navires. Nous y réfléchirons le moment venu.

En contemplant tous ces noms alignés sous ses yeux, le pharaon se souvint des menaces de sa mère qui avait ordonné d'enquêter sur leur honnêteté.

— J'ai beau réfléchir, je ne décèle chez tous ces fonctionnaires que qualités et courage. Certains sont prétentieux et rêvent un peu trop tôt d'une tombe à Thèbes. D'autres ont engagé les meilleurs sculpteurs pour avoir les plus belles sépultures alors qu'ils commencent leur carrière. Mais puis-je le leur reprocher alors que chaque Egyptien songe à sa maison de l'Au-Delà avant de penser à sa propre demeure terrestre ?

Le roi reconnaissait, pourtant, que sa mère avait su mettre au jour des faits troublants.

— Je me demande pourquoi les membres du jury qui étaient tous hostiles à Iaret se sont soudain révélés si cléments à son égard. L'auraient-ils rencontrée comme le croit Néfertary ? Ont-ils été envoûtés par cette femme ? Depuis son procès, elle reste discrète et évite de se montrer en public. Si je préfère que le procès se soit achevé ainsi, je ne voudrais pas que ces hommes nous aient trahis en nous mentant car ils sont aux postes clés. Ils peuvent nous trahir demain s'ils l'ont fait une première fois. Si ma mère trouve la moindre preuve contre eux, je devrai sévir sévèrement et les condamner. Ils seront, comme tous les traîtres, mutilés et bannis. Ma mère s'est rarement trompée. Elle ne se laisse pas guider par ses impulsions. J'espère, dieux, que vous m'avez guidé ce soir dans mes choix et qu'aucun de ces intendants ou de ces vizirs ne complotera contre Pharaon !

Il se souvint, soudain, qu'il avait oublié une requête de Tiyi.

— Elle m'a parlé de Nabi et du jeune Moïse que je veux absolument rencontrer. Nabi nous a suivis jusqu'ici. Je vais lui trouver un poste digne de ses actes pour plaire à Tiyi. Il pourrait devenir, comme Neferouerref, garde de la Grande Epouse. Cela lui conviendrait parfaitement !

Aménophis se rappela le visage épanoui de Tiyi avec émotion.

— Je ne l'ai jamais vue parler de quelqu'un avec autant de passion et d'amitié. Mais n'est-ce pas normal puisqu'il lui a sauvé la vie ? J'aimerais cependant le rencontrer. Est-il beau, intelligent, doué ?

Se rappelant qu'il avait fait patienter la Grande Epouse, Aménophis jugea plus convenable de l'inviter à partager sa collation. Il était satisfait de son travail et avait un argument de poids pour se faire pardonner. Il envoya l'un de ses chambellans auprès de la reine et ordonna à quelques musiciennes de venir le rejoindre.

— Je ne souhaite que des harpistes, des flûtistes et des joueuses de tambourin. Elles devront se faire oublier et respecter notre intimité.

Le chambellan s'inclina et exécuta les ordres de Pharaon. Lui-même se laissa parfumer abondamment et ôta sa coiffe.

— Pharaon en veut-il une autre ? demanda l'homme préposé aux couronnes.

— Pour ce que j'ai l'intention de faire, je ne crois pas que ce sera utile...

Menatou, qui s'empressait auprès du roi, sourit et tapa dans ses mains pour congédier les serviteurs.

— Veux-tu, Seigneur des Deux Terres, que j'appelle le coiffeur ?

— Non. Je conserverai cette perruque. En revanche, un masseur serait le bienvenu.

— Maintenant ?

— Non, plus tard... Tu donneras aussi ces documents aux scribes royaux. Qu'ils recopient tout très précisément sans omettre une seule de mes remarques et qu'ils rangent ces documents dans les coffres d'archives que nous emporterons à Thèbes.

Lorsque Tiyi pénétra dans la pièce, Menatou s'éclipsa lui aussi. La Grande Epouse s'était fait attendre. Elle prit un air boudeur qui lui allait bien.

— Jamais encore Pharaon ne m'avait refusé sa porte...

— J'avais besoin de concentration. J'ai pu ainsi achever plus vite ce travail afin de me consacrer à toi. J'ai également une surprise pour toi.

— Tu sais bien qu'aucun cadeau ne peut effacer les injures.

— Que de grands mots pour de si petites choses...

— Je voulais, moi aussi, t'annoncer que j'attendais un nouvel enfant de Pharaon, dit Tiyi sans détours.

Aménophis s'inquiéta. N'était-ce pas trop tôt ?

— Je me trouvais trop jeune pour avoir des enfants. Eh bien, j'ai eu tort ! Ma mère avait raison : je supporte d'autant mieux la grossesse et l'accouchement que je suis d'un âge tendre. J'ai retrouvé ma vivacité et ma force. Inutile d'attendre ! Hathor m'aide à avoir des accouchements faciles et rapides. Je me sens prête à avoir cet enfant !

— Ne recommence pas tes escapades et promets-moi d'être prudente. Je tiens trop à toi. Tu es le soleil de ma vie. J'admire ton intelligence et ta sensibilité. Tu as su te faire aimer de tous...

— Sauf de ta mère !

— Néfertary t'adore. N'oublie pas qu'elle est à l'origine de notre mariage et que je ne la remercierai jamais assez de nous avoir unis malgré les réticences de notre entourage.

Tiyi ressentait beaucoup d'affection pour Aménophis.

— Je ne souhaite, cependant, pas être tenue à l'écart et vivre dans l'ombre de Pharaon, dit-elle franchement. J'ai déjà reçu des ambassadeurs étrangers. Je veux continuer ! Les affaires extérieures m'intéressent. J'ai cru comprendre que je pouvais servir d'intermédiaire entre le roi d'Egypte et certains souverains qui n'osent s'adresser à lui. Me permettras-tu de continuer à jouer ce rôle essentiel à la cour ?

— Bien entendu ! Réponds aussi aux femmes de ces souverains qui t'écrivent régulièrement. Tu le fais à merveille avec beaucoup de diplomatie.

— Je n'oublierai pas tes conseils, dit Tiyi avec plus de douceur. Qu'avais-tu à me dire ?

Elle se retourna en voyant les musiciennes qui s'installaient discrètement dans un coin de la pièce.

— J'avais envie de passer le reste de la journée avec toi. Aucune femme du harem ne saurait te remplacer.

Flattée, Tiyi lui répondit que le roi lui faisait la plus appréciable des surprises.

— J'en ai une autre, lui dit-il. Ne reste pas

debout. Assieds-toi près de moi. Ne m'avais-tu pas parlé de Nabi et de Moïse ?

— En effet ! répondit Tiyi en s'apprêtant à les louanger.

— Je crois déjà tout connaître sur eux, lui répondit son époux. J'ai décidé de nommer Nabi garde de la Grande Epouse royale ! Ce titre te plaît-il ? Conviendra-t-il à Nabi ?

— Il est parfait, répondit Tiyi. Aucune fonction ne pouvait mieux lui aller !

— Il sera sans cesse à tes côtés. Il te protégera. Il écartera les intrus. Il veillera sur ta personne.

— Je crois que cela lui fera plaisir...

— Qu'entends-tu par là ?

— Nabi est un jeune homme très admiratif. Et Moïse ?

— J'attends d'être à Thèbes pour le rencontrer et juger de ses capacités.

— Pour te parler franchement, Maître de Haute et Basse-Egypte, j'avais déjà eu l'idée de nommer Nabi garde de Ma Majesté.

— J'ai fait inscrire ce titre sur les registres. Ce titre est désormais officiel.

Tiyi se rapprocha de son époux et lui manifesta beaucoup de tendresse. Comprenant que le moment était venu de se retirer, les musiciennes emportèrent leurs instruments et disparurent par la porte entrouverte que Menatou prit soin de fermer derrière elles. Tous les Egyptiens étaient heureux de constater combien le couple royal était complice et uni. Un tel bonheur laissait présager un grand règne et une pleine prospérité.

XIX

Quelques mois plus tard, alors que Tiyi venait d'avoir son deuxième enfant, un fils nommé Thoutmosis comme certains de ses ancêtres, Memphis devint la ville réunissant le plus de rois. Nombreux étaient, en effet, ceux qui avaient répondu présents à l'invitation du pharaon. Sutarna était arrivé quelques jours avant et avait retrouvé sa sœur avec joie.

Pashed, qui se trouvait encore en Egypte, avait partagé quelques heures d'intimité avec Hinutimpet. Il était si heureux auprès d'elle qu'il avait oublié de regarder s'écouler l'eau de la clepsydre.

— Camita ne me pardonnera plus mes absences, dit-il à Hinutimpet. Elle a compris depuis longtemps que je venais te rejoindre.

— Camita ne se confie plus à moi. Je crois qu'elle est furieuse et qu'elle serait prête à te dénoncer à Pharaon.

— J'avoue ressentir un certain plaisir à partager ta couche alors que Thoutmosis IV m'avait volé ma fiancée !

Comme le Mitannien ajustait sa ceinture et défroissait son pagne, Hinutimpet lui reprocha cette remarque désobligeante.

— Notre complicité et nos sentiments ne se résument donc pour toi qu'à une vengeance ?

Pashed lui jura par tous les dieux qu'il n'aurait jamais trompé Camita s'il ne l'avait pas aimée plus que sa nouvelle femme dont l'étrange beauté et la jeunesse l'attiraient toujours.

— Aménophis vient-il te voir souvent ? demanda Pashed qui ne pouvait cacher sa jalousie.

— Rarement, répondit Hinutimpet.

— Que ressens-tu pour lui ?

— Pashed, je me rends compte que tu deviens de plus en plus audacieux et que tu dépasses les limites de la décence. Ne cherche pas à lutter contre Pharaon car tu y perdrais la vie. Si un seul de ses conseillers lui rapportait que tu partages ma chambre et que tu restes trop longtemps auprès de moi, il serait contraint de te condamner à la peine de mort car ce serait faire affront à sa puissance. J'appartiens au roi égyptien. Jamais aucune femme ne trompe Pharaon !

Tremblante à chaque fois qu'elle évoquait la situation, Hinutimpet se leva et se laissa envelopper d'une serviette par une servante.

— Toutes ces femmes parleraient pour obtenir une récompense. Les obliger à se taire est terrible pour elles car elles commettent une faute impardonnable. Si tu es condamné, nous le serons aussi. La reine mère Néfertary sera trop contente de se débarrasser de moi. Quant à la Grande Epouse, elle se méfie également de moi...

Au lieu de répondre, Pashed se rafraîchit le visage, se laissa peigner et parfumer puis il salua Hinutimpet comme si rien ne s'était passé entre eux.

— N'aie crainte, je te protégerai...

— Comment ? Personne ne peut lutter contre Pharaon !

Pashed croisa Sutarna au moment où il s'apprêtait à remonter dans son char. « Il était temps..., se dit-il en retrouvant son sourire. Hinutimpet a raison. Nous prenons trop de risques ! »

— Pashed, je te trouve ici à chaque fois que je viens voir ma sœur ! Passerais-tu tes journées auprès d'elle ?

— Camita me comble, répondit le Mitannien.

— J'ai rarement vu une femme d'une telle beauté. Tu peux, en effet, en être fier. Qui se trouve avec ma sœur ?

— Personne. Hinutimpet sera enchantée de ta visite.

Sutarna traversa d'un bon pas le vestibule de la maison que le roi égyptien avait fait construire pour son épouse mitannienne.

— Pharaon m'a demandé de me préparer, lui dit-elle pour excuser sa tenue.

— Je viens de voir Pashed... Je n'ai pu prendre sa fille avec moi. Elle est trop petite pour faire un si long voyage. Camita doit rentrer chez nous. Sans elle, Yuri est malheureuse.

— Pourquoi ne vivraient-ils pas en Egypte comme bon nombre de leurs compatriotes ?

— Que se passe-t-il, Hinutimpet ? Retiendrais-tu Pashed en Egypte ?

La princesse préféra ne pas se confier à son frère.

— Je n'ai guère le temps de me poser des questions. Pour la première fois, Pharaon a décidé de fêter tous les dieux de la région : Ptah Tatenen, Sekhmet et le dieu des parfums Nefertoum. Aménophis ne veut oublier aucune divinité. Pas question de mésestimer les dieux locaux comme Sokar ou les divinités étrangères comme Rechep ou Astarté. Des processions se rendront dans les sanctuaires d'Astarté qu'Aménophis prie chaque jour. Le pharaon est persuadé qu'elle éloigne la maladie de lui.

— Le roi serait-il souffrant ? demanda Sutarna avec intérêt. Je m'entends bien avec lui. Il m'a reçu comme Thoutmosis IV accueillait mon père. Je préférerais que les dieux le protègent.

— Voilà pourquoi nous passerons plusieurs jours à honorer Astarté. Mais nous célébrerons aussi le taureau Apis, la déesse Qadesh qui porte bouquet et serpents et nous nous recueillerons sur les premières briques qu'Amenhotep lui-même posera sur le sol.

— Un nouvel édifice ?

— Oui. Là sera bâti un temple royal unissant Aménophis à Ptah. Le roi a offert à Amenhotep, son architecte favori, une terre de plus de quatre cents aroures, un millier d'oies et deux mille porcs. En échange, Amenhotep va faire élever une statue en or, en électrum et en turquoise de Pharaon.

— J'ai souvent entendu son nom depuis que je suis ici.

— Pharaon lui donne beaucoup de travail. Il devient l'un des intendants les plus importants d'Egypte.

— Il est pourtant jeune.

— En effet. Je ne pourrais même pas te citer tous les chantiers dont il est responsable tant ils sont nombreux.

— Les chefs de chantiers m'ont paru très actifs...

— Pharaon en a nommé une quinzaine. Mais Amenhotep reste le maître de tous les grands travaux. Rien n'est entrepris sans qu'il n'en ait donné l'ordre. Il est attentif aux moindres détails. Il vérifie lui-même tous les matériaux qui arrivent sur les chantiers. Il scrute le calcaire, le grès, l'or, l'argent, les pierres semi-précieuses, le granite. Si des turquoises ne brillent pas suffisamment parce qu'elles ont été recueillies au Sinaï pendant la saison la plus chaude, Amenhotep convoque le chef de l'expédition et exige des explications. Pharaon peut se reposer entièrement sur lui.

— Dans le courrier qu'il m'a adressé Aménophis insistait sur la richesse de l'Egypte. Il m'écrivait que l'or y est aussi facile à trouver que la poussière, que les Egyptiens ne manquent jamais de rien et qu'ils s'offrent tous des cadeaux.

— Sutarna, tu ne peux imaginer tous les projets de pharaon. S'il vit longtemps, son règne sera celui des grandes bâtisses ! Alors qu'Amenhotep l'interrogeait pour savoir s'il allait développer les carrières de grès de Moyenne-Egypte, Pharaon s'est précipité pour lui affirmer que ce grès leur servirait dans bon nombre d'occasions. Même si nous en faisons venir en grande quantité du Gebel es Silsileh qui se trouve près d'Assouan, le roi en a tant besoin qu'il préfère ouvrir de nouvelles carrières... Aménophis a également inauguré une carrière de calcite au nom de la Grande Epouse non loin du temple rupestre de Pakhet en Moyenne-Egypte et plusieurs ouvriers travaillent déjà avec acharnement à Toura, non loin d'ici. Le calcaire y est, paraît-il, plus clair qu'ailleurs ! Il existe bien une carrière de calcaire près de Thèbes mais il est plus facile d'exploiter Toura pour les constructions du Nord.

— Je constate qu'Aménophis est très organisé. J'ai vu moi-même Amenhotep contrôler un chargement de quartzite en provenance des montagnes rouges.

— En effet. Elles se trouvent, elles aussi, en Moyenne-Egypte. Je crois qu'Aménophis est particulièrement fier de ces richesses naturelles. Il fait systématiquement graver dans la pierre ou dans des stèles rupestres la raison pour laquelle il ouvre ces carrières. Amenhotep a un plan de travail prêt pour trente ans !

— Alors souhaitons-lui longue vie ! dit Sutarna en riant. J'ai vu hier débarquer des fantassins chargés de surveiller le transport des blocs et des statues. Amenhotep contrôlait la stabilité d'un édifice avant de laisser les peintres et les sculpteurs faire leur travail. Les artisans prenaient des mesures pour la fabrication des portes. Les orfèvres préparaient leur or pour enjoliver la pierre et le bois.

Hinutimpet expliqua encore à son frère qu'Amenhotep avait récemment perdu son père et sa mère dont il avait organisé les funérailles.

— Aménophis lui a accordé une faveur : celle d'entretenir sa ville de la province de Kemour. Deux lacs y ont été creusés. Mais il est également responsable des prêtres d'Horus, dieu de Kemour.

L'engouement du pharaon étonnait Sutarna. Aménophis se comportait comme un enfant gâté qui voulait plus que ses ancêtres et qui craignait de ne pas vivre assez longtemps pour en profiter.

Comme elle voyait son frère songeur, Hinutimpet lui brossa un portrait plus complet d'Amenhotep que tous les Egyptiens commençaient à redouter.

— Il a fait ses preuves sur les champs de bataille. C'est un bon soldat. Il sait aussi réunir des troupes, les haranguer et les pousser au combat. De jeunes soldats ont été entraînés sous ses ordres. Il a fait lui-même des ennemis prisonniers et a rapporté d'importants butins.

Sutarna écouta d'une oreille plus attentive les détails que lui fournissait sa sœur.

— Penses-tu qu'il serait capable de diriger une armée jusqu'au Mitanni et de remplacer Pharaon ?

— Pourquoi pas ?

— Tu en sais plus que tu ne veux bien me le dire... Parle-moi des frontières de l'Egypte. J'ai vu qu'on y avait placé de très nombreux militaires. Etait-ce pour nous accueillir ou le roi a-t-il fait renforcer ses frontières ?

— C'est encore l'œuvre d'Amenhotep.

— Et ces factions en plein désert ?

— Elles ont été placées sur les conseils d'Amenhotep !

— Décidément aucune terre n'est laissée sans surveillance !

— Amenhotep est ainsi ! Peu à peu, le roi a fini par l'inviter dans ses appartements privés. Il le consulte avant les conseils, lui confie les missions les plus délicates...

— Cet homme a pourtant l'air affable et sympathique.

— Voilà ce qui fait toute sa force ! Sous cette enveloppe de gazelle se cache un caractère de lion ! Aménophis a une confiance aveugle en lui. Il le trouve intelligent, assoiffé de connaissances... Personne ne connaît mieux que lui les désirs d'Amon. Il comprend chaque ligne des textes religieux et aide parfois les prêtres dans leur travail.

— Je suis étonné que les prêtres d'Amon acceptent ses conseils...

— Moi aussi. Amenhotep fait surtout preuve d'une grande lucidité. Il sait immédiatement distinguer ses amis de ses ennemis. Jamais il ne se fie à des paroles mielleuses qui lui paraissent hypocrites. Inutile de te décrire avec quelle sévérité il parle des pilleurs de tombes ou de ceux qui dégradent volontairement les monuments ! Il leur souhaite de périr noyés sans honneurs, sans offrandes, sans sépulture décente, sans funérailles. Leurs femmes ne sont pas dignes de vivre. Leurs fils ne peuvent exercer leur métier ni prendre leur succession. Ils doivent mourir de faim et être jetés aux chiens !

— Aménophis a-t-il établi des décrets à ce sujet ?

— Aménophis écoute Amenhotep car c'est un homme honnête, juste, franc, droit qui hait le mensonge et le déséquilibre. Il s'adresse au riche comme au pauvre pourvu que celui-ci soit, comme lui, éloigné du mal.

— Je ne t'ai jamais vu parler d'un homme avec autant d'enthousiasme si ce n'est de notre propre père...

— J'avoue mal connaître Amenhotep mais je fais confiance à Pharaon. Il est bon d'avoir à la cour des hommes dignes de foi.

— Je ne comprends pas... Les hauts fonctionnaires, les scribes royaux, les intendants, les conseillers du roi ne sont-ils pas tous ainsi ?

Hinutimpet lui lança un coup d'œil complice.

— Tu es malin, mon frère ! Tu cherches à savoir comment se comporte Aménophis, s'il est bien entouré, si son armée est capable, quels sont les hommes les plus redoutables de la cour... Envisagerais-tu de renverser l'Egypte ?

— Ne te moque pas de moi, Hinutimpet. Je dois avouer que je suis venu ici pour avoir des renseignements sur Aménophis. Le Mitanni est en danger. Aussi dois-je m'assurer que les Egyptiens seront capables de nous aider en cas de malheur.

Le visage d'Hinutimpet s'assombrit.

— Parle, Sutarna ! Les Hittites ont-ils dévasté notre pays ? Je le pressentais... J'avais demandé à Aménophis d'envoyer des troupes chez nous...

— Mais il n'en a rien fait !

— Non. Il ne m'a pas écoutée. J'aurais pu fléchir plus facilement Thoutmosis IV.

— Rassure-toi, ma chère sœur. Le roi du Hatti n'a rien entrepris pour le moment. Je trouve, cependant, qu'Aménophis agit à la légère en le sous-estimant et je n'aime pas cela. Quand se décidera-t-il à envoyer des soldats au Mitanni ? Veut-il vraiment nous aider ?

— Sutarna, Aménophis consultait le vieux général Horemheb quand il avait un doute. Jamais Horemheb ne s'est trompé.

Bien qu'il n'approuvât pas le jugement du roi égyptien, Sutarna préféra changer de sujet. Mais l'un des objectifs de son séjour était de convaincre Aménophis de lui donner des hommes.

— Qu'Aton nous aide !

— Je crois avoir convaincu quelques Egyptiens que ce dieu était le plus grand...

— Quelques Egyptiens ou le pharaon en personne ?

Hinutimpet crut bon de lui raconter les dernières heures que Thoutmosis IV avait passées sur terre.

— Avant de disparaître, Thoutmosis IV a fait appeler son fils. Il lui a dit de placer des stèles et des inscriptions dans toute l'Egypte rappelant qu'Aton l'avait aidé dans toutes les batailles. Il a également demandé à son fils d'honorer le dieu Soleil.

— Je connais ton pouvoir de persuasion, lui dit Sutarna en souriant.

— Tu étais si jeune lorsque j'ai quitté le Mitanni ! Comment peux-tu te souvenir de tout ?

— En réalité, Artatama savait parler de toi...

Sutarna observa sa sœur :

— Je croyais que le roi t'attendait, lui dit-il.

— En effet, bafouilla Hinutimpet qui avait oublié le prétexte qu'elle avait donné à son frère.

XX

Comme les alliés de l'Egypte étaient habituellement invités à Thèbes, les clergés de Memphis et d'Héliopolis se réjouirent de les accueillir. Ils crurent déceler dans ce geste du roi une volonté de s'installer définitivement dans le nord de l'Egypte. En revanche, le clergé de Karnak s'émut de la décision du roi. Aânen lui-même insista pour que la fête se poursuivît à Thèbes après avoir commencé à Memphis et à Héliopolis. Il alla trouver Amenemhat et lui expliqua qu'il était trop dangereux de laisser le pharaon agir à sa guise.

— Les prêtres d'Amon ne le lui pardonneront jamais ! S'il choisit d'honorer Ptah et les dieux secondaires ou étrangers sans se tourner vers Amon, Aménophis perdra le trône. Il ne peut diriger ce pays seul ! Aucun pharaon n'a jamais mésestimé les dieux ! Réfléchis, Grand Prêtre, et va le trouver !

S'il savait que les paroles d'Aânen étaient très sages, Amenemhat n'osait, toutefois, s'entretenir avec le roi de ce problème dont il parla avec les autres Grands Prêtres de Thèbes. Il avait reçu des instructions précises. Il savait, aussi, qu'Aménophis agissait en connaissance de cause et qu'il voulait montrer aux prêtres thébains et aux fonctionnaires de Haute-Egypte que le pouvoir ne se trouvait pas essentiellement dans leur région.

Comme tous les prêtres refusaient de parler au roi, Aânen demanda lui-même une entrevue à son beau-frère. Il lui tint les mêmes propos et lui jura fidélité. Il ajouta qu'il connaissait le pouvoir des prêtres thébains et qu'il valait mieux ne pas les provoquer. Aménophis l'écouta attentivement et lui répondit :

— Aânen, je te remercie de ta franchise. Tu as raison. Cependant, combien de fois avons-nous fêté Amon sans venir ici ? Combien de fois les hauts fonctionnaires thébains ont-ils été comblés de présents et de titres alors que ceux de Memphis se contentaient de leurs acquis ? Je suis un roi juste qui se recommande de Maât. Je souhaite que tous les prêtres, tous les hommes au service de Pharaon, tous les paysans soient pareillement traités. Thèbes est trop gâtée. Si je n'y prends garde, les fonctionnaires thébains qui se font construire des tombes superbes dans la Vaste Prairie avant même que Pharaon n'ait fait achever la sienne me dicteront ma conduite. Je me souviens d'une période proche où les Grands Prêtres de Karnak étaient les personnages les plus puissants du pays !

Aânen reconnut que le roi n'avait pas tort et qu'il parlait juste.

— La période est peut-être mal choisie pour

rétablir l'égalité entre les régions ou les villes. Thèbes et Amon sont toujours vénérés pendant ces mois privilégiés... Ne pas fêter Amon serait lui faire un affront tel que les prêtres se retourneraient contre toi. Ils t'attendent tous après ton séjour à Memphis.

— Je vais y réfléchir, répondit le roi. J'avoue que ton discours est raisonnable. Tout en favorisant désormais les villes du Nord et les temples des autres dieux, je pourrais me rendre à Thèbes avec nos invités. Je ne te donnerai pas une réponse tout de suite.

— Mais il me faut rentrer à Thèbes pour préparer les fêtes d'Amon si tu décides d'y amener les alliés de l'Egypte.

— J'en ai conscience. Je te ferai porter un message dès demain.

Les Grands Prêtres insistèrent tant qu'Aménophis décida de prolonger de quelques jours les réjouissances de Memphis afin d'enchaîner avec celles de la fête d'Opet. Tous les rois embarqueraient en même temps que lui pour la ville du Sud.

*
* *

Alors que le retour du roi approchait, Aânen préparait la sortie du dieu Amon de son temple de Karnak. Amon irait se régénérer dans l'Opet du Sud.

— J'ai déjà choisi les porteurs de la statue d'Amon, dit-il au Grand Prêtre Amenemhat. Ils seront six comme d'habitude. J'ai prévu quatre stations où ils pourront se reposer et où Aménophis encensera le dieu. La barque d'Amon remontera le Nil de Karnak à Louxor afin que le dieu puisse revenir dans son temple sur le fleuve.

— Les princes et les rois étrangers pourront ainsi admirer l'Opet du Sud qu'Aménophis compte encore agrandir. Sa construction en grès, ses portes en bois précieux recouvertes d'électrum, ses colonnes lotiformes, son sol en argent, les inscriptions du nom d'Amon en pierres précieuses, la statue d'Amon en électrum, l'encens qui recouvre la terre, les mâts garnis de cuivre à l'entrée du temple convaincront tous les hommes que l'Egypte est le pays le plus puissant.

— Ce programme n'est pas dépourvu de logique. Le roi vient de fêter Ptah-Tatenen et il se rendra dans quelques jours dans la merveilleuse salle de Louxor où seraient nés des dieux sous le regard de Ptah. La naissance d'Aménophis y est représentée et le dieu y est né. Pharaon s'y régénère comme les divinités. Nous allons assister à de grands moments !

Aménophis arriva à Thèbes cinq jours plus tard. Son navire était suivi par ceux des invités à la fête d'Opet. Pour l'occasion, les Thébains accueillirent le souverain avec des fleurs et des guirlandes. Le pharaon était conscient de l'importance de cette fête pendant laquelle son *ka,* force vitale de son être, serait régénéré. Cette opération était d'autant plus nécessaire que son *ka* dirigeait tous les *ka* des Egyptiens. S'il avait failli à ses devoirs, son peuple aurait pu tomber malade et être victime d'une épidémie.

Dès qu'ils débarquèrent, les princes étrangers

confièrent au roi les offrandes d'Amon que celui-ci fit porter dans un petit bâtiment construit à côté du temple de Louxor. Le pharaon l'avait fait embellir de plantations et d'un lac qui se remplissait chaque année au moment de l'inondation du Nil. Sur un petit promontoire central qui devenait un îlot quand le dieu Hâpy faisait déborder le fleuve, le grand-père du roi avait entreposé du vin destiné à Amon. Il avait l'intention de donner ces présents d'or, d'argent et de pierres précieuses à Amon juste avant son entrée dans l'Opet du Sud. Aménophis annonça officiellement que la construction d'un nouveau pylône dans le temple de Karnak commencerait prochainement. Il monta sur une estrade et invita Tiyi à se placer à côté de lui puis il déclara :

— Les fêtes d'Opet en l'honneur d'Amon peuvent commencer ! Pour toi, Amon, je me retourne vers le sud.

Le roi tendit alors le bras dans la direction du pays de Koush.

— Que ces traîtres viennent t'apporter leurs tributs !

Puis il se tourna de l'autre côté.

— Je regarde vers le nord. Que les rois asiatiques t'apportent leurs dons afin que tu transmettes à leurs enfants le souffle de vie. Je regarde maintenant vers l'ouest car les Libyens sont menaçants. Domine-les et dompte-les ! Nous allons faire bâtir un mur pour te protéger. Il s'élèvera vers le ciel et sera si haut que l'ennemi ne réussira jamais à le gravir ! Je me tourne, enfin, vers le levant pour te servir. Les habitants du pays des Echelles t'apporteront leur encens, leurs aromates, les plantes de leurs terres aux senteurs particulières. Tu pourras ainsi te délecter de l'odeur de ces présents.

Le dieu était censé répondre au roi. Une inscription reproduirait ses paroles sur une stèle placée devant le temple de Louxor ou le temple de Karnak d'où partirait une nouvelle allée de criosphinx que le roi avait commandée à son architecte favori. Car il souhaitait que chaque temple ait sa propre allée si bien que les étrangers furent, eux aussi, impressionnés par l'envergure des projets d'Aménophis.

Comme il devait assister à la procession du dieu le lendemain, le roi se retira dans son palais thébain et convoqua les cinq Grands Prêtres de Karnak, Nepnefer, chargé des autels divins, Aânen, Samout, également responsable des sceaux de Karnak et du Trésor, Ptahmès que le roi avait fait venir de Memphis et Amenemhat. Aménophis écouta leur rapport. Il était long mais essentiel car Amenemhat et Aânen géraient un domaine immense de plus de quatre-vingt mille personnes où travaillait une centaine d'artisans, où des jardiniers entretenaient plus de quatre cents jardins et où naviguaient quatre-vingts navires. Amon était le dieu protecteur de soixante-cinq villes.

Après cette première réunion, Aménophis voulut rencontrer les fils du roi devant Amon. Nakt et Païri, également chef des paysans du domaine d'Amon et Grand Prêtre de Ptah, le grand intendant Surer, responsable des troupeaux d'Amon, et ceux qui tenaient les registres de céréales.

— Je veux que les fleurs déposées sur l'autel du dieu soient constamment fraîches. Que le sculpteur d'Amon travaille sans relâche dans les ateliers d'or ! Que les femmes du harem divin, parmi lesquelles se trouvent les épouses de nos plus grands fonctionnaires, embellissent les temples sous la direction de la Supérieure à qui j'ai transmis des ordres précis ! La mère de la Grande Epouse royale l'apprécie tant que j'ai toute confiance en elle.

Puis il ajouta, comme si sa soif de créations n'était pas assouvie.

— Je n'ai pas assez honoré Thot. Je ferai construire pour lui des babouins gigantesques à Hermopolis. Portez un message à Taïtaï pour qu'il vienne me rejoindre. Qu'il laisse pendant quelques jours le temple de Thot à Hebenou. Je dois lui parler de vive voix et je veux qu'il assiste à la fête d'Opet. « Aton resplendissant » est maintenant une garnison après avoir été un navire. Mon futur temple de millions d'années et la ville magnifique que je créerai de toutes pièces à Thèbes portera également cette appellation.

Aménophis n'avait rien oublié. Tous les rois invités étaient admiratifs devant la maturité d'un si jeune homme dont la femme, intelligente, vive et ferme soulevait l'admiration.

Cédant soudain à quelque faiblesse, le roi ordonna à tous ceux qu'il avait réunis de le laisser puis il appela Méryrê.

— Comment vont mes enfants ? Ont-ils supporté sans fatigue le voyage ? lui demanda-t-il.

Méryrê le rassura.

— Mon épouse ne les a pas quittés.

— Où se trouve la reine ?
— Elle se repose.
— Bien. Dis-lui de ne pas m'attendre.
Aménophis se leva.
— Aucune femme n'égale Tiyi, ajouta-t-il.

Mais il songeait déjà à la Nubienne Capalescou qu'il avait délaissée pendant son séjour à Memphis. L'expression sauvage de ses yeux et son goût du secret continuaient à le perturber et à le séduire. Parce qu'il avait appris que son père obéissait contre son gré à Pharaon, il aimait la voir soumise et envoyer au Nubien des messages rappelant que sa fille le comblait dans son harem. Il n'hésitait pas à lui donner des détails sur le comportement de Capalescou qui le rendait plus heureux que les autres femmes du harem.

Le père de Capalescou avait réclamé pour sa fille un domaine digne de son rang. Mais Aménophis prenait un malin plaisir à la faire languir. Aussi celle-ci se plaignait-elle à son père sans oser en parler à Pharaon qui connaissait le contenu des lettres qu'elle envoyait en Nubie...

Le matin même, il avait précisément lu les écrits de Capalescou et se réjouissait de la lecture qu'en ferait le Nubien rebelle. « Je la comblerai vraiment quand elle me sera réellement soumise, se dit Aménophis. Elle me caresse, se donne à moi avec une langueur sensuelle que beaucoup d'hommes apprécieraient mais je sens que tout cela n'est que comédie. Lorsqu'elle ressentira pour moi de l'admiration et qu'elle me sera dévouée comme une jeune gazelle prise dans les filets du chasseur, je lui donnerai des présents dignes d'elle. »

Comme d'habitude, la Nubienne l'accueillit avec des baisers et des mots doux qui l'amusèrent. Ces relations étranges étaient devenues un jeu entre le pharaon et la Nubienne, plus encline à comploter contre le roi égyptien qu'à lui céder. Elle était la seule à fréquenter Iaret que les femmes évitaient d'approcher depuis que Néfertary la haïssait.

Comme les femmes du harem s'écartaient devant Pharaon après l'avoir salué et que la responsable le guidait vers la chambre de Capalescou qui le suivait servilement, le corps dénudé et aguichant, Aménophis accepta une coupe que lui tendait Iaret.

— Cherches-tu à m'empoisonner ? Complotes-tu contre moi avec Capalescou ?

— Maître, répondit Iaret en tombant à ses pieds, je t'attendais car Méryrê m'avait prévenue de ta venue. Ce breuvage est une potion d'amour. Elle donne une force exceptionnelle aux hommes et enivre les femmes. Je veux seulement que ta soirée soit mémorable.

— Pourquoi agis-tu ainsi, Iaret ? Aurais-tu quelque faute à te faire pardonner ?

— Non, Pharaon. Je veux, au contraire, te prouver que je suis capable de te faire connaître des mondes merveilleux. Tu auras l'impression d'être déjà dans l'Au-Delà car tu verras de magnifiques paysages. Tu auras envie de rire et de t'amuser. Ton appétit sexuel grandira au cours de la nuit. Tu aimeras Capalescou mille fois avant d'en être repu. Et tu n'auras plus qu'une envie : recommencer dès demain. Jamais tu ne ressentiras la fatigue. Une nuit d'amour ne t'empêchera pas de prendre des décisions, de réunir les conseils ou de partir pour la guerre.

— Tu me brosses là un portrait idyllique qui me rend sceptique...

— Bois, Maître, et tu me remercieras toute ta vie.

Aménophis regarda la coupe avec suspicion. Il la pencha légèrement pour chercher à savoir ce qu'elle contenait. La couleur le rebuta.

— Drôle d'odeur ! J'avoue ne pas avoir envie de goûter à ce breuvage.

Comme il le donnait à la Supérieure, gênée de l'intervention inattendue d'Iaret, cette dernière insista de nouveau. Elle prit la coupe dans ses mains et la tendit de nouveau à Pharaon.

— N'insiste pas, Iaret, dit sévèrement la Supérieure.

— Jamais cette femme n'aurait osé me parler ainsi lorsque Thoutmosis IV vivait sur terre, répondit Iaret. Il me traitait comme une reine !

Aménophis ordonna à la Supérieure de se retirer.

— Tu sais que j'ai toujours respecté les volontés de mon père.

— Penses-tu que j'ai été graciée à juste titre ? demanda alors Iaret à brûle-pourpoint.

— Absolument, par les dieux !

— Alors tu ne risques rien. Fais-moi confiance. Si tu n'as pas soif maintenant, Capalescou te donnera cette boisson plus tard. J'ai cru comprendre que tu te sentais parfois très faible et que tu priais Astarté pour qu'elle t'aide. Laisse Iaret contribuer à ton bonheur !

Aménophis eut, soudain, une étrange impression en croyant surprendre un regard complice entre les deux femmes. « Se pourrait-il que les femmes du harem se liguent contre moi ? » Se promettant d'être prudent, il ne renonça pas, cependant, à Capalescou. Quitter le harem à cet instant aurait été pris pour un acte de lâcheté intolérable.

XXI

Amenhotep avait enfin réussi à s'isoler pour prendre un peu de repos. Hébergé dans une partie du palais de Medinet el Gourob, à un endroit où le roi pouvait le faire appeler à tout moment, il venait d'ôter ses sandales de cuir et la ceinture de son pagne. Un serviteur, plus âgé que lui, apporta une cuvette remplie de natron et d'encens. Il la posa à terre et enduit les pieds de son maître d'eau mentholée puis il invita Amenhotep à placer ses deux pieds bien à plat dans la cuvette.

— Je vais ajouter un peu de sel pour adoucir la peau et cicatriser ces plaies. Tes sandales t'ont blessé à maints endroits.

— C'est la chaleur et l'échauffement. Il faudrait que je puisse me reposer de temps en temps car je suis constamment debout du matin jusqu'au soir. Je cours d'un chantier à l'autre. J'ai trop de travail.

— Pourquoi n'en parles-tu pas à Pharaon ?

— Parce que je suis heureux ainsi. Je lui en

réclamerais encore davantage ! Ainsi mon nom restera-t-il dans l'histoire de l'Egypte !

Un messager demanda audience.

— Qui est-ce encore ? J'espère que le roi n'a pas besoin de moi...

Amenhotep reconnut aussitôt le héraut de Ramosé.

— Il souhaite me voir ? Voilà une excellente nouvelle ! Qu'il entre !

Ramosé lui montra combien il se réjouissait de pouvoir lui parler en particulier.

— J'ai guetté toute la journée l'occasion de te voir... C'est très difficile ! J'ai cru que je n'y parviendrais jamais !

— Approche-toi et assieds-toi sur ce siège à côté de moi. Je profite des quelques instants qu'il me reste avant le banquet pour me délasser. Demain, je crois bien que je ressemblerai à une véritable momie car je vais être obligé d'envelopper mes pieds dans des bandelettes de lin.

— Tu auras bien mérité de rester dans l'histoire. On dit que tu y songes déjà...

— Ce serait très présomptueux de ma part.

— Je viens précisément te voir à ce sujet car j'ai décidé de te faire représenter dans ma propre tombe.

Amenhotep fit mine de refuser et de ne pas en être digne.

— Il ne s'agit que d'une idée car nous n'en sommes qu'aux plans. J'aimerais qu'un peintre représente un banquet sur les murs de ma sépulture. Toute ma famille, tous mes collègues y participeront.

— Voilà un excellent prétexte pour les faire

tous figurer dans ta tombe. Mais es-tu sûr que tu ne le regretteras pas plus tard ? Parfois, les amis d'aujourd'hui se révèlent les ennemis de demain !

— Je modifierai mes plans. Pour l'instant, j'ai établi la liste de tous ceux que je souhaite voir autour de ce banquet et je suis dubitatif car je ne veux blesser personne. Tu figureras en bonne place. Tu seras le premier que l'on verra sur cette scène. Veux-tu que je mette à tes côtés une femme pour laquelle tu éprouverais des sentiments ou que tu souhaites secrètement épouser ?

Amenhotep porta la main à son front.

— Ah Ramosé ! Je n'ai pas le temps de me préoccuper de ma propre vie ! Comment veux-tu que je porte attention aux femmes ?

— J'ai une solution provisoire. Nous mettrons une femme près de toi. Mais elle sera beaucoup plus petite que toi. Plus tard, lorsqu'elle entrera dans ton foyer, nous ajouterons son nom.

— Seules m'intéressent mes réalisations, répondit pudiquement Amenhotep.

— Veux-tu que je fasse dessiner près de toi les jumeaux Souty et Hor qui sont tes disciples ? Ils sont en train de rédiger un hymne à Amon...

— Je préfère attendre un peu pour les combler ainsi. Ils ont réalisé du bon travail dans le temple de Louxor. Sobekmose de Soumenou les a bien aidés ainsi que le peintre Khâ qui, avec son épouse Meriet, habite le Village des ouvriers. J'ai également engagé le sculpteur Mena, les orfèvres Nebamon et Ipouki. Pour la réalisation de deux statues, l'une de Ptah, l'autre de Mout, j'ai enfin choisi un artiste, qui porte le même nom que moi !

— Tu cherches à me faire comprendre que tous méritent de figurer dans ma tombe !

— Non, Ramosé. En réalité, ils me paraissent tous aussi compétents les uns que les autres et je préférerais attendre... N'oublie pas de représenter le roi avec ses colliers *chebiou*, ses bracelets et un devanteau. Ce dernier va réclamer beaucoup de travail au dessinateur car Aménophis les aime de plus en plus sophistiqués. La plupart sont maintenant décorés d'uraei de toute beauté. Quant à la Grande Epouse, je veux la voir avec sa perruque actuelle.

— Une coiffure très enveloppante qui risque, cependant, de passer de mode... Ne préfères-tu pas cette nouvelle perruque qui a soulevé l'étonnement de toutes les femmes lors de l'inauguration du lac ? Elle portait une étrange perruque avec deux pans retombant sur les côtés et une partie longue à l'arrière, le tout étant entouré d'un bandeau magnifique et coloré auquel était accroché l'*uraeus* d'or et de turquoise. J'ai beaucoup apprécié le haut de sa coiffe de forme triangulaire décoré de cobras. Cette coiffure aurait pu être imposante et sans élégance si la reine ne l'avait portée avec grâce. Ses yeux, maquillés jusqu'aux tempes, ressortaient davantage. On ne voyait plus que son regard attentif et lumineux.

— Ta réflexion m'étonne, Amenhotep. Ouserhat m'a fait la même remarque et je crois qu'il a décidé de la faire peindre ainsi dans sa propre tombe. Je choisirai donc une coiffe différente.

La longue liste déposée sur le bureau d'Amenhotep n'échappa pas à la vigilance de Ramosé.

— Il s'agit du discours prononcé par le roi lors de son avènement ?

— Pas tout à fait. J'ai fait recopier par mon scribe la partie traitant des grands travaux. Le premier rouleau concerne la région nord : Athribis, Bubastis, Memphis où Aménophis III m'a commandé un temple dédié à Ptah, un Serapeum, une nécropole de taureaux Apis dédiés à Ptah. On y trouve aussi tous les détails du domaine de Tiyi et les projets d'Héliopolis où je vais faire construire un temple en l'honneur de Thot. Le deuxième rouleau est consacré à la région thébaine, notamment à Karnak où je vais créer de nouveaux bâtiments, des obélisques, et faire peindre des couloirs d'accès. Aménophis III veut aussi un temple dédié à Maât, des colosses, des pylônes... Le travail sera très important. Mais je crois que le palais de Malqatta me réclamera plus de travail encore avec ses sites de Kôm es Samak, son port du Birket Habou, ses bâtiments du Kom el Abd et son temple de millions d'années de Kom el Hettan. Aménophis veut un temple de Sokar, des statues de Tiyi et de lui-même par dizaines, des sphinx représentant la Grande Epouse, des statues d'Anubis...

— J'ai vu que tu avais également commencé le mur d'enceinte de Deir el Medineh.

— Je l'ai fait en priorité pour réconforter les artisans qui redoutent encore les invasions libyennes. Mais mon travail dans le sud de l'Egypte ne se cantonne pas à Thèbes. Je dois aussi faire restaurer le temple de Sobek à Soumenou, élever un temple à Elkab où Thoutmosis IV sera particulièrement honoré et où le dieu vautour de la région sera associé à Amon et à Horus. Le troisième rouleau concerne l'île Eléphantine, le temple de Khnoum et les monuments de Koush. Et je ne te parle pas des criosphinx... Aménophis en veut des centaines pour orner les allées menant aux temples de Louxor, de Karnak ou de Khonsou. Thoutmosis IV aimait déjà ces sphinx à têtes de béliers. Ceux qui sont prêts font l'objet de toute notre attention ! Les policiers nous ont appris que des sorcières raclaient, la nuit, les sphinx pour recueillir de la poudre de pierre et constituer des potions magiques ! Aménophis y a mis bon ordre !

— J'ai cru comprendre que le roi souhaitait aussi de très nombreuses statues léontocéphales...

— Il en veut quatre cents représentant la déesse Sekhmet à tête de lionne ! Quatre cents ! Il nous faudra une quantité impressionnante de granite pour les réaliser ! La déesse au pouvoir immense qui s'abat sur les nomades sera ainsi apaisée en permanence. N'oublions pas que Rê l'a envoyée vers nous pour tuer les hommes et qu'elle a été grisée par la bière égyptienne ! Depuis qu'un messager a été la chercher, elle est redoutable !

Comme Amenhotep paraissait subitement soucieux, Ramosé l'interrogea et l'invita à lui livrer ses secrets.

— Aménophis III ne veut pas les mêmes statues que les autres pharaons. Il souhaite des temples incomparables, des bâtiments privés exceptionnels tels qu'on n'en a jamais vu, des statues gigantesques que je ne suis pas certain de pouvoir réaliser. Souviens-toi des ambitions d'Hatchepsout, de Thoutmosis III et de ces obélisques que nous avons dû abandonner dans les carrières d'Assouan parce qu'ils avaient été brisés ! Aménophis veut à Karnak un colosse appelé « Le Montou des princes » d'une hauteur jamais atteinte. Il en est de même pour les statues à son effigie qui flanqueront son temple sur la rive opposée. Un « Rê Soleil des princes » est déjà en cours d'élaboration à Assouan. L'intendant du temple de Ptah à Memphis m'en a aussi commandé une de la part de Pharaon.

— Un culte sera-t-il mis en place pour honorer Pharaon ?

— Probablement... Je vais commencer dès que nous serons de retour à Karnak une statue gigantesque d'Aménophis en quartzite rouge qui figurera à Karnak et que tous les Egyptiens pourront vénérer. Nous la transporterons sur un traîneau. J'avoue ne pas être sûr de réussir tous ces colosses ! Tous les architectes connaissent des échecs.

— Aménophis te pardonnera une erreur.

— Peut-être... Mais je crois qu'il n'a pas l'indulgence de Thoutmosis IV et qu'il sera intransigeant pour toutes ses constructions.

— Pense à ta gloire, digne Amenhotep. Tu es seul capable de répondre aux exigences de notre roi !

XXII

Hinutimpet se languissait de Pashed qui avait fini par rentrer au Mitanni après plusieurs mois de séjour en Egypte. Elle ne savait même pas si elle le reverrait un jour. Tiyi avait eu le temps de donner naissance à une deuxième petite fille qu'Aménophis avait appelée Henoutaneb. La Grande Epouse avait marié sa sœur à un haut fonctionnaire qui lui avait donné un fils que Tiyi comptait bien prendre un peu plus tard à son service.

Pashed lui avait écrit dès son arrivée. Il lui disait combien sa fille Yuri s'entendait bien avec le fils de Sutarna, Tushratta, et parlait d'une éventuelle union entre ces deux enfants qui avait été évoquée par le roi lui-même. Même si cette perspective ne déplaisait pas à Camita, Pashed avait, pour sa fille, davantage d'ambition. Il espérait la donner à l'héritier du trône, Artasuwara, qui subissait un entraînement intensif et qui recevait en privé les meilleurs professeurs.

Chaque jour, Aménophis recevait des lettres soumises de ses vassaux et de ses alliés. Le souverain d'Ougarit lui écrivait régulièrement en lui rappelant qu'Aménophis était son Seigneur, son dieu, son Soleil, qu'il n'était que poussière et grain de sable face à sa grandeur, qu'il se couchait devant lui et que, tel un chien, il obéissait à son maître.

Le pharaon n'était pas dupe des discours hypocrites, notamment de ceux du roi d'Amourrou, Abdi-Achirta, qui refusait de se plier aux volontés de l'Egypte, de ceux de Tarundaradu, roi d'Arzawa, et des flatteries du roi du Hatti, Tudhaliya II. En revanche, les rois de Babylonie, d'Assyrie et de Wilusa ne le préoccupaient guère.

Aménophis se montrait satisfait de la sœur de Kadachman-Enlil, roi de Babylone, qu'il avait épousée pour resserrer les liens entre l'Egypte et la Babylonie. Le roi de Babylone espérait, de son côté, épouser l'une de ses filles. Il lui avait écrit à ce sujet tout en lui demandant des nouvelles de sa sœur. Mais Aménophis n'osait parler à Tiyi de cette proposition qu'elle rejetterait. Se séparer de Satamon était inconcevable. Il lui fallait, toutefois, ménager la susceptibilité du roi babylonien.

La soumission du roi d'Arzawa au souverain du Hatti déplaisait à Aménophis bien qu'elle fût inévitable. Les deux royaumes étaient trop proches l'un de l'autre. Les habitants d'Arzawa parlaient tous le hittite et le roi écrivait même au pharaon dans cette langue qu'il exécrait.

— Je vais placer le roi d'Arzawa dans une position délicate, dit Aménophis à ses conseillers. Je veux qu'il m'envoie, lui aussi, une femme que j'épouserai aussitôt ! Si le roi du Hatti veut se révolter contre nous, Tarundaradu sera bien embarrassé et je doute qu'il prenne alors le parti de ses voisins !

Tous lui rappelèrent le cas de Byblos et les lettres du gouverneur.

— Il t'a adressé une soixantaine de missives à ce jour en se plaignant du roi d'Amourrou !

— Je le sais et j'avais, pourtant, toute confiance en Abdi-Achirta que nous avons mis sur le trône d'Amourrou. Mais la situation devient catastrophique. Abdi s'est emparé de Sumur. Il a tué plusieurs gouverneurs. Il a conquis de nombreuses régions avant de se tourner vers Byblos.

— Qu'il assiège !

— Le gouverneur est pris comme un lion en cage. Il réclame notre aide ! Cependant, mon messager m'a appris que la situation n'était pas aussi grave que le prétend le gouverneur. Je suis de très près les opérations. Je ne crois pas qu'Abdi en veuille à sa vie... Si jamais la situation se dégrade, j'enverrai aussitôt des troupes à Byblos qui reste l'un des ports les plus actifs. Je ne veux pas que la haine de ces deux hommes entraîne une dégradation de notre commerce maritime. Byblos doit rester un endroit sûr et actif pour tous. Si des marins craignent d'y débarquer à cause des menaces du roi d'Amourrou, nous serons lésés et nous ne pourrons pas effectuer nos échanges comme à l'accoutumée. Je vais envoyer de nouveau mon messager les mettre en garde ! Je préfère que les rois règlent eux-mêmes leurs problèmes dans leurs régions à condition que leurs désaccords ne nuisent pas à l'Egypte.

Afin de ne pas envenimer les relations des Egyptiens avec les Hittites, Aménophis avait également rappelé au roi du Hatti leur ancien traité qu'il était prêt à renouveler.

— Tu ne peux ignorer la demande du roi de Babylone, lui fit remarquer le sage Quenamon, intendant du palais de Memphis.

— Nous allons lui envoyer de l'or en espérant qu'il oublie cette idée d'épouser l'une de mes filles.

— Mais il se plaint de n'avoir jamais aucune nouvelle de sa sœur...

— Qu'elle lui écrive elle-même ! Elle est devenue la meilleure amie de la Nubienne Capalescou. Pourquoi ne lui raconte-t-elle pas comment elle est traitée ? Nous lui avons donné un magnifique domaine. Vivait-elle dans une telle aisance au palais de son frère ?

— Veux-tu que j'exige d'elle qu'elle écrive enfin au roi babylonien ?

— Bien entendu, par Aton. Son silence est irrévérencieux. Je choisirai moi-même le mari de Satamon et j'ai encore quelques années pour y penser sauf si un cas de force majeure m'obligeait à signer un traité exceptionnel. Que Tiyi ne soit pas informée de cette lettre ! Il est inutile de la troubler pour de telles peccadilles !

Aménophis n'était pourtant pas convaincu que le roi de Babylone abandonnerait si facilement son idée d'épouser une princesse égyptienne. Il fit appeler une nouvelle fois le messager Seth qui avait l'habitude d'apporter des présents à Babylone.

— Je ne sais, maître, si tu pourras refuser la proposition du roi sans soulever sa colère, lui dit-il franchement.

— Dis-moi dans quel état d'esprit il est. Je ne voudrais pas lui envoyer Satamon. Je souhaite, cependant, rester en paix avec la Babylonie.

— Le messager Kassi te parlera mieux que moi. Il a, en effet, subi les foudres du roi lorsque tu lui as envoyé de l'or qui ressemblait à de l'argent. Depuis, les exigences du roi croissent sans cesse.

— Je pourrais peut-être vous épargner une nouvelle entrevue avec le roi et charger l'équipe qui se rend habituellement au Mitanni de traiter cette affaire. Le héraut, l'interprète et le scribe ont déjà fait leurs preuves. Arteshup, qui connaît Sutarna, peut aussi se joindre à l'équipe. Décidément mes messagers ne se montrent guère convaincants en ce moment. Celui qui est parti auprès du roi d'Arzawa afin de rencontrer ses filles et de me faire un rapport a été reçu froidement. J'ai dû refaire partir un autre héraut avec une tablette écrite de ma main !

Aménophis se souvint de ce que sa mère lui avait conseillé.

— Je pourrais accueillir des Babyloniens et des Hittites en Egypte comme nous l'avons déjà fait à Gourob, suggéra-t-il. Ces familles se sont parfaitement intégrées. Les Hittites portent souvent des noms égyptiens. Les rois doivent savoir que nous honorons leurs dieux autant que les nôtres. Le dieu du commerce Rechep, la déesse

Anat ou encore Bâal ont ici leurs cultes. Quant à la déesse Astarté, qui est si appréciée dans la région des deux fleuves et que les Hittites craignent autant que nous, elle a des temples à Chypre, en Palestine, à Tyr, à Alep, à Byblos... Celle que certains appellent Ishtar n'a pas à se plaindre ! J'ai fait restaurer en Palestine l'un de ses temples. Thoutmosis III y avait organisé un culte. Dorénavant, la déesse et son dieu ont un migdol haut et large. Les réserves à grains sont énormes. La nécropole a été agrandie. On y trouve enterrés des hommes de toutes les contrées, des Asiatiques, des Hellènes, des Egyptiens... Quant à la statue que le roi du Mitanni nous avait envoyée, nous la lui avons rendue. Depuis que la déesse est partie, j'ai l'impression d'être de nouveau las. Astarté me donne une force extraordinaire ! Mon fils Thoutmosis a, lui aussi, besoin de sa puissance car je le trouve très faible.

— Si tu épouses un jour une autre princesse mitannienne, tu pourrais réclamer Astarté à Sutarna. Elle séjournerait en Egypte pendant quelques mois...

— J'y avais déjà songé. Si Tiyi n'y était pas si hostile, j'aurais réalisé ce vieux rêve depuis longtemps...

— Un vieux rêve ? répéta Menatou en entrant. Serais-tu, comme ton père, sensible à la beauté asiatique ?

— J'ai toujours apprécié la compagnie d'Hinutimpet. Plusieurs de ses servantes me plaisent. J'en ai pris quelques-unes dans mon harem. J'avoue que ces femmes sont sensibles et sensuelles.

— Les Egyptiennes aussi...

— Les hommes ne veulent-ils pas toujours ce qu'ils n'ont pas ?

— La Grande Epouse m'envoie...

— On dirait que les dieux lui ont permis d'écouter notre conversation...

— Je crois, hélas, qu'il ne s'agit pas de tes futurs mariages...

— Qu'entends-tu par là ?

Menatou demanda à lui parler en tête à tête. Il avait subitement un visage si sévère qu'Aménophis jugea bon de ne pas discuter. Tout le monde sortit.

— Par erreur, un messager m'a remis ceci, dit Menatou en tendant un rouleau de papyrus au roi.

— Par erreur ? Ne sait-on pas ici qui est le roi d'Egypte ?

Menatou le laissa lire les nouvelles.

— Eh bien, nous y voilà ! répondit Aménophis. Le moment est venu de voir si je me souviens des leçons de mon père que j'avais suivi en Nubie !

— C'est la guerre, Pharaon !

— Elle est inévitable ! Mérymès est-il prêt à succéder à Amenetep à la tête de Koush ou dois-je avoir recours à notre vieux chef pour choisir les recrues ?

— Je ne suis pas capable de juger. Mais je pense qu'il faut un commandant jeune et vigoureux pour repousser les Nubiens !

— Mérymès m'assistera, dit Aménophis, mais je ne me déroberai pas. Thoutmosis IV m'a appris à affronter le danger. Tout pharaon doit aller au combat au moins une fois pendant son règne pour montrer à tous qu'il est capable de lutter ! Si je restais éternellement sur mon trône pour recevoir les tributs de nos alliés et les louanges de mes sujets, personne ne me respecterait.

— Sais-tu d'où viennent les coups ?

— Je crois le deviner. Le père de Capalescou n'est sans doute pas étranger à ces soulèvements. Nous en aurons bientôt le cœur net !

Aménophis se demanda soudain si la Nubienne était au courant de cette révolte et si elle n'en était pas complice.

— Capalescou en sait peut-être plus qu'elle veut bien le dire. D'ailleurs, que nous livre-t-elle ? Que me raconte-t-elle lorsque je la vois ? Rien d'important. Elle reste toujours vague et mystérieuse... Ces Nubiens sont décidément des êtres vils et incontrôlables. Je vais donner des ordres pour que Capalescou soit surveillée jour et nuit. Je lui interdis formellement de sortir du harem !

— Elle ne fera donc pas partie de ton harem d'accompagnement...

— Il n'en est pas question ! L'occasion serait trop belle pour elle de s'échapper et de rejoindre le camp de son père Ikeni ! Nous partirons le deuxième jour du troisième mois de cette saison d'Akhet. L'ennemi de Koush, le vil adversaire des Egyptiens, n'a pas fomenté un complot contre nous sans savoir qu'il sera puni ! Tel Montou, je m'abattrai sur lui comme un faucon. Je tuerai de mes propres mains le maximum d'ennemis. Je leur couperai les mains ! Si je le veux, Koush sera en partie épargnée... Sinon Ikeni se repentira bientôt de sa traîtrise ! Ses hommes mourront dans des flots de sang ! Le fils d'Aton et de Rê lui ôtera le souffle de vie. Mais avant que ce prétentieux ne meure, je veux qu'il me voie en lion furieux, plein de santé et de force ! Je lui laisserai alors quelques instants pour méditer sur son acte insensé et Capalescou apprendra enfin à me vénérer !

m'abattrai sur lui comme un faucon, je le tuerai de mes propres mains [illegible]. Je leur couperai les mains ! [illegible] je le veux, Kouch sera en partie épargnée. [illegible] se repentira bientôt de sa trahison ! Ses hommes mourront dans des flots de sang. Le fils d'Aton et de Rê lui ôtera le souffle de vie. Mais avant que ce prétentieux ne meure, je veux qu'il me voie en mon heure, plein de santé et de force ! Je [illegible] laisserai alors [illegible] maintenant pour [illegible] sur son autel [illegible] et Canaan [illegible] apprendra enfin à me vénérer.

Sans perdre de temps, Aménophis convoqua l'ancien fils royal de Kouch et lui assura que les gouverneurs de Ouaouat et de Kouch garderaient leurs postes. Il ajouta que Mérymès était, à son avis, tout à fait capable de prendre sa succession après deux années d'apprentissage intensif. Il alliait des qualités de soldat à des compétences de [illegible], et serait l'homme de la situation pendant cette [illegible]

[illegible]

XXIII

Sans perdre de temps, Aménophis convoqua l'ancien fils royal de Koush qui lui assura que les gouverneurs de Ouaouat et de Koush attendaient ses ordres. Il ajouta que Mérymès était, à son avis, tout à fait capable de prendre sa succession après deux années d'apprentissage intensif. Il alliait des qualités de soldat à des compétences de gestionnaire et serait l'homme de la situation pendant cet an 5 du règne. Dorénavant, des inscriptions pouvaient officiellement rappeler qu'il servait le roi. Dans l'île de Sehel, près d'Assouan, ou à Tombos, au sud d'Eléphantine, il pouvait, enfin, écrire qu'il était le conseiller de Pharaon dans les cités du Sud, Chef des chantiers et des grandes constructions contrôlées par Amenhotep, fils de Hapou, Gouverneur des monts d'or, Scribe royal du maître Aménophis et Chef des troupeaux d'Amon tout en conservant sa fonction de flabellifère à la droite du pharaon.

On rappela au roi que Mérymès avait fait rapporter le dernier chargement d'or du Ouadi Hammamat à Thèbes et que le roi avait ainsi pu flatter l'orgueil du dieu Amon. Amenhotep, fils de Hapou, reconnut que sans cet or la construction du pylône de Karnak qu'il avait entreprise sur l'ordre d'Aménophis aurait dû être retardée.

Cet argument convainquit définitivement le roi que Mérymès était capable de devenir le fils de Koush. Il le chargea aussitôt de choisir les recrues et de définir le nombre d'hommes qui partiraient vers le sud.

Pendant que l'armée se préparait en hâte et que des escortes étaient rappelées de diverses contrées, Aménophis tint lui-même à informer Capalescou des manœuvres de son père. Il guetta la réaction de la jeune femme qui resta impassible.

— Je sais que Pharaon ne l'épargnera pas, dit-elle seulement d'un air triste.

Comme le roi ne lui avait jamais vu ce regard affligé, il lui demanda si elle approuvait Ikeni.

— Je n'ai pas le droit de juger mon père. Il s'est toujours comporté comme un homme exemplaire. Il m'a élevée avec droiture. Grâce à lui, je suis cultivée et courageuse.

— Si tu devais choisir, prendrais-tu le parti de Pharaon ou celui d'Ikeni ?

— Tu me poses là une question très complexe. J'aime mon père et je respecte Pharaon. Cette guerre me déchire. Mon père ne connaît pas les forces égyptiennes. Sinon, je doute qu'il ait agi de la sorte. Je crois deviner l'issue du combat et je vais prier les dieux pour que la Nubie ne souffre pas. Ecouteras-tu mes prières ?

Aménophis ne lui fit aucune promesse car il

avait bien l'intention d'anéantir les traîtres et de punir sévèrement Ikeni.

*

* *

Deux jours plus tard, Aménophis partit pour Bouhen. Dès qu'il arriva dans la ville, il combattit ardemment. Mérymès l'accompagnait et le conseillait habilement. Il le persuada de rester plusieurs semaines à Bouhen et de gagner de nombreuses batailles pour intimider l'ennemi.

Aménophis l'écouta attentivement. Il remporta une dizaine de combats et demeura trois mois sur place en créant la terreur autour de lui. Puis il se tourna vers le sud en direction de Saï où il remporta, là aussi, plusieurs victoires. La facilité avec laquelle il gagnait les combats l'encourageait tant qu'il aurait volontiers continué son périple mais Mérymès lui fit remarquer que ses hommes et ses bêtes étaient fatigués. Aussi devait-il songer à rentrer.

Satisfait du nombre de prisonniers et des butins qu'il rapportait, Aménophis accepta de naviguer vers Eléphantine où il arriva en une huitaine de jours. Là, il prit exemple sur son père et fit graver le résumé de ses exploits. Il avait tué trente mille hommes !

Cette campagne, rondement menée, avait donné des idées au pharaon qui transmit, dès son retour, à Amenhotep, fils de Hapou, de nouvelles instructions. Il souhaitait voir aménager une dizaine de domaines dans le pays de Koush, restaurer un petit temple datant de l'époque de

Thoutmosis III à Quban et élever un sanctuaire à la gloire d'Amon-Rê au Ouadi es Seboua où Tiyi figurerait en bonne place.

Il voulait aussi répondre à la prière de Mérymès et embellir le temple d'Horus à Aniba. Ses trois plus grands projets firent frémir Amenhotep. Ils seraient réalisés à Saï, Soleb et Sedeinga, des sites que le roi avait déjà évoqués longuement devant lui sans toutefois lui donner de détails. L'île de Saï étant remarquablement placée, Aménophis voulait en faire une forteresse et une place importante aux portes de la Haute-Nubie. Kawa pouvait aussi accueillir un petit temple.

Aménophis était comblé. Non seulement il avait pu constater que les Egyptiens avaient su imposer à la Nubie leurs dieux et leurs coutumes, mais il avait pris des mesures pour développer des cultes déjà bien implantés dans le pays de Koush.

Dès son retour, Aménophis harangua ses troupes, envoya de nouveau quelques détachements dans le désert et aux frontières puis il prononça un long discours dans la cour de son palais. Là, les plus vaillants de ses généraux furent récompensés. Les prisonniers défilèrent, les chevilles enchaînées, sous le regard des courtisans. Le captif qui l'intéressait le plus était manifestement Ikeni qui refusait encore de reconnaître la supériorité d'Aménophis III. Il lui parla sévèrement et refusa de statuer trop vite sur son sort. Certains Nubiens furent donnés au temple de Karnak ; d'autres furent envoyés dans les mines de turquoise du Sinaï ; d'autres encore partirent pour Byblos afin d'y rapporter du bois. Quelques-uns restèrent à Thèbes. Mais Aménophis ne savait quel sort réserver à Ikeni. En attendant de prendre sa décision, il le fit enfermer dans la prison du palais et refusa de recevoir Capalescou.

Les Nubiens les plus robustes, destinés aux bateaux du roi, rejoignirent, dès le lendemain, les rangs de rameurs. Nabi fut chargé de veiller sur eux jusqu'à leur départ d'Egypte. Un bateau s'apprêtait à partir pour Mycènes, un autre pour la Crète. Nabi interrogea le scribe veillant au chargement d'un vaisseau en partance pour les côtes asiatiques. Les Egyptiens disposaient sur le pont des lingots d'étain et de cuivre, des plumes de paon, des défenses d'éléphant, des sceaux-cylindres d'origine babylonienne, des morceaux de pâte de verre, de la vaisselle chypriote et crétoise et des amulettes en turquoise.

Quelques bateaux faisaient seulement escale en Egypte. Ils étaient pleins d'objets étrangers, les marins espérant vendre ailleurs ce qu'ils n'avaient pu écouler sur les marchés égyptiens. Des courageux envisageaient de redescendre le Nil puis de traverser le pays des Libyens avant de remonter vers la Méditerranée. La route des oasis n'étant pas sans danger, les chefs nubiens qui avaient été désignés pour accompagner ces expéditions, se montraient réticents. S'ils arrivaient à bon port, les Egyptiens étaient, toutefois, récompensés de leurs efforts car les petits bijoux en lapis-lazuli et en turquoise étaient très appréciés des étrangers. Les marchands les échangeaient contre des objets précieux d'une grande valeur.

Souhaitant se montrer à la hauteur, Nabi refusa d'écouter les doléances des plus âgés qui préféraient rester auprès de leurs familles.

— Vous êtes prisonniers de Pharaon. L'Horus d'or fait de vous ce qu'il veut ! Songez qu'il vous a laissé le plus grand des biens : votre vie ! Si vous accomplissez correctement votre travail, vous recevrez des sacs de céréales. Pharaon est généreux ! Le dieu viendra pour vous aider pendant votre trajet !

— Quel dieu ? s'étonnèrent deux Nubiens qui ne comprenaient pas tous les propos de Nabi.

— Le dieu unique, Celui qui illuminera le monde et les hommes, Celui qui guidera votre destin, Celui qui vous rendra heureux !

— Nous vénérons les dieux nubiens et égyptiens. Pourquoi veux-tu que nous n'honorions qu'un seul dieu ? De quelle contrée es-tu pour avoir d'aussi étranges pensées ?

Mais Nabi poursuivait ses prédictions comme les lui avait enseignées son père Abraham.

— Un jour peut-être, vous comprendrez ! Partez tranquilles et soyez prudents. Ne pensez pas aux dangers mais aux bonnes affaires que vont faire les marchands. Ramez courageusement et vous serez récompensés !

Quand les bateaux eurent déployé leur voilure, Nabi retourna au palais avec les scribes. Alors qu'il s'apprêtait à faire son rapport à la reine Tiyi, il entendit de vifs éclats de voix dans l'antichambre où elle recevait parfois de très proches amis.

— Pourquoi as-tu écouté cette fille alors que je refusais moi-même de la recevoir ? disait Aménophis en reprochant à Tiyi d'avoir encore pris des initiatives en son absence.

— Elle m'a paru désorientée et honnête. J'ai refusé de l'entendre pendant plusieurs jours mais, quand j'ai appris qu'elle était tombée malade, j'ai eu pitié d'elle. Comme tu tardais à rentrer et que nous n'avions pas de nouvelles, Capalescou refusait de sortir et d'écouter qui que ce fût. J'ai pensé que sa mort t'affecterait car je sais que tu lui rends souvent visite. Aussi ai-je décidé d'entendre ses prières.

— Cette Nubienne est hypocrite et lâche ! Elle complote dans mon dos !

— Pourquoi ne la condamnes-tu pas dans ce cas ? Ta manière d'agir est bien curieuse !

— Pharaon fait ce qu'il veut. J'ai toutes les raisons pour croire que Capalescou a préparé ce coup avec son père !

— Pharaon tout-puissant, Amon aurait-il troublé tes sens ? Comment une fille enfermée dans un harem pourrait-elle comploter avec son père qui habite à des voies et des voies d'ici ?

Refusant de discuter davantage, Aménophis quitta Tiyi sous le regard ébahi de Nabi qui demeurait dans le couloir sans oser faire un geste. Le pharaon suivi de ses gardes faillit le renverser. Croyant Tiyi très affectée par cette conversation, Nabi tournait déjà les talons quand Thoutmosis se mit à pleurer. Les cris de l'enfant provenaient de la pièce annexe. Tiyi sortit aussitôt de chez elle en maudissant son mari d'avoir réveillé l'enfant.

— Nabi ! Que fais-tu là ?

— Je venais faire mon rapport à Sa Majesté...

— Bien... Entre ! Henoy ! Occupe-toi de Thoutmosis ! Méryt ! Calme-le avec des jouets. Il se rendormira vite. Il est plus sage que nos filles !

Tiyi avait retrouvé son air radieux. Elle observait Nabi avec beaucoup d'affection et s'émerveillait encore de la grandeur et de la profondeur de ses yeux.

— Ton âme se lit sur ton visage, Nabi. Elle te rend beau et supérieur aux autres.

— Je n'ai pas cette prétention, dit Nabi en tombant à genoux. Mon père m'a appris à rester humble.

— Il a raison. Moïse va être content. J'ai décidé Pharaon à le prendre à son service. Préfères-tu rester auprès de moi ou trouves-tu plus prestigieux de servir le roi égyptien ?

Comme Nabi n'osait répondre, Tiyi l'encouragea en l'invitant à se relever et en lui faisant servir une coupe de bière.

— Tant que je serai au service de la Grande Epouse royale, ma vie sera un bonheur quotidien.

— J'aime ta réponse. Raconte-moi comment les prisonniers nubiens ont embarqué sur les vaisseaux royaux et sur les navires marchands.

Tiyi s'allongea sur un divan couvert de coussins.

— Assieds-toi là, en face de moi. Je t'écoute, Nabi. Personne ne nous dérangera.

Fier d'être ainsi admis dans un lieu où la reine

recevait ses amis les plus intimes, Nabi commença son récit sans détacher ses yeux de la reine dont il admirait subrepticement les atours et les formes. Bientôt, se recréa entre eux cette complicité étonnante qui les avait rapprochés dès leur première rencontre. Tiyi oubliait avec Nabi qu'elle était la Grande Epouse royale et le jeune homme, enhardi, plaisantait volontiers avec elle, osant même des anecdotes un peu crues qui faisaient rire Tiyi aux éclats.

Ils restèrent ensemble pendant plusieurs heures et ne se séparèrent qu'à regret. Chaque jour, Tiyi se félicitait d'avoir à son service ce jeune homme d'un si grand charme qui lui faisait oublier les tracas du pouvoir et les infidélités de son mari. En réalité, elle imaginait mal comment elle se passerait des services de ce serviteur dévoué qu'elle considérait de plus en plus comme un confident et un ami. Si elle refusait d'avouer d'autres sentiments plus profonds, elle savait que la présence de Nabi la troublait et l'enchantait. Il avait le pouvoir de transformer son chagrin en joie et d'effacer ses soucis. Mais Nabi comprenait aussi quelle influence il exerçait sur celle qu'il vénérait et aimait plus que tout.

XXIV

La fille du roi babylonien arriva en grande pompe à Memphis. Aménophis avait enfin réussi à décider le souverain à lui envoyer l'une de ses enfants en échange de nombreuses caisses d'or. Mais il n'avait pas accepté de sacrifier Satamon qui, en grandissant, faisait preuve d'un caractère autoritaire et déterminé digne de sa mère. Il n'avait pas non plus promis au roi babylonien l'une de ses autres filles, Henoutaneb, Isis ou Nebeta, pour un futur mariage. Mais il le laissait espérer.

La cour se réunit dans le port le plus proche de Memphis à la demande du roi.

— Je veux que le roi babylonien sache comment j'ai accueilli sa fille. Il me reproche sans cesse de ne pas lui donner des nouvelles de sa sœur qui lui a pourtant écrit à maintes reprises. Qu'il apprenne enfin comment je traite les alliés de l'Egypte ! Je veux que tous les Egyptiens acclament cette enfant. Que l'on crie son nom ! Qu'on lui jette des fleurs ! Que ses sandales foulent un sol parfumé ! Qu'elle ait l'impression, en débarquant, d'être la reine de ce pays !

Telles étaient les directives qu'Aménophis donnait à Ramosé, à Menna et à Moïse qu'il avait nommé porte-éventail.

— Je vais informer quelques scribes qui donneront au peuple le signal des acclamations et des chants, dit aussitôt Ramosé. Mais... Comment s'appelle donc la fille du roi babylonien ?

— Je ne connais pas son nom, répondit Aménophis. Fais venir sa tante. Elle le saura sans doute...

Mais la sœur du roi babylonien ne put le renseigner.

— Mon frère t'a-t-il décrit sa fille ? lui demanda-t-elle. Il en a tant ! Si elle est très jeune, je ne l'ai sans doute jamais vue. Il ne m'écrit que très rarement et ne me parle jamais de ses enfants.

— Nous allons lui donner un nom égyptien qui la comblera, dit Aménophis. Que me proposez-vous ?

Moïse eut aussitôt une idée.

— « Celle qui vénère le dieu unique », suggéra-t-il.

— Voilà une excellente idée mais je crains qu'elle ne déplaise à cette enfant qui est habituée à vénérer plusieurs dieux. Nous l'appellerons tout simplement « l'Adoratrice céleste » car elle doit, comme tous les Babyloniens, respecter Ishtar-Astarté.

Moïse ne répliqua pas mais il était persuadé, comme son père, que les hommes faisaient fausse route en persistant à vénérer plusieurs dieux alors qu'un dieu unique et grand sauverait tous les êtres.

Les courtisans et la famille royale s'étaient réunis sur le port. Des jeunes filles portaient des paniers tressés remplis de pétales de fleurs roses et rouges. Des adolescents répandaient de l'eau parfumée sur le sol en tentant de faire disparaître les odeurs de pêche de la veille. Tous les marins avaient reçu l'ordre de se tenir éloignés du port jusqu'à l'arrivée de la princesse babylonienne. Aussi de nombreuses barques et des barges vides attendaient-elles à l'écart en garnissant l'horizon et la surface des flots de leurs couleurs chatoyantes et de leurs voiles blanches ornées d'un dessin, emblème de leurs pays.

Une tribune improvisée, précédée d'un tapis rutilant et surmontée d'un dais, avait été aménagée le matin même pour le pharaon. Celui-ci reçut le dernier message de Ramosé.

— La princesse arrive..., lui dit-il. Nous allons bientôt distinguer les vaisseaux de son escorte.

— Sont-ils nombreux ?

— Oui. Une centaine de servantes accompagnent la fille du roi. Elle est gardée par des dizaines de soldats. Il doit y avoir une trentaine de navires.

— La princesse sera fatiguée. La route de Babylone à Memphis est longue. Après avoir traversé le désert, elle a embarqué en Méditerranée sur les bateaux que j'avais fait mettre à sa disposition. Je prononcerai un bref discours que Kassi traduira. Il connaît à peu près ces dialectes que je suis incapable de retenir. Puis nous accompagnerons la princesse au palais. Les scribes compteront les biens qu'elle m'apportera. Donnons-les au temple de Ptah. Je lui ferai part de la date de notre mariage et chacun de ses serviteurs pourra s'installer dans le domaine que j'ai donné à sa tante. Il est suffisamment grand !

Aménophis chercha du regard les navires qui remontaient le Nil. Il distingua bientôt un important cortège. Les enfants égyptiens entonnèrent des hymnes de paix. Les prêtres sortirent leurs encensoirs. Entourée de ses enfants, de ses parents et de sa sœur, Tiyi gardait la tête haute sous son imposante couronne. Elle avait bien l'intention de faire comprendre à la Babylonienne qu'elle était la Grande Epouse incomparable et que toutes les autres femmes de Pharaon n'étaient que des épouses de second rang.

Lorsque le bateau de la princesse accosta, les vizirs s'avancèrent pour la recevoir. Ils la conduisirent jusqu'à la tribune où siégeait le roi qui tenait son sceptre d'une main ferme. Aménophis admira son corps souple et jeune, enveloppé dans des vêtements bigarrés et légers. Son visage et ses cheveux étaient également recouverts d'un voile de couleur. La jeune fille approcha d'un pas timide et salua le roi. Puis elle attendit, la tête baissée.

— Sois la bienvenue, Adoratrice d'Astarté, lui dit-il sur un ton officiel et doux. Tel est le nom que les Egyptiens veulent te donner. J'espère qu'il te plaira. Derrière toi se sont alignés de nombreux Babyloniens. Je remercierai ton père pour tous les présents qu'ils m'apportent. As-tu fait bonne route et es-tu heureuse de venir à Memphis ?

La princesse ôta le voile qui dissimulait son visage pour répondre au roi. Elle leva ses yeux un peu tristes vers Aménophis et lui répondit dans une langue inconnue. Tandis que Kassi traduisait de son mieux ces paroles incompréhensibles pour tous, Aménophis constata que le roi Kadachman-Enlil ne lui avait pas envoyé l'une de ses plus belles filles. Adoratrice d'Astarté avait les yeux légèrement tombants, le nez volumineux et un menton fort qui gâtait son sourire. Ses épaules étaient trop maigres et osseuses. Tout en écoutant Kassi, le roi se disait que le Babylonien s'était moqué de lui. « A-t-il compris que je ne lui donnerai jamais l'une de mes filles ? se dit-il. M'envoie-t-il un message ? »

Abrégeant cette entrée en matière, Aménophis invita la princesse à l'accompagner au palais. Celle-ci réclama alors à l'une de ses confidentes un message que son père avait écrit à l'intention de Pharaon. Aménophis le tendit à Kassi qui lut rapidement la lettre.

— Que dit-elle ? lui demanda le roi.

Kassi s'approcha de l'oreille du pharaon et lui traduisit le message.

— « Toi, Pharaon, que je considère comme un frère, quand je t'ai demandé l'une de tes filles en mariage, tu m'as répondu que jamais les pharaons n'avaient donné leurs enfants à la légère. Je connais ta puissance. Puisque tu es le roi, tu agis comme bon te semble ! Si tu décides de m'envoyer l'une de tes filles, qui te contredira, qui osera te le reprocher ? Puisque c'est ainsi, envoie-moi au moins une belle Egyptienne que je puisse dire être ta fille. Qui saura qu'elle n'est pas de toi ? Mais tu me laisses sans réponse. Tu ne m'envoies personne ! Ne recherches-tu pas mon amitié ? Ne souhaites-tu pas que l'on se rapproche grâce aux mariages de nos enfants ? Pourquoi refuses-tu de m'envoyer une femme ? J'aurais dû, moi aussi, te refuser ma fille tant que je n'avais pas été comblé. Parce que je te fais confiance, je t'ai donné la plus douce et la plus aimante de mes enfants. En échange, j'attends une Egyptienne fille de Pharaon. »

— Non seulement Kadachman n'aura pas de femme mais il devra m'en envoyer une autre plus belle et plus jeune, répondit Aménophis avec humeur. Ecris-lui que je lui enverrai moi-même une délégation pour venir la chercher. Nous ferons ainsi notre choix nous-mêmes !

Comme les Egyptiens paraissaient s'impatienter et s'interroger sur la discussion du roi avec son messager, Aménophis fit signe aux courtisans de regagner leur char.

— Tourne la lettre comme tu le voudras, dit-il à Kassi. Je veux que le roi babylonien obéisse et qu'il ne s'estime pas quitte envers moi ! Il peut se montrer plus généreux !

Le manque de charme de la Babylonienne n'avait pas échappé à Tiyi qui ne voyait pas en elle une rivale possible.

— Elle ne me plaît guère, lui susurra sa sœur qui avait pris de l'assurance en vieillissant et qui lui servait souvent de confidente.

— Le Babylonien n'a peut-être pas mieux à sa cour ! répondit Tiyi en étouffant un éclat de rire.

*
* *

Le soir même, Aménophis rappela Kassi.

— Bien ! Réglons une bonne fois tous ces mariages avec des princesses étrangères... Le roi d'Arzawa se moque de moi ! J'attends sa fille depuis plusieurs années. Il me répond sans cesse qu'elle va arriver à Memphis et il retarde à chaque fois son départ. Tu vas aller le trouver. Pour qu'il n'invente pas une nouvelle excuse, je vais te dicter un message clair. Ecris !

Kassi avait eu la présence d'esprit de prendre avec lui un matériel de scribe. Aussi déroula-t-il à la hâte un morceau de papyrus avant de dessiner les hiéroglyphes.

— « Je t'ai déjà envoyé l'un de mes messagers avec des sacs d'or. En échange, je n'ai rien reçu. Je t'envoie un nouveau héraut. Il s'adressera à ta fille, versera de l'huile sur sa tête, te donnera sa dot et l'emmènera avec lui. Dans quelques jours, je l'épouserai ! »

— Voilà qui est sans détours !

— En effet. Mets par écrit une liste de cadeaux.

— Le roi Tarundaradu n'osera pas refuser...

— Je l'espère !

— Veux-tu que je me rende moi-même à Arzawa ?

— Non. Tu es très occupé. Je vais envoyer un autre messager.

— Je peux aussi traduire cette lettre...

— Ce ne sera pas nécessaire. J'enverrai là-bas

un héraut qui connaît le hittite puisque le roi d'Arzawa persiste à parler cette langue barbare ! Je tiens beaucoup à cette alliance. En cas de malheur, Tarundaradu ne pourra pas prendre le parti du roi du Hatti.

— Sauf s'il fait peu de cas de sa fille...

— Ses tergiversations m'ont, au contraire, démontré qu'il y tenait beaucoup ! Nous allons faire une excellente tractation !

Kassi n'osa pas lui demander si la princesse babylonienne allait rejoindre, le soir même, la couche royale. La jeune femme n'avait guère plu à la cour. Ses manières étaient gauches. Elle était ennuyeuse et son manque de charme ne faisait pas oublier ces défauts.

— Ne crois-tu pas, Kassi, qu'il serait temps que Pharaon ait un deuxième fils ? demanda Aménophis au messager qui rangeait son matériel.

— Sans doute, roi ! Un Pharaon n'a jamais trop d'enfants !

— Eh bien, je crois que Tiyi aura ce soir toutes les faveurs du roi !

— Sa Majesté n'assistera pas aux spectacles donnés en l'honneur de la princesse babylonienne ?

— Crois-tu que Kadachman me le reprocherait ?

— Certainement pas ! répondit Kassi en riant et en se retirant.

— A l'avenir, qu'Ishtar l'inspire davantage !

XXV

Tiyi passa sa main sur son ventre et regarda ses seins. Elle était soulagée d'avoir enfin donné naissance à une nouvelle fille qu'elle avait voulu appeler Méritrâ. Elle aurait préféré un garçon afin que Pharaon lui laissât quelques mois de répit car les grossesses successives commençaient à la fatiguer. Méritrâ s'était fait attendre et l'accouchement n'avait guère été facilité par la présence des déesses de la maternité et de l'enfantement. Tiyi était surtout heureuse d'avoir retrouvé sa ligne de jeune fille.

— Dans quelques jours ces rondeurs auront disparu et je pourrai de nouveau plaire au roi.

Mais songeait-elle réellement au roi alors que la perspective de se rendre avec Nabi au nouveau palais thébain d'Aménophis lui faisait entonner des chants de joie ? Elle jeta à Henoy ses tuniques amples et lui ordonna de les ranger dans les coffres.

— Je ne veux plus les voir avant longtemps ! J'ai bien servi le roi. Le peuple peut être satisfait ! Cinq filles et un fils, ce n'est pas rien !

— Sa Majesté a bien travaillé ! Mais j'ai cru comprendre que le pharaon souhaitait encore un fils ou deux...

— Il patientera ! Les hommes ne mettent pas les enfants au monde ! J'ai décidé de me reposer et de faire ce qu'il me plaît jusqu'à une autre grossesse. Cette fois-ci, j'ai dû rester alitée pendant des semaines et le médecin m'a recommandé d'être prudente. Je suivrai ses conseils. N'ai-je pas le droit, moi aussi, de profiter de la vie ? Je ne suis pas montée à cheval depuis un an ! Dès que le médecin m'y autorisera, je me précipiterai aux écuries !

Henoy la réconforta. D'ici peu de temps, elle aurait retrouvé toutes ses forces car elle était jeune et résistante.

— Les dieux nous ont conçues pour mettre des enfants au monde ! Tu retrouveras tes belles formes et ta force !

— Ce retour à Thèbes m'attriste un peu. Je suis persuadée que nous allons y habiter plus souvent car Pharaon ne songe plus qu'à son nouveau domaine. Il l'a voulu à l'écart de tout, sur la rive ouest de Thèbes. Amenhotep m'a parlé de ses premières réalisations. Ce palais sera bientôt habitable. Jamais aucune résidence royale n'a été aussi spacieuse. Le domaine est immense. Il y aura un port très actif... Aménophis aura également son temple de millions d'années à proximité... Je vais le voir tout à l'heure pour la première fois !

— Mais il est à peine commencé...

— Amenhotep avance vite... Je ne voudrais

pas pour autant qu'il se désintéresse des alentours d'Akhmim ni de Memphis.

— Pharaon est juste. Comme la petite Henoutaneb lui réclamait les mêmes honneurs que sa sœur aînée Satamon, il l'a nommée « Compagne d'Horus Aménophis qui vit en permanence dans son cœur ». N'est-ce pas là une merveilleuse marque d'amour paternel et d'équité ? Que d'inscriptions, que de citations évoquent maintenant la petite Henoutaneb et sa sœur Isis ! Kérouef a également rappelé dans sa tombe combien le roi aimait ses filles sans faire de différence entre elles. De la même manière, Pharaon considérera pareillement les Thébains et les Egyptiens du Nord. Il n'oubliera jamais les habitants d'Akhmim.

Une ombre passa alors sur le visage de Tiyi.

— Henoy, tu étais au service du roi avant de l'être au mien. J'avoue qu'un détail me fait trembler. Les pharaons avaient-ils l'habitude d'épouser leur sœur et leurs propres filles dans les temps anciens ?

— Pas seulement dans les temps anciens, répondit Henoy en pliant les tuniques que Tiyi avait mises pendant sa grossesse. Il est recommandé aux rois égyptiens de s'unir avec leurs sœurs.

— Et pourquoi Aménophis n'a-t-il pas suivi cette tradition ?

— Parce que ses sœurs étaient trop jeunes quand il a voulu prendre femme et qu'il t'a rencontrée... Néfertary était très favorable à ce mariage. Elle l'a encouragé malgré les conseils de son mari.

— Les filles de roi deviennent-elles souvent reines ou Grandes Epouses royales ?

— Bien sûr ! C'est un honneur pour elles ! On ne compte plus le nombre de jeunes filles que les rois ont épousées !

— Je l'avais appris dans les manuscrits et à l'école mais je croyais que ces coutumes étaient dépassées.

— Pourquoi me poses-tu ces questions ?

— Parce que Aménophis a envisagé la possibilité d'épouser un jour Satamon et Isis comme il a épousé des princesses étrangères. J'avoue que cette idée ne me plaît guère. Partager le titre de Grande Epouse avec mes propres filles ne me réjouit pas. Je prie les dieux pour que Pharaon abandonne ce projet définitivement. Il a suffisamment de jeunes princesses dans son harem pour ne pas songer à ses filles.

Tiyi tria quelques vêtements que lui tendait Henoy.

— Non, pas celle-ci. Elle est trop moulante. Je vais attendre un peu pour la porter... Celle-ci est un peu transparente, celle-ci trop blanche...

— Aimée d'Amon, je crois que tu devrais te plier aux coutumes égyptiennes et accepter les décisions de Pharaon. S'il a décidé d'épouser ses filles, il ne reviendra pas sur ce projet. Si tu évites de lui en parler, peut-être oubliera-t-il...

Comme Tiyi rejetait tous les vêtements que lui donnait Henoy, celle-ci protesta.

— Sa Majesté ne va pas gambader dans les chantiers !

— Non. Mais je serai peut-être amenée à marcher dans la boue. Il a plu un peu hier et la terre est glissante. Le Nil a considérablement débordé. On dit même que les colosses du temple d'Aménophis seraient déjà dans l'eau ! Je ne peux tout de même pas enfiler ces sandales en or ni cette tunique longue dont le bas balayera la terre !

— Je croyais que la Grande Epouse souhaitait juste voir où en étaient les travaux d'Amenhotep. Tu peux te rendre à proximité du temple d'Aménophis, du palais de Malqatta et de son port sans mettre pied à terre ! Les serviteurs porteront ta litière le plus près possible des chantiers ! Je te déconseille de marcher trop longtemps. Tu risquerais de glisser et de te faire très mal.

— Je préférerais y aller moi-même... Nabi va m'accompagner.

— Je te conseille alors de mettre une tunique courte couvrant ta poitrine et des chaussures en cuir. Evite les bijoux et les couronnes ou les diadèmes !

Tiyi s'assit et prit un miroir à manche hathorique.

— Henoy, j'ai envie de redevenir une femme désirable ! Que la coiffeuse vienne et que la maquilleuse me fasse la plus belle des têtes ! Je me sens légère et mince !

— Comment souhaites-tu t'habiller ?

— Comme lorsque je monte à cheval mais je n'en soignerai pas moins mon maquillage et ma coiffure !

Tiyi donna sans cesse des conseils pour améliorer son apparence. Quand elle fut satisfaite, elle regarda par la fenêtre et poussa un cri.

— Il est tard ! J'avais demandé à Nabi de m'attendre. Il va s'interroger. Si nous partons trop tard, nous n'aurons pas le temps de faire le tour du domaine.

Elle avait retrouvé ses gestes d'enfant et sa bonne humeur. Comme Méritrâ se mettait à pleurer, Tiyi refusa de s'inquiéter.

— Que Méryt s'en occupe ! Je suis déjà partie !

Elle se précipita dans le couloir et ordonna aux gardes de prévenir son cocher.

— Nous partons pour Thèbes-Ouest dans quelques instants ! Vite ! Sortez les chars et les chevaux !

Elle allait leur demander de prévenir Nabi puis elle se ravisa.

— Je vais aller le chercher moi-même ! dit-elle en sortant dans le jardin et en se dirigeant vers les dépendances du palais.

Alors qu'elle marchait devant deux gardes royaux, Tiyi fut soudain intriguée par une discussion à voix basse.

— Arrêtez-vous là, murmura-t-elle aux gardes. Restez-là et attendez-moi !

Elle avança sans faire de bruit. Deux hommes conversaient en se croyant seuls. Elle reconnut avec étonnement la voix de son garde Neferoueref.

— Je voulais t'informer, Menna, que la reine mère a enfin décidé de fermer le dossier sur Iaret. Après une enquête qui a duré pendant des années et qui n'a pas abouti comme elle l'espérait, Néfertary a décidé de reconnaître qu'elle s'était trompée et qu'Iaret était véritablement innocente...

— J'avoue être enfin soulagé, répondit Menna. J'ai passé des mois difficiles ! J'avais l'impression que Néfertary savait tout, qu'elle nous avait vus rendre visite à Iaret et accepter ses arguments. Nous n'avons pas respecté les règles.

— Mais nous avons toujours agi pour le bien de Pharaon...

— En es-tu sûr ? Lorsque nous avons accepté le marché d'Iaret, n'était-ce pas plutôt pour acquérir cette boisson magique qui nous assurait les portes d'un Au-Delà magnifique ?

— N'en parlons plus, Menna. Nous sommes définitivement tirés d'affaire comme tous les autres membres du jury. Personne ne saura ce que nous avons fait. Les gardes se sont tus. Il n'y a aucun témoin de nos actes. Iaret est définitivement blanchie. Aujourd'hui, tout le monde a oublié ce procès. Elle est âgée. Son petit-fils est aimé de tous. Sa tombe dans la Vallée est prête. Qui oserait critiquer une telle famille ?

Les deux hommes se levèrent et se dirigèrent vers le palais. Tiyi hésita à se présenter devant eux.

— Ainsi donc Néfertary avait raison... Même si je ne l'ai pas soutenue, je ne puis envisager de garder au palais des fonctionnaires qui trahissent Pharaon. Je dois absolument parler au roi...

Elle allait faire demi-tour lorsqu'elle se ravisa.

— Non ! Iaret ne va pas me gâcher ma journée ! Je verrai le roi plus tard !

Contrariée par ce qu'elle venait d'entendre, elle appela ses gardes et leur ordonna d'aller chercher Nabi.

— Qu'il nous rejoigne tout de suite !

L'adolescent était prêt depuis l'aube. Aussi se précipita-t-il vers la Grande Epouse pour la saluer.

— Nous allons à Malqatta, lui dit-elle.

— Malqatta ?

— Tu ne connais pas encore cet endroit... Mais tous les Egyptiens en parleront bientôt car nous habiterons désormais de l'autre côté du Nil et tu viendras, toi aussi, vivre là-bas.

— Je serai ainsi plus près de ma famille.

— En effet. Je te propose d'aller tout de suite voir l'emplacement de ce nouveau domaine...

— Maîtresse, pourrais-je embrasser mon père Abraham si nous passons devant chez lui ?

— Mais, bien sûr, Nabi. A condition que tu ne lanternes pas... Je sais bien que nous sommes restés longtemps à Memphis et que tu ne l'as pas vu depuis des mois. Je suis si mélancolique lorsque je reste éloignée d'Akhmim pendant des semaines que je peux comprendre ton chagrin. Mais nous avons des impératifs...

Comme elle sentait Nabi très impatient de revoir son père et sa famille, Tiyi ajouta :

— Je vais rejoindre mon char. Si Moïse est libre et si Aménophis n'a pas besoin de son porte-éventail, dis-lui qu'il peut se joindre à nous... Il sera, lui aussi, heureux d'embrasser sa famille...

Nabi hésita. Il aimait tant se retrouver en tête

à tête avec la Grande Epouse qu'il évitait de s'entourer à chacune de leur sortie. Mais il songea à la joie de son frère et il promit à la Grande Epouse de la rejoindre le plus vite possible.

— Reine, tu es si bonne et si compréhensive ! Aucune femme n'a le cœur aussi tendre ni les pensées aussi généreuses. Dieu te le rendra un jour !

Le cortège partit bientôt pour l'embarcadère royal. La traversée en felouque ne devait durer que quelques instants. L'équipage du roi s'activa et aida chaque assistant de la reine à monter à bord. Bientôt, les embarcations bleues et blanches tournèrent leur proue vers la rive opposée, la coque légèrement déportée par une brise légère. Le Nil était si large et le fleuve avait tant débordé que la reine pouvait naviguer jusqu'au port privé de Malqatta. Mais elle n'oublia pas sa promesse et fit arrêter le cortège aux abords de la maison d'Abraham qui avait été en partie inondée.

— Nabi, tu demanderas très précisément à ton père s'il souhaite des ouvriers pour réparer les dégâts causés par le Nil...

— Nous sommes habitués, maîtresse. Quand le fleuve se retire, nos champs sont d'autant plus fertiles. Nous ne pouvons pas réclamer l'inondation et la regretter ensuite !

— Tu es sage. Dis, cependant, à Abraham, que je lui enverrai des artisans dès que le Nil regagnera son lit.

— Merci, reine.

Comme Moïse naviguait déjà vers la maison

de son père, Nabi monta dans une petite barque et le rejoignit.

— Malqatta... dit Tiyi en voyant au loin se dessiner des statues gigantesques qu'Amenhotep était en train de faire construire. Est-ce le mur d'enceinte de notre futur domaine que j'aperçois là-bas ? Vais-je m'habituer à cette nouvelle vie ?

Elle observait autour d'elle tous les champs inondés, les maisons aux sous-sols remplis d'eau. Parfois, seuls émergeaient des eaux le premier étage des maisons et leurs toits en terrasse où les Egyptiens avaient stocké leurs sacs de céréales et leurs victuailles.

— Amenhotep n'a-t-il pas commencé le temple d'Aménophis trop près des eaux ? Les autres temples de millions d'années sont plus éloignés, plus proches du désert. Mais Aménophis veut sans doute que son temple soit le premier de la Vallée et le plus grand.

Elle apprit qu'Amenhotep travaillait plus loin, sur le domaine de Malqatta et qu'il avait dû abandonner provisoirement la construction des colosses représentant Aménophis qui devaient flanquer son temple. Elle leva les yeux vers les tombes de nobles dont on distinguait à peine les ouvertures dans les collines désertiques de Thèbes. Le temple d'Aménophis ouvrirait la voie qui menait aux monuments commémoratifs des rois égyptiens. Personne ne pourrait ignorer ces gigantesques statues assises qui se verraient de très loin. Elles marqueraient la limite entre les champs et le désert.

— Ainsi, pendant les fêtes d'Opet ou de la Vallée, le cortège royal passera-t-il inévitablement devant des monuments d'Aménophis. La vanité des rois n'est jamais assouvie !

Elle se souvint alors de la promesse que lui avait faite Amenhotep qui cherchait à obtenir les faveurs de la reine autant que celles du roi.

— Ne m'a-t-il pas parlé de moi et de la reine mère ? N'a-t-il pas suggéré au pharaon de créer des sphinx à mon image qui seraient déposés dans la cour du temple ? N'a-t-il pas évoqué la possibilité que nous ayons toutes les deux l'honneur d'être représentées à côté d'Aménophis ? Ma mère serait si fière de me voir sculptée dans la pierre auprès du roi !

XXVI

Plus le navire de Tiyi approchait de l'endroit choisi par Amenhotep et Aménophis pour l'érection du temple royal, plus la Grande Epouse était fascinée. Malgré l'inondation, elle pouvait deviner les blocs des deux colosses et demanda des explications à Nabi.

— Je ne suis pas architecte, Aimée d'Amon, mais je crois que ces colosses seront les plus grands de tous. Je n'ai jamais vu des bases aussi larges ni des blocs aussi imposants.

— Comment les ouvriers réussiront-ils à les placer les uns au-dessus des autres ?

— Rien ne résiste à Amenhotep. Les dieux lui ont donné le génie et le talent. S'il a décidé de faire des statues d'une telle hauteur, il a dû prendre ses mesures, évaluer les facultés de ses artisans, tout préparer avec minutie !

Des barges naviguaient juste derrière eux.

— Plaçons-nous sur le côté pour les laisser passer, suggéra Nabi. Le chef de l'expédition viendra te saluer. Il a reconnu l'emblème de la royauté. Mais il doit, auparavant, débarquer ces énormes blocs de pierre qui viennent manifestement des carrières du Nord. Des artistes les ont déjà sculptés pour éliminer la pierre inutile. Ainsi ont-ils pu alléger leurs chargements.

Tiyi entendit alors une voix connue.

— Amenhotep !

L'architecte salua la reine et lui expliqua que le chargement provenait des alentours d'Héliopolis.

— La route est difficile avec de tels poids ! Les bateaux sont pleins. Ils pourraient chavirer à tout moment.

Le chef de l'expédition lui raconta toutes les difficultés qu'ils avaient rencontrées.

— Aux étapes, les soldats nous ont aidés à débarquer mais ils sont éreintés.

La plupart des fantassins acclamèrent la reine Tiyi et manifestèrent leur joie.

— J'accompagne très souvent ces expéditions, précisa Amenhotep. Je sais combien elles sont éprouvantes ! Je préfère encore aller punir les Nubiens !

— Chef des fantassins et Responsable des soldats du roi, lui dit tranquillement Tiyi, Aménophis loue encore davantage tes talents d'architecte ! Nous savons tous que tu es un excellent soldat et que tous ces fantassins sont à tes ordres. Mais à quoi vont servir tous ces blocs dans lesquels je crois reconnaître les traits de Pharaon ?

— Nous allons en faire des statues qui seront disposées dans le temple et nous poursuivrons la construction des deux colosses du roi.

— Qu'espères-tu en échange de telles réalisations ?

— Rien, reine. Le plaisir de servir le roi dépasse toutes mes espérances.

— Allons, Amenhotep, insista Tiyi qui était maligne. Si tu oses me parler de ce que tu attends du roi, peut-être pourrais-je le suggérer à mon mari...

— Je lui en ai déjà parlé. J'aimerais tellement un temple dans cette Vallée !

— Un temple, Amenhotep ? Là où seuls les pharaons s'en font construire un ?

— Juste un petit temple. Mais je serai ainsi près de mon maître...

— Je vois, Amenhotep. Et que t'a répondu le roi ?

— Que je devais faire mes preuves et patienter.

— Voilà qui me semble juste.

— La tombe du roi s'achève...

— Je suis épatée par ta rapidité, reconnut Tiyi.

L'architecte lui expliqua avec enthousiasme tout ce qu'il comptait faire pour plaire au roi. D'un point de vue plus technique, il lui décrivit comment il comptait guider les ouvriers dans leur travail.

— Amenhotep, un seul détail m'échappe, dit encore Tiyi en se tenant à la proue du bateau et en balayant l'espace de son bras. Ces champs sont inondés. Cette terre où va surgir le temple de millions d'années de Sa Majesté sera chaque année recouverte d'eau. Comment les prêtres y exerceront-ils leur culte ? Comment Pharaon viendra-t-il dans son propre temple ?

— Le dieu Hâpy va régénérer cet espace de ses eaux bienfaisantes. Le temple sera purifié comme l'est le dieu Amon. La pierre résiste aux éléments.

— Le crois-tu vraiment ? La pierre se brise sous les tremblements de terre...

— Mais elle sait affronter le feu et l'eau.

— Peut-être...

Nabi surveillait les fantassins qui débarquaient les énormes blocs avec de longs morceaux de bois. Ceux-ci tombaient d'un coup dans l'eau et venaient prendre place à côté des autres avec une apparence de soudaine légèreté. Quand ils représentaient déjà les traits d'un membre de la famille royale, le visage déformé par les eaux semblait revivre.

— N'est-ce pas la reine mère ? demanda Tiyi.

— En effet. Si tu la reconnais, la preuve est faite que le sculpteur a bien travaillé. Et te voilà...

Tiyi frissonna en voyant ainsi sa figure plonger dans l'eau.

— Emmène-nous à Malqatta sauf si tu dois absolument veiller sur tes hommes.

— Je vais donner des instructions. Je préfère vous accompagner. Là-bas, le terrain est sec. Tu pourras débarquer dès que nous arriverons au temple de Medinet Habou.

Les fantassins aidèrent l'équipage de la reine à s'éloigner des blocs de pierre. L'embarcation glissa à travers les herbes puis deux marins se mirent à ramer ardemment. Dans le bateau suivant, Nabi faisait la même manœuvre avec son frère Moïse.

Pendant le court trajet qui les séparait du temple construit par Hatchepsout et Thoutmosis Ier, Amenhotep donna des détails à Tiyi sur son nouveau palais.

— Sera-t-il aussi coloré que les pierres que nous venons de voir ?

— Je veux un palais chatoyant et gai. Il sera immense et très agréable à vivre. Même si tu n'oublies pas totalement Akhmim dans cet endroit magique, je te garantis que ta vie y sera agréable. Tu pourras monter à cheval dans le désert, parcourir des étendues infinies comme les pharaons le faisaient autrefois à Gizeh.

— Amenhotep, je voudrais savoir quand nous allons habiter ce palais...

— Je pense qu'il sera près dans quelques mois.

— Dans quelques mois ? Qu'entends-tu par là ?

— Il est difficile de se prononcer car sa Majesté veut aussi un port immense. Le roi refuse d'habiter cet endroit tant que tout ne sera pas achevé. Il veut des magasins, des boutiques, des entrepôts, des monuments, des dépendances... Si nous nous en tenons au plan initial, j'aurai peut-être achevé mon travail dans deux ans à condition que les matériaux me parviennent normalement !

— Ce qui est rarement le cas...

— Je suis très exigeant, reine. Si nous bâtissons avec des matériaux exceptionnels et rares, il est impardonnable de les briser pendant le transport. Les couleurs doivent rester intactes. Sinon, je n'hésite pas à faire d'autres commandes, ce qui allonge d'autant les délais...

— En réalité, Pharaon t'a commandé une ville entière !

— Presque, répondit en souriant Amenhotep que le travail n'effrayait jamais. Je parlerais plutôt de village...

La reine fit signe à Nabi dès qu'ils arrivèrent devant l'entrée de Medinet Habou qui était épargné par les eaux.

— La crue du Nil s'est arrêtée juste devant l'enceinte du temple.

— C'est souvent le cas.

Mais Tiyi venait soudain de penser aux propos de son propre garde. Que complotait-il avec Menna ? Que signifiaient ces paroles étranges ? De tels fonctionnaires avaient-ils trahi Pharaon ?

— Reine, je suis à ta disposition, lui dit Amenhotep, surpris par son absence.

— Allons-y car je dois parler au roi dès mon retour d'une affaire extrêmement urgente.

Elle s'apprêtait à interroger Amenhotep qui connaissait mieux qu'elle les serviteurs du roi mais elle se ravisa. Doutant soudain de tous, elle jugea plus sage de ne révéler à personne ce qu'elle avait entendu. « Seul Pharaon, parce qu'il est guidé par les dieux, saura quelle décision prendre. »

XXVII

Tiyi fut distraite par un très jeune garçon qui se courba devant elle. La main sur la poitrine, la tête et les yeux baissés, il était manifestement impressionné par la présence de la reine.

— Qui es-tu ? lui demanda Tiyi.

— Je m'appelle Hatiai. Pharaon m'a nommé Supérieur des greniers d'Aton dans le prochain domaine de Malqatta.

— D'Aton ? répondit Tiyi en levant les yeux vers le ciel. Et qui est Supérieur des greniers d'Amon ?

— Personne que je connaisse. Les chefs des greniers d'Amon se trouvent tous sur la rive est.

— Si nous habitons ici, il faudra bien songer à Amon, rétorqua Tiyi en se tournant vers Amenhotep.

— Pharaon pense à tout, se contenta de répondre l'architecte.

— Bien, Hatiai ! Tu me parais très jeune pour assumer une telle fonction !

— Dans quelques années, je serai capable de

servir Pharaon. Pour le moment, j'apprends au palais de Thèbes.

— Tu es donc un enfant du roi...

— Non, reine. Je suis un prince étranger mais j'ai toujours été très dévoué à Pharaon.

Tiyi fit signe à Amenhotep de commencer la visite.

— Mon char t'attend, reine. Le territoire est si grand que tu ne peux marcher à pied. Prends mon véhicule. Il est plus confortable que celui de Hatiai. Nous allons faire un échange.

Seul Nabi accompagna la reine. Tous deux roulèrent bientôt dans le sable à peine tassé. Il n'existait plus de piste. Seules s'étendaient devant eux les chaînes montagneuses dorées par le soleil. Le char tiré par un cheval noir penchait tantôt à gauche tantôt à droite. Tiyi s'agrippa à la caisse et s'empara du bras de Nabi.

— Amenhotep fonce devant nous avec ce char aux roues branlantes. Nous allons nous rompre les os !

La proximité du jeune Hébreu ne lui déplaisait pas. Nabi aurait souhaité que ce parcours durât longtemps mais Amenhotep arrêta son cheval d'un seul coup. Nabi s'empara aussitôt des rênes et recommanda à la reine de l'attraper par la taille pour ne pas tomber.

— Notre architecte est bien énergique, dit Tiyi en riant. Il ne nous ménage guère !

Lorsque le char fut enfin stabilisé, Tiyi rejoignit aussitôt Amenhotep.

— Quelle équipée pour venir jusqu'ici ! Explique-moi tout ! Où se trouvera le palais ? Où seront les dépendances ?

Tiyi regardait autour d'elle en plaçant sa main devant ses yeux pour se protéger du soleil.

— C'est un espace vide ! Il n'y a rien ici !

— Es-tu déjà venue à cet endroit ?

— J'avoue que non. Pourquoi aurais-je dépassé le temple de Medinet Habou ? Il n'y a jamais eu aucun bâtiment dans ce désert !

— Tu te trompes. Aménophis III avait fait construire au tout début de son règne quelques bâtiments sans importance. Mais tu n'avais, effectivement, aucune raison d'y venir.

— A quoi servent donc ces installations ?

— A l'entraînement des soldats.

L'architecte saisit deux rouleaux de papyrus qu'il avait rangés dans la caisse du char.

— Abritons-nous contre ce vieux mur car le vent commence à souffler. En réalité, les dieux se manifestent toujours ici par un léger souffle. Mais je saurai abriter le domaine d'une enceinte qui protégera Sa Majesté des tempêtes de sable.

Tiyi se retourna pour éviter une bourrasque et aida Amenhotep à déplier ses plans.

— Voilà Medinet Habou, expliqua-t-il. Juste derrière le temple, je vais aménager le port du Birket Habou. Tout près se trouvera le temple d'Amon. N'aie crainte... Nous ne l'oublierons pas ! Le palais sera bâti juste à côté. En réalité, Pharaon souhaite plusieurs palais...

— Plusieurs palais ? Je ne comprends pas...

— Il aura le sien. Le tien jouxtera celui de Pharaon et j'en ferai un autre au Nord pour nos invités prestigieux.

Cette décision ne réjouit pas Tiyi.

— Pharaon n'a pensé qu'à ton confort, lui dit

Amenhotep. Il ne cherche pas à t'éviter. Il veut le plus beau palais du monde pour la Grande Epouse royale. Ne crois pas qu'il ait d'autres idées en tête.

— Voilà tout de même un étrange projet !

— La salle des fêtes est prévue entre le temple d'Amon et le village du Nord. Les magasins et les cuisines seront un peu à l'écart. Les marins qui débarqueront au Birket Habou tomberont, tout d'abord, sur ces bâtiments. Mais ce n'est pas tout. J'ai également prévu d'autres villages, le plus riche étant évidemment celui qui se trouvera près du temple d'Amon. Je veux aussi des terrains de sport et d'entraînement, des pistes de course...

Tiyi fit quelques pas en tentant d'imaginer le complexe qui allait naître des mains du génial Amenhotep.

— Nous pourrons donc accueillir des centaines d'invités dans ce domaine ! Des invités de tous les pays, des habitants de Memphis, de Medinet el Gourob, de Gizeh...

— Et d'Akhmim ! La place manque dans les autres palais. Je crois qu'Aménophis a pensé avant tout au confort et à l'aspect pratique.

— Quel nom va-t-on donner à cet ensemble ?

— Inutile de chercher ! Tu peux désormais l'appeler « le palais de la joie » puisque Aménophis a choisi cette expression.

— « Le palais de la joie », répéta Tiyi, pensive, et comment comptes-tu aménager mon palais ?

— Il y aura plusieurs chambres, des salles de bains, des pièces de réception, une salle du trône... Tout sera lumineux. Je ne veux pas de murs épais. Les fenêtres seront très larges, les murs et les plafonds colorés et gais. J'ai pensé à des scènes aquatiques et bucoliques entourées de motifs géométriques. Oiseaux des marais, fleurs, poissons rappelleront à chaque instant que la reine est débordante de vie et qu'elle est l'exemple même de la spontanéité et de la fraîcheur. Imagine des dizaines de pigeons et d'oies en plein vol déployant leurs ailes pour te plaire.

— Je vois que tu as pensé à tout...

— Tu ne me dis pas si ce projet te plaît. Il est encore temps de le modifier. Si tu préfères d'autres motifs plus discrets ou plus sobres, dicte-moi tes souhaits.

— Je te fais entièrement confiance, Amenhotep. J'ai compris que tu voulais faire des palais à notre image. Je trouve cette idée excellente.

— Tout près de vos palais seront également bâtis des logements luxueux pour les Memphites qui souhaiteraient rendre visite au roi et qui n'ont pas de quoi loger à Thèbes. Pendant les fêtes d'Amon, il est difficile de trouver un appartement pour chaque invité. Finis les tracas de ce genre !

— Pharaon souhaitait aussi une estrade éloignée du palais et du port pour recevoir aisément les étrangers et leurs tributs.

— Cette estrade se trouvera là où tu te tiens au Kom es Samak ! Pour y monter, Pharaon devra gravir quelques marches. Sur chacune d'entre elles figurera un prisonnier rappelant à tous les vassaux du roi qu'ils sont devant leur maître. Mais je préfère bâtir à chaque fois une nouvelle estrade. Les occasions de recevoir tous les tributaires du royaume ne sont pas si nombreuses...

— Cette tribune est, en effet, très éloignée des palais !

— Quant aux casernes, aux bâtiments de la charrerie, ils se trouveront, bien sûr, près de la piste et des terrains d'entraînement.

Tiyi se montra rassurée. Elle n'avait pas imaginé un tel ensemble et elle devait reconnaître que le palais de Thèbes ou de Medinet el Gourob étaient trop petits.

— Tu m'as convaincue, Amenhotep. Maintenant, je ne vais plus rêver qu'à ces magnifiques pièces que tu viens de me décrire ! Et Aton ? En arrivant ici, nous avons rencontré Hatiai mais tu ne m'as pas expliqué où il allait travailler !

— Je vais faire construire un petit temple en l'honneur d'Aton. Pharaon a beaucoup insisté sur ce point. Je n'ai pas encore prévu son emplacement...

L'architecte s'interrompit soudain en voyant le soleil descendre à l'horizon.

— Reine, je vais te raccompagner sur l'autre rive.

— Ce ne sera pas nécessaire. Nabi est là.

— Je dois absolument voir Pharaon.

— Que se passe-t-il ?

— Oh rien de grave, par Horus ! Mais je dois conseiller le roi.

— A quel sujet ?

— Les Koushites s'agitent encore. Ils ont réclamé leur chef Ikeni qu'ils savent prisonnier.

— Ils rêvent ! Jamais Pharaon ne relâchera cet ennemi !

— Ils menacent alors de se révolter. Ils seront plus organisés et plus nombreux qu'avant.

— Pharaon va-t-il repartir au combat ?

— Je vais le lui déconseiller. Il n'est pas utile qu'il risque sa vie alors qu'il a démontré à tous combien il était vaillant. Mérymès saura repousser ces Nubiens.

— Ainsi donc tu vas conseiller à Pharaon de rester ici ?

— Oui. J'estime que son départ pour la Nubie n'est pas nécessaire.

— Dans ce cas, hâtons-nous de rentrer. Je préfère savoir Aménophis à Thèbes plutôt que dans le pays de Koush !

Tiyi observa Amenhotep qui remontait dans son char après avoir roulé ses plans avec précaution.

— Je me demande ce que ferait le roi s'il ne l'avait pas, murmura-t-elle à Nabi qui la rejoignit dans le véhicule.

— Amenhotep est précieux et très ambitieux...

— En effet. Mieux vaut l'avoir avec soi.

— Tous les pharaons ont été entourés de personnages intelligents, efficaces et... redoutables. Aménophis est vigilant. Si Amenhotep prenait trop de pouvoir, s'il oubliait le respect qu'il lui doit, Pharaon le punirait ou le chasserait d'Egypte.

— Souhaitons que cela n'arrive jamais !

Nabi se pencha pour prendre les rênes et fit claquer sa langue dans sa bouche. Le cheval partit aussitôt au galop en suivant le char d'Amenhotep. La poussière et le sable se soulevèrent sous les roues. Tiyi se rapprocha de Nabi et l'attrapa par la taille comme il le lui avait conseillé.

Ces deux véhicules, lancés à pleine vitesse au milieu du désert, au pied des monts aux ombres gigantesques, dégageaient une impression de mystère. Les cheveux au vent, oubliant sa coiffure et les mèches qui s'échappaient de son simple bandeau, Tiyi jeta à terre la fleur de lotus qu'elle avait placée dans sa chevelure. Elle était grisée par cette odeur de soleil et de terre vierge. Seuls quelques bâtiments isolés près du futur port rappelaient que la vie existait ici avant leur course folle sur le sable vierge.

Tiyi renversa la tête et ferma les yeux. Elle sentit le corps de Nabi se crisper et chercher son équilibre.

— Tiens-toi bien, Majesté ! cria-t-il. Amenhotep file comme l'éclair !

— Ralentis, Nabi ! Nous ne sommes pas obligés de le suivre à cette allure ! Il nous attendra !

Nabi tira légèrement sur les rênes en calmant le cheval par des onomatopées appropriées.

— Au pas... Là...

— Laisse Amenhotep partir devant nous ! Le roi l'attend ! Rien ne nous oblige à courir...

— Je croyais que tu devais parler à ton époux, Aimée d'Amon, dit Nabi.

— En effet. Mais Amenhotep aura la priorité car mon mari doit traiter, ce soir, d'affaires importantes. Arrête le char ! Je veux encore imaginer notre futur palais. Te rends-tu compte, Nabi, que nous vivrons bientôt ici ?

Tiyi descendit du véhicule et invita Nabi à la rejoindre.

— Maîtresse, nous sommes seuls maintenant. Il n'est guère décent pour une Grande Epouse de se retrouver seule avec un domestique. Je crains qu'Amenhotep ne fasse demi-tour ou ne nous envoie Hatiai.

— Pourquoi te poses-tu de telles questions ? Nous ne faisons aucun mal ! Quand tu m'as retrouvée dans le désert au milieu des bêtes sauvages, n'étais-je pas seule ?

— Mais je ne savais pas que tu étais ma reine !

— Si tu l'avais su, tu m'aurais donc laissée mourir au nom de la décence !

Nabi rougit et baissa les yeux.

— Je crois que tu as raison, Nabi, dit Tiyi en voyant un nuage de sable. Quelqu'un s'inquiète de notre retard et vient nous chercher.

[illegible]

[illegible] Il n'est guère [illegible]

[illegible]

— Pourquoi te [illegible] de telles questions ? [illegible]

[illegible]

— Mais [illegible]

[illegible]

XXVIII

Le Koushite éclata de rire et saisit une cuisse entière d'antilope ruisselante de sauce. Il croqua dedans à pleines dents. Il avait réuni les chefs nubiens hostiles à Pharaon et banquetait sous les étoiles en se moquant du jeune Aménophis.

— L'avez-vous vu combattre ? Il est gauche et maladroit ! Qu'il revienne seulement se frotter à moi et il est mort !

Le Nubien lança l'eau de sa coupe derrière lui et réclama du vin.

— Du bon vin « Néfertary » ! cria-t-il. Celui qui sort des cuves royales d'Egypte !

— Penses-tu que ton plan va réussir ? lui demanda le conseiller personnel d'Ikeni.

— Oui. Aménophis est un homme mort ! J'ai tout prévu. Le pharaon est bien naïf s'il croit avoir charmé notre belle Capalescou. Il ignore que son frère est dans la place et qu'il s'est fait engager au palais pour mieux l'espionner.

— En réalité, il se méfie de sa sœur mais non pas de son frère !

— Qui est devenu le bras droit de cette

racaille de Mérymès ! Il a si bien réussi à le conseiller qu'il a obtenu ce poste prestigieux !

Le Nubien continua à manger de bon appétit et révéla son plan à l'ensemble des chefs présents.

— Mérymès aura le commandement de l'armée égyptienne. Il se rendra à Samna mais au lieu d'y remporter des victoires, il sera défait ! Pharaon est persuadé, parce qu'il construit des temples dans nos régions, que tous les dieux et tous les villageois l'aideront ! J'ai envoyé des hommes dans chaque village. Si l'un d'entre eux s'avise de prendre le parti d'Aménophis, il sera exécuté. Si sa femme donne de la nourriture aux Egyptiens, elle sera écartelée. Si ses enfants acclament Aménophis, je les tuerai de mes propres mains !

— Connais-tu le butin de la première guerre qu'Aménophis a menée contre nous ?

— Non et je ne veux pas le connaître.

Le conseiller d'Ikeni énuméra, cependant, le nombre de prisonniers et de morts.

— Cent cinquante Nubiens prisonniers, cent archers maîtrisés, deux cent cinquante Nubiennes installées dans le harem royal, plus de trois cents mains tranchées, deux cents enfants employés dans les champs, cent serviteurs réemployés dans les domaines de Pharaon... Tout cela n'est pas négligeable...

— En effet. C'est la raison pour laquelle Horus va nous aider à nous venger !

— Le fils royal de Koush Mérymès est astucieux.

— Il n'a aucun métier. Il est trop tendre pour se frotter à nous !

— Il est dévoué à son maître. Il est dans la confidence du dieu supérieur. Il domine les terres de Koush. Il connaît parfaitement notre pays. Nous ne pouvons ruser contre lui. Le roi égyptien lui transmet sa force et son feu intérieur lorsqu'il n'est pas lui-même sur le terrain. Il peut aussi fouler sous ses sandales les Koushites maladroits !

— Quel pessimisme ! Cesse de nous saper le moral ! Dans quel camp es-tu pour parler ainsi ? Si tu poursuis sur ce ton, je préfère que tu ailles te coucher !

— Sache seulement qu'il vaut mieux être trop prudent que pas assez. A force de confiance, les chefs se font battre. N'oublie jamais que les Egyptiens nous ont presque toujours vaincus ! Mérymès est astucieux. Alors que tu voulais engager la lutte pendant les moissons en pensant que l'armée égyptienne serait réduite et que les paysans égyptiens ne pourraient prendre les armes, Mérymès a décidé d'attendre la fin des récoltes pour venir t'affronter.

— Je pourrais avancer près de Thèbes !

— Non. Car ta seule chance est de combattre sur ton propre terrain et Pharaon le sait. Mérymès mène la danse. Il a même recruté des Nubiens dans son armée pour te faire comprendre que les Egyptiens étaient bien installés ici et que tu pouvais être battu par ton propre peuple !

— Sauf à Ibet !

— Un village ! Aménophis a tué trente mille

hommes lors de sa première campagne alors qu'Ibet n'a que mille habitants !

Comme un grand silence accueillait ces paroles pessimistes, le Nubien se tut.

— J'ai conscience de ce que vous pouvez soudain ressentir. Nous avons, pourtant, un atout de poids : un espion se trouve au palais de Pharaon et cet espion n'est autre que le second de Mérymès ! Nous connaîtrons tous ses plans et cet avantage énorme nous donnera la victoire.

— Si nous n'avions pas cette chance, je ne te suivrais pas, dit le confident d'Ikeni. Mais j'avoue que tu as là un argument de poids ! Aménophis me paraît trop confiant. Estimant que cette expédition ne serait qu'une formalité, il a même demandé à Mérymès d'engager de très jeunes enfants dans l'armée afin de leur donner l'occasion de s'entraîner comme s'ils partaient à la chasse !

— Mérymès ne sera bientôt plus fils de Koush. Je hais ces Egyptiens qui viennent s'installer chez nous et qui font de la propagande pour Pharaon. Ils font bâtir des temples à la gloire de leurs dieux, font mine de vénérer les nôtres pour s'attirer les faveurs de nos villageois ! La Nubie retrouvera bientôt son identité !

Les plaisanteries fusèrent.

— Je préfère me retirer, ajouta l'adjoint d'Ikeni. J'ai besoin de réfléchir. J'ai bien connu le maître de Mérymès et nous devons être vigilants. N'oublie pas que la vie d'Ikeni dépend de toi. Or, le chef est très populaire dans son pays. Si Aménophis l'exécutait maintenant, ton action serait peu appréciée.

— La vie d'Ikeni ne tient qu'à un fil. Je me demande même pourquoi il n'est pas déjà mort ! Capalescou a-t-elle su parler en faveur de son père ? Aménophis est-il un cœur tendre qui cède aux prières des femmes ?

— Je crois qu'il garde Ikeni comme des céréales d'échange. C'est précisément sa popularité qui l'a sauvé et non sa fille !

Près des tentes craquaient le feu et la graisse qui fondait. Des odeurs de viande grillée montaient vers le ciel. Les Nubiens riaient de plus en plus fort et buvaient beaucoup. Les villageois se mêlèrent à eux et leur apportèrent des cruches de vin.

*
* *

Tiyi avait enfin trouvé l'occasion de parler avec Aménophis en tête à tête. Elle s'excusa de l'importuner alors que l'Egypte entrait en guerre mais elle préférait le tenir au courant d'un fait d'importance.

Las des veilles et des entretiens, Aménophis fut heureux de se détendre entre deux décisions. Il flatta Tiyi qu'il trouvait toujours aussi belle et lui rappela qu'elle pouvait l'interrompre à tout moment même s'il était avec les plus grands généraux du royaume.

— Rien ne me plaît autant que tes visites, insista-t-il. Dès que je sens ton parfum frais, que je vois tes joues rosies par le soleil et ta chevelure pleine de vie, les dieux m'envoient une bouffée d'air pur. Nous sommes entourés de rebelles et de traîtres alors que tu es là, courageuse, aimante, intelligente, et que tu me supplées volontiers.

— Jamais je n'aurai la prétention de remplacer Pharaon ! dit Tiyi.

— Mais tu en es capable et je sais que certains rois préfèrent t'adresser directement leurs doléances...

— Parce qu'ils pensent rencontrer un cœur tendre !

— Je n'en suis pas si sûr. Je crois surtout qu'ils te respectent comme un vrai roi !

— Je suis flattée que tu le penses.

Son regard s'assombrit. Elle réclama une coupe d'eau fraîche et quelques gâteaux au miel.

— Tu parlais de traîtres... commença-t-elle. Eh bien ! J'ai surpris récemment une conversation étrange entre mon garde du corps et Menna. Il parlait d'Iaret et de son procès... Ils se sont manifestement mis d'accord sur le verdict avant le jugement. Ils l'ont rencontrée malgré tes ordres. Que leur a-t-elle promis en échange de sa liberté ? Ils ont évoqué des potions, des préparations magiques...

— Tu as dû te tromper, Tiyi. J'ai bien pesé le pour et le contre. J'ai longuement réfléchi à ce procès. Je crois que ce jugement était équitable.

— Peut-être... Mais l'idée que tes plus fidèles conseillers aient pu te tromper me déplaît. Nous ne pouvons laisser un tel acte impuni. Tu dois faire un exemple et leur montrer que tu es au courant de leur complot.

— Néfertary a fait une enquête à ce sujet...

— Et tout le monde s'est tu... Iaret est maligne.

— Je ne voudrais pas commettre un impair.

— Convoque Menna et dis-lui clairement que tu sais tout. Il m'a paru effrayé par la curiosité de Néfertary. Il avouera facilement. Neferoueref m'a semblé beaucoup plus sûr de lui !

Aménophis passa la nuit auprès de la reine et lui promit de parler à Menna dès le lendemain malgré ses nombreux rendez-vous. Mais, à l'aube, alors que Tiyi s'éveillait dans les bras de Pharaon, une subite agitation souleva sa curiosité. Elle se couvrit les épaules d'un châle en lin et passa dans la pièce à côté sans réveiller son mari.

— Henoy... Tu es déjà là. Tant mieux ! J'ai entendu un remue-ménage inhabituel. Que se passe-t-il ? Pharaon a tellement travaillé ces derniers jours et il a si peu dormi que je refuse de le réveiller.

— Je ne suis pas là par hasard, reine. Je te guettais pour t'informer d'une nouvelle qui a bouleversé certaines personnes du palais et qui en réjouit d'autres.

— Que se passe-t-il ?

— Iaret s'est présentée devant Osiris.

— Iaret ? C'est impossible !

— Non, reine. Le médecin vient de confirmer qu'elle est partie pour l'Autre Monde.

— Mais comment ? En dormant ?

— Nous n'en savons rien. Tout cela est très étrange. Une servante l'a trouvée dans son lit, la peau dure et froide. Elle a immédiatement compris qu'elle avait fini de vivre dans notre monde.

Mais, quand le médecin l'a examinée de plus près, il a aussitôt remarqué sa tunique déchirée. Il estime qu'Iaret a cessé de respirer dans un autre endroit et qu'elle a été déposée dans son lit.

— Que me racontes-tu, Henoy ? Qui en voudrait à la vie d'Iaret ?

— Depuis que Thoutmosis IV est parti, beaucoup d'Egyptiens la détestent.

— Le Nil a débordé plusieurs fois depuis cette affaire...

— Mais les Egyptiens n'oublient pas.

— J'ai l'impression que tu me caches quelque chose...

— En effet, maîtresse. Deux servantes prétendent avoir vu quelqu'un sortir de la chambre d'Iaret en pleine nuit.

— Qui était-ce ? Un homme ou une femme ?

— Personne ne peut le dire avec certitude. Cette personne avait un voile sombre sur la tête et était entièrement enveloppée dans une étoffe noire.

— N'ont-elles pas rêvé ? Je me méfie des témoins à l'imagination fertile.

— Non. Elles étaient très attachées à Iaret et elles ont parlé, la peur sur le visage. L'une d'entre elles croit avoir reconnu sa propre fille Maïerperi. L'autre penche plutôt pour un homme. Elle dit qu'il était très grand.

— Tout cela est vraiment confus. Cette disparition arrive, cependant, à un moment étrange...

— Que veux-tu dire, reine ?

— Quels serviteurs étaient présents ici lorsque je parlais hier avec Pharaon ?

— Il n'y avait personne, reine. J'ai veillé à ce que vous ne soyez pas dérangés comme tu me l'as demandé.

— Mais des hommes nous ont servi de l'eau et des pâtisseries. Ils ont apporté des cônes parfumés, des rince-doigts... Quand ils étaient près de nous, je me taisais ou je murmurais. Je doute que l'un d'entre eux ait compris notre conversation.

— Reine, je suis restée dans ce salon jusqu'à ce que Sa Majesté aille se coucher. Puis j'ai regagné ma chambre après avoir donné l'ordre aux gardes de ne pas bouger.

— Henoy, est-ce que Neferoueref était présent ?

— Non. Mais il a demandé à te voir pendant que tu t'entretenais avec le roi. Je lui ai dit que c'était impossible. Il m'a tenu compagnie pendant un bon moment.

— Essaie de te souvenir de tout, Henoy. C'est très important ! As-tu quitté Neferoueref un seul instant ? A-t-il pu entendre une seule de nos paroles, ne serait-ce que lorsque les serviteurs nous apportaient des boissons ?

Henoy ne répondit pas tout de suite. Elle tentait de se remémorer chacun de ses gestes.

— Je ne le crois pas. Neferoueref s'est montré intrigué par votre discussion. Il cherchait manifestement à en savoir plus. Il tendait l'oreille lorsque la porte s'ouvrait mais je ne l'ai pas laissé seul et je lui parlais...

— J'informerai moi-même Pharaon de cet incident dès qu'il se réveillera. En attendant, veille à ce qu'il n'y ait plus de bruit.

Comme Tiyi allait retourner auprès d'Aménophis, Henoy la rappela.

— Reine aimée d'Amon...

— Qu'y a-t-il encore ?

— Je me souviens maintenant d'avoir laissé Neferoueref pendant quelques instants extrêmement courts. Il m'a réclamé un peu de vin. Il prétendait que l'entraînement lui avait donné soif et qu'il n'avait pas eu le temps de se désaltérer en rentrant au palais. Il prétendait aussi qu'il avait couru, tiré à l'arc dans la poussière pendant toute la journée. Il était également allé chasser...

— Aurait-il eu le temps de se rapprocher de nous et de nous entendre pendant ta courte absence ?

— Peut-être, répondit Henoy. Mais à quoi songes-tu, reine ? Tu m'effraies !

— Ne dis rien à personne et veille à multiplier les gardes devant la porte de Pharaon. Je m'occupe du reste.

XXIX

La guerre avec la Nubie ayant été déclarée, les querelles intestines passaient au second plan. Aménophis avait conseillé à son épouse de ne pas ajouter foi aux racontars qui s'étaient multipliés sur la mort suspecte d'Iaret. Le pharaon refusait d'écouter Maïerperi et de monopoliser des fonctionnaires sur cette affaire alors qu'il leur fallait donner une nouvelle leçon aux Nubiens. Après tout, Iaret ne méritait pas plus de considération. Elle avait été gâtée par Thoutmosis IV. Son petit-fils serait enterré dans la Vaste Prairie. Que pouvait attendre d'autre une femme d'origine modeste ?

Il se sentait enfin devenir un pharaon puissant et vénéré. Les rois lui envoyaient sans plus attendre leurs filles en mariage. Des princesses arrivaient de Babylone et d'Amourrou.

— Il est temps que la déesse Astarté aimée des Mitanniens revienne et, pour ce faire, je vais épouser une princesse mitannienne !

Menatou avait entendu bon nombre de fois cette parole royale.

— J'ai de quoi accueillir des dizaines de princesses étrangères puisque nous allons habiter dans très peu de jours à Malqatta. Elles auront toutes un domaine !

— Tu oublies un détail, Roi tout-puissant...

— Lequel ?

— Les princesses mitanniennes sont encore des enfants...

— Gilukhepa, la fille de Sutarna, deviendra ma femme. Ma décision est prise ! J'ai appris que Sutarna se réjouissait de marier la fille de Pashed à Tushratta. Pourquoi ne penserait-il pas au mariage de ses filles ?

— Je me réjouis que l'Egypte tisse ainsi sa toile d'araignée. Elle domine tout et est approuvée de tous. Les Nubiens vont encore l'apprendre à leurs dépens et les Hittites pourront en tirer une leçon. Je crois, cependant, avoir compris que Sutarna avait accepté de marier son fils à Yuri parce que Pashed le lui avait demandé.

— Pashed a informé Hinutimpet qu'il était souffrant. Il a si peur de ne pas finir l'année sur cette terre qu'il préférait voir Yuri unie au prince du Mitanni avant son éventuel départ. Sutarna a cédé à ses prières. Hinutimpet m'a assuré que les deux enfants s'entendaient parfaitement. Ils se sont attachés l'un à l'autre. Penses-tu que Sutarna se montrera réticent lorsque je lui demanderai sa fille ?

— Non. Je crois qu'il sera ravi.

*

* *

Tandis que Mérymès combattait en Nubie, Aménophis surveillait chaque jour l'avancée des travaux à Malqatta. Dès qu'il eut dicté sa lettre à Sutarna, il réclama son char et embarqua pour la rive ouest. Il rejoignit Amenhotep qui contrôlait la mise en place des derniers blocs des deux colosses de son temple de millions d'années.

Tous ceux qui entouraient Amenhotep s'activaient sans relâche. Ils appelaient l'architecte tantôt par un titre tantôt par un autre en attendant ses directives. Amenhotep trônait, un collier en or offert par Pharaon autour du cou.

— J'ai appris que tu avais engagé des ouvriers pour creuser ta tombe, préparer deux sarcophages de pierre à tes dimensions et élever un temple en ton honneur. Peut-être as-tu même choisi le personnel qui s'occupera de ce temple ! lui dit Aménophis sérieusement.

— En effet, maître, répondit Amenhotep en se couchant devant lui. J'ai si peur de disparaître en ayant oublié l'essentiel !

— Cela ne risque pas d'arriver !

Comme l'un des jardiniers préposés au temple d'Amenhotep venait précisément informer l'architecte qu'il arroserait lui-même les arbres de la cour, Aménophis s'interrompit et le regarda mettre les genoux dans le sable juste devant lui.

— J'ose espérer que tu n'as pas engagé plus d'ouvriers pour construire ton temple que pour aménager Malqatta !

— Non, maître... En réalité, je n'envoie une équipe sur le chantier qu'entre deux constructions. Quand un monument est terminé et avant qu'un autre ne soit entrepris, je leur demande de travailler pour moi.

— Ne te moques-tu pas de Pharaon, fils de Hapou ? J'ai établi un tel programme que tu ne verrais jamais ton temple ni ta tombe achevés si tu mettais en application tes beaux principes ! Ne me mens pas, Amenhotep.

— J'essaie du moins de m'organiser au mieux pour qu'aucune construction commandée par Pharaon n'en pâtisse.

— Je sais aussi que tu choisis les matériaux dans les meilleures carrières et que tu as engagé pour toi les plus talentueux des sculpteurs, des peintres et des tailleurs de pierre. Certains sortent même de mes ateliers ! Comme tu veux que ton temple soit construit tout près du mien, j'ose espérer qu'il sera beaucoup plus modeste sinon les Egyptiens ne sauront pas reconnaître lequel appartient au maître et lequel est celui de son serviteur.

— Je voulais rester proche de Sa Majesté.

Amenhotep avait des idées bien arrêtées sur l'aménagement de son temple. Après un premier pylône impressionnant et coloré, il souhaitait un magnifique jardin agrémenté d'arbres. Pour ce faire, il avait fait creuser des puits extrêmement profonds. Un deuxième pylône permettrait d'accéder à une cour à colonnades. Amenhotep la souhaitait sobre, peinte en blanc et en bleu. Sur les colonnes, seuls apparaîtraient ses titres et son nom. Sur les parois de la cour seraient gravés avec précision les moments les plus importants de sa vie. On y trouverait aussi des magasins et des chapelles. Amenhotep avait également imaginé quelques détails originaux, des plafonds voûtés et des décors géométriques.

Souhaitant inciter le roi à faire voter un décret pour protéger cet espace des voleurs, Amenhotep ne jugea pas le moment opportun de lui en parler. Aussi remit-il cette requête à plus tard. Il préférait que le roi s'habituât progressivement à l'idée qu'il eût également un temple non loin du sien.

— Puisque le soleil est moins chaud et que les récoltes sont terminées, j'ai décidé d'envoyer une expédition au Sinaï, lui dit Aménophis.

Amenhotep l'approuva.

— Je vais aussi être obligé d'envoyer des troupes à Byblos si ces Asiatiques n'arrivent pas à trouver un terrain d'entente. Souhaitons que Mérymès revienne vite de Nubie.

L'architecte sourit comme s'il en savait plus que Pharaon.

— Je t'écoute, Amenhotep.

Le roi levait les yeux vers les gigantesques blocs que les ouvriers avaient déposés sur des tas de sable et qu'ils tentaient de faire basculer au-dessus des autres morceaux de pierre déjà en place. Ils s'encourageaient par des cris puissants.

— Maître, je crois avoir assez bien travaillé pour Pharaon.

— Qu'entends-tu par là ? Sois plus clair ! Je ne suis pas d'humeur à jouer aux devinettes !

— Neferoueref, Menna, Menatou, Nefersekeru ont été très efficaces, eux aussi...

— Je suis curieux de savoir de quelle manière car nous avons dû les interroger récemment et leur conduite m'a profondément déplu. Ils auront du mal à gagner de nouveau ma confiance.

— Que leur reproches-tu ?

— Rien que de vague mais je me méfie d'eux.

— Eh bien, les dieux vont te permettre de les louer car ils ont donné la victoire à Pharaon sur les Nubiens.

— As-tu perdu la tête Amenhotep ? Mérymès est le seul à combattre les Nubiens !

— Mais un traître s'était glissé dans ton palais, Pharaon. Un traître qui a informé les Nubiens de tout ce que tu préparais. Il s'agit du plus fidèle conseiller de Mérymès.

— Comment le savez-vous ?

— Nefersekeru a surpris une conversation entre cet homme et Capalescou. Il s'agit de son frère.

— Nous devons immédiatement prévenir Mérymès avant qu'il ne tombe dans un piège.

— Rassure-toi, Mérymès a été mis en garde et le frère de Capalescou a préféré choisir le parti de Pharaon ! Il se plaît à la cour et n'a jamais été aussi bien traité ! Son rôle auprès de Mérymès lui plaît. Tu n'as plus rien à redouter de cet homme.

— Pourquoi ne m'en as-tu pas parlé ?

— Parce que Capalescou me l'a demandé et que je la crois très dévouée à Pharaon. Je ne veux pas accabler le roi par des problèmes mineurs.

— Le frère de Capalescou ! répéta le roi. Le fils de mon prisonnier ! Si Ikeni apprenait cela, il se donnerait lui-même la mort pour ne plus voir ses enfants !

— Les Nubiens croient tout savoir des intentions de Pharaon. Mérymès a donc décidé de modifier ses plans. Sa victoire sera encore plus facile qu'il ne l'escomptait.

Aménophis éclata de rire et raconta l'anecdote à ses gardes.

— Décidément, les Nubiens ne réussiront jamais à vaincre les Egyptiens !

XXX

Sutarna ne répondit pas tout de suite au roi égyptien, non pas parce qu'il refusait la main de sa fille au pharaon, mais parce qu'il était soucieux de la mésentente qui mettait ses deux fils face à face. En grandissant Tushratta espérait bien obtenir un jour la succession de Sutarna car il avait, disait-il, été éduqué pour régner. Mais son frère aîné estimait légitime de monter sur le trône du Mitanni.

Une telle haine paraissait animer les deux frères que Sutarna décrivit la situation à Aménophis. Le pharaon se désintéressa, toutefois, de ces querelles et réclama des nouvelles de Gilukhepa. Quand il apprit que la fille du roi s'apprêtait à quitter le palais de son père avec un énorme cortège, il proposa à Sutarna d'envoyer des escortes égyptiennes pour l'accompagner.

Autant Tiyi fut agacée par cette décision du roi, autant Hinutimpet se réjouit de la présence prochaine d'une nouvelle princesse mitannienne à la cour. La reine mère Néfertary se tenait maintenant à l'écart des décisions royales. Elle estimait, comme tous les conseillers, qu'Aménophis était maintenant Pharaon à part entière et que le sort du pays reposait sur lui seul.

Satamon, qui grandissait, manifestait une grande attirance pour le pouvoir. Elle ne sortait pas de ses appartements sans plusieurs servantes, insistait pour que chacun la saluât par l'ensemble de ses titres qui devenaient chaque année plus nombreux et refusait de se laisser éclipser par une femme de la cour ou une étrangère du harem.

Malgré son jeune âge, tous les domestiques la craignaient. Elle riait peu et passait ses journées à étudier ou à lire. Sa mère lui reprochait parfois d'être trop studieuse. Elle aurait voulu l'entraîner dans des promenades qui les auraient rapprochées. Mais Satamon ne se promenait guère qu'avec ses grands-parents qu'elle adorait et qui le lui rendaient bien.

Sa grand-mère Touya lui avait offert, dès sa naissance, des vêtements et des bijoux luxueux. Si elle s'occupait de tous ses petits-enfants, Touya avait sans doute une préférence pour l'aînée. Sa tante, elle aussi, la gâtait si bien que Satamon était trop habituée au luxe et au respect pour admettre la plus petite incartade. Elle exigeait que chacun respectât les règles de bienséance. Sa grand-mère Néfertary, plus froide et plus distante que Touya, était également attentive à son confort et à ses caprices. Faisant rire toute la famille royale, Satamon déclarait parfois :

— Mais où se trouve ma mère Tiyi ? Elle ne songe qu'à monter sur un cheval. Elle est plus insaisissable que le vent. Est-ce que je cours, moi ? Est-ce que je pars dans le désert ? Est-ce que je fais des affaires ? J'écoute mes professeurs. J'apprends à jouer de la musique et à chanter. Je lis les contes de nos auteurs anciens.

L'attitude spontanée de Tiyi, qui contrastait tant avec celle, plus réfléchie, de sa fille, suscitait la curiosité et déclenchait les rires. Mais la reine était surtout inquiète par l'attirance de plus en plus grande que sa fille manifestait pour le pouvoir.

— Jamais je n'ai aimé à ce point la gloire et la puissance, dit-elle un jour à Touya. Aménophis ne les recherchait pas à tout prix. Il est devenu Pharaon par obligation. Je suis reine par devoir. Pourquoi notre fille est-elle si ambitieuse à un âge où ses amies ne pensent qu'à se distraire ? S'il s'agissait d'un garçon, je comprendrais...

Touya lui expliqua que Satamon avait toujours été choyée et entourée, qu'elle n'avait connu que les honneurs et le faste alors qu'elle-même avait été libre de vivre comme les gens du peuple.

— Nous l'avons peut-être trop gâtée, reconnut Touya. Mais je préfère que notre petite-fille ait ce caractère fort. Tu sais comme moi que vivre à la cour est redoutable. Elle sera prête avant les autres à deviner les coups bas et les complots. Tout le monde la respecte !

Tiyi ne pouvait éviter de faire des comparaisons avec ses autres enfants. Même Thoutmosis était plus timide que Satamon qui lui parlait avec hauteur en lui laissant entendre qu'elle était l'aînée et l'héritière d'Aménophis.

*

* *

Le sable s'étendait à perte de vue. Bien que la princesse Gilukhepa ait depuis longtemps traversé l'Euphrate, la distance qui la séparait de la mer était encore grande. Après avoir passé la nuit sous des tentes et avoir plié le matériel, des Mitanniens avaient placé en plein désert une stèle commémorant le passage de leur princesse. Il y était rappelé qu'en l'an 10 du règne, Aménophis, Horus, Taureau puissant, qui se reconnaissait en Maât, qui décidait des lois et régnait en paix sur les deux terres, vainqueur de l'Asie et puissant Nebmaâtrê fils de Rê, prince de Thèbes, Vie, Santé, Force, mari de Tiyi, Grande Epouse royale vivante, fille de Touya et de Youya, avait reçu du Grand du Naharina, Sutarna, sa fille Gilukhepa partie pour l'Egypte avec trois cent dix-sept femmes.

Jamais aucun Asiatique n'avait vu pareil cortège. La princesse dominait tout le monde. Elle était assise sur un trône élevé placé sur un char et portait un vêtement coloré qui lui couvrait les épaules. Elle supportait avec dignité le poids de sa couronne ornée du disque solaire sans jamais se plaindre ni baisser la tête.

Des chars remplis de victuailles et de coffres suivaient, tirés par des bœufs trapus. Les véhicules des dames de compagnie étaient plus luxueux. Ils avaient été décorés de tentures ou de simples rideaux qui protégeaient les passagères de la chaleur. Celles-ci en soulevaient parfois un pan pour tenter d'apercevoir un village ou un port mais elles ne distinguaient à l'horizon que des dunes de sable à l'infini. Ces confidentes n'en perdaient ni leur charme ni leur goût pour la toilette. Elles étaient vêtues de voiles élégants et de coiffes simples faites de lin. Elles portaient de nombreux bracelets et de larges boucles d'oreilles en or.

Tous les fantassins étaient armés de lances. Ils avançaient à pied, le torse nu, conscients du parcours qu'il leur restait encore à parcourir. Quant aux cinq cents bêtes qui suivaient, elles commençaient à montrer des signes de fatigue.

Après le désert asiatique, ils rejoindraient le Sinaï puis s'engageraient dans le delta du Nil. Sutarna leur avait annoncé cinquante jours de voyage. Les escadrons égyptiens les rejoignirent et leur promirent de les aider. Ils avaient avec eux des ravitaillements et des serviteurs.

Gilukhepa regrettait déjà son pays. Elle était très proche de son frère Tushratta qui lui avait promis de lui envoyer en Egypte ses parfums et ses robes préférés. Elle était consciente que sa famille allait lui manquer. Elle avait suffisamment d'ascendant sur ses frères pour les aider à régler leurs différends. Or, Sutarna se retrouverait seul pour tenter de les mettre d'accord et le résultat était loin d'être acquis. Gilukhepa craignait le pire car elle connaissait la pugnacité de Tushratta. Tout en se laissant guider sur son char pendant des journées entières, elle réfléchissait ainsi aux troubles qui risquaient de déchirer sa famille.

Soixante jours plus tard, le cortège arriva à Memphis. Les Egyptiens qui s'étaient déjà rendus en Asie s'étonnèrent du faste qui entourait Gilukhepa mais la plupart des paysans qui n'avaient jamais quitté leur pays observaient avec curiosité la manière dont les étrangers étaient vêtus et comment ils se comportaient.

Aménophis lui-même fut impressionné par le nombre de serviteurs et de femmes de la cour qui accompagnaient la fille du roi. Certains fonctionnaires se souvenaient de l'arrivée d'Hinutimpet et comparaient volontiers les deux femmes.

Le pharaon accueillit aussi, avec les prêtres égyptiens, la statue d'Astarté qui revenait s'installer en Egypte pour plusieurs mois. Sutarna avait accepté de la confier une nouvelle fois à Pharaon.

Les disputes des deux Mitanniens prétendants au trône annonçaient le malheur qui allait suivre. Les relations entre les Egyptiens et les Mitanniens étaient excellentes lorsque le roi égyptien reçut un étrange message de Tushratta. Celui-ci lui laissait entendre que le Mitanni se retrouvait sans chef et qu'il lui fallait prendre la direction de son pays. Ne parvenant pas à en savoir davantage, Aménophis envoya un messager sur place.

Dans la capitale du Mitanni, la tension était à son comble. Sutarna avait perdu la vie quelques jours auparavant pendant une partie de chasse. Alors que Tushratta mettait tout en œuvre pour se faire acclamer roi, son frère Artasuwara lui ordonna de retourner auprès de Yuri et de le laisser accomplir sa tâche. Tushratta paraissait avoir accepté son sort mais il fit venir auprès de lui un tueur sans vergogne.

— Udy, tout le monde te connaît. Mon père t'engageait lorsqu'il avait besoin d'éliminer des ennemis redoutables. Tu as vieilli mais tu n'as rien perdu de ton efficacité.

Tushratta avait un regard d'acier. Son teint mat, ses beaux cheveux bouclés et sa carrure d'athlète lui donnaient un air divin qui n'impressionnait nullement son frère, plus grand et plus robuste que lui.

— Tu sais pourquoi je t'ai fait venir.

Le fourbe mitannien, un ruban rouge et blanc enroulé autour de la tête, les joues saillantes et le menton osseux, montra ses dents pourries.

— Tu veux le pouvoir, Tushratta. Qui te dit que tu as fait le bon choix ? Je pourrais prendre le parti de ton frère.

— Peut-être même t'a-t-il payé pour me tuer. Mais je ne le crois pas... Il est trop sûr de lui et de son bon droit. Qu'il soit l'aîné ne m'intéresse pas. Mon père m'a toujours dit qu'il me donnerait le trône.

— Quand et où ? demanda Udy.

— Le plus tôt possible. Loin du palais. Je ne veux pas que les soupçons se portent sur moi, non pas vis-à-vis des Mitanniens qui m'ont accepté mais je devrais rendre des comptes à Aménophis III.

La discussion fut courte et efficace. Dès que Udy l'eut informé que son frère disparaîtrait,

Tushratta prépara son installation au palais. Deux jours plus tard, Artasuwara était retrouvé mort pendant l'une de ses visites dans un village voisin. Tushratta qui jouait aux échecs avec sa femme était insoupçonnable. Il enterra décemment son frère et promit que les assassins seraient exécutés.

Le lendemain, Udy était arrêté et condamné à mort. Tushratta pouvait enfin apprendre au pharaon les derniers événements du Mitanni. Il se disait accablé mais il affirmait qu'il continuerait la politique de son père. Il se disait propre de toute tache et promettait même au pharaon la fille qu'il avait eue avec sa femme Yuri.

Tushratta ne connut guère de répit pendant ce début de règne. Le roi du Hatti Supiluliuma, qui avait succédé à Tudhaliya II, lui déclara la guerre. Dans sa capitale, le roi des Hittites avait bien l'intention de devenir le roi du monde. Il regrettait les hésitations de son prédécesseur et affirmait qu'il saurait rattraper le temps perdu. Il ne redoutait pas les Egyptiens avec lesquels avait été signé un traité de paix.

— Ils ne violeront jamais ce traité car ils redoutent les dieux et les maladies ! disait non sans finesse le nouveau roi du Hatti.

Son premier objectif était la conquête du Mitanni et de Karkemish qui était située sur l'Euphrate et qui appartenait à l'Egypte.

— Karkemish ! s'écria Aménophis en apprenant la nouvelle de ses propres espions. En rompant le traité qui nous lie aux Hittites, le roi Supiluliuma va attirer sur son peuple la misère et la foudre ! S'il touche à Karkemish, nous partons immédiatement pour l'Asie !

Comme le pharaon tergiversait encore, Mérymès, qui n'était pourtant pas responsable de cette partie du royaume, lui conseilla de ne pas laisser la situation se dégrader.

— Je ne sais pourquoi mais j'ai l'impression qu'il ne sortira que des malheurs de cette guerre contre les Hittites. Que des soldats partent lutter contre eux puisque nous ne pouvons faire autrement. Je ne pressens, cependant, rien de bon.

Aménophis n'en oublia pas pour autant d'envoyer une lettre de remerciement à Tushratta en le complimentant sur son honnêteté et en acceptant sa fille Taduhepa née de Yuri, fille de Pashed et de Camita. Il imaginait la beauté de cette enfant à travers la chevelure et les traits de sa mère que les Egyptiens avaient tous prise pour une déesse. « J'espère vivre assez vieux pour en profiter ! », se dit-il sans accorder plus d'importance aux événements asiatiques.

Les Hittites avaient, cependant, retrouvé la force de leurs ancêtres. Ils possédaient des armes et s'entraînaient régulièrement. Pendant des années, le roi avait tenté de reconstituer une véritable armée de métier. Ce pays, qui n'existait quasiment plus et qui vivait dans l'ombre de ses voisins, réapparaissait à nouveau dans toute sa splendeur et son ambition. Les Mitanniens, les Babyloniens et les Palestiniens avaient oublié leur rage de vaincre et leur tempérament entêté. La plupart n'avaient même pas entendu parler du pays du Hatti. Ce pays s'imposait peu à peu dans le paysage asiatique. La morgue de Supiluliuma, qui refusait de traiter avec les autres pays et qui voulait gouverner le monde, rappelait la volonté inébranlable de ces hordes hittites qui dévastaient autrefois toutes les contrées en n'épargnant ni les femmes ni les enfants. Leur cruauté faisait alors trembler les meilleures armées.

Malgré les leçons de ses maîtres et de son père, Aménophis III ne se souvenait pas de ces moments de gloire hittite. Il ne pouvait pas imaginer qu'un pays sans prestige dont on connaissait à peine l'existence pût devenir de nouveau une région redoutable. Il méprisait leur armée, leur roi, leur civilisation, leurs croyances.

Manquant sans doute d'expérience, Aménophis allait découvrir comment une horde acharnée pouvait envahir des pays et faire trembler des peuples comme les Hyksos avaient autrefois envahi l'Egypte.

XXXI

Le superbe Supiluliuma avait tout analysé. Il savait avec quels peuples les Amorites préféraient entretenir des relations commerciales et culturelles. La Babylonie jouissait, autrefois, d'une grande prospérité. Sa riche civilisation, ses écrits et ses objets précieux lui redonnaient un peu d'éclat.

Le roi hittite se sentait surtout fort de ses remparts imprenables, de ses tours, de ses portes aux jambages sculptés d'une totale robustesse. Ses constructions en briques, semblables à celles d'autres pays d'Asie ou aux maisons crétoises, étaient renforcées de bois et capables de résister aux tremblements de terre. La capitale, Hattusha, avec ses fortifications et ses portes épaisses, était la plus protégée de toutes les villes hittites même si des cités voisines comme Aladja avaient, elles aussi, des portes massives décorées de sphinx effrayants et des bases de remparts ornées de scènes éloquentes rappelant le pouvoir du roi et de son épouse face aux ennemis.

Avant que son mari ne partît pour la guerre,

l'épouse de Supiluliuma lui rappela qu'il lui était indispensable de rendre hommage aux dieux. Elle avait beaucoup d'influence sur les décisions du roi et était vénérée par le peuple hittite.

Supiluliuma donna des offrandes aux divinités et assista aux cultes traditionnels dans un grand sanctuaire aménagé non loin de la capitale. La plupart des bâtiments avaient été construits sur les rochers. Le roi s'installa non loin d'un portique pour assister aux festivités. Deux processions de divinités devaient, tout d'abord, avancer l'une vers l'autre. Près de cent cinquante dieux étaient représentés. Leurs noms avaient été inscrits sur leur statue en caractères hiéroglyphiques et cunéiformes car le roi savait aussi bien lire la langue des pharaons que celle des Babyloniens.

En tête, le dieu de la foudre était encadré de Génies et venait à la rencontre de la déesse Hepat, juchée sur un lion et accompagnée de son fils et de ses servantes montées sur des oiseaux de proie. Le dieu soleil était symbolisé par le disque rougeoyant.

Après les sacrifices d'animaux, Supiluliuma fit un long discours rappelant l'histoire des Hittites, la plus ancienne qui remontait à l'époque où les Hittites s'étaient installés dans leur capitale Hattous, la rivalité des Louwites et des Nasites qui s'étaient installés dans le pays du Hatti, la victoire du roi nasite qui avait créé un royaume s'étendant de la mer Noire à la Méditerranée, les réussites de son successeur qui s'était imposé dans le Taurus, les succès des rois Hattousil et Moursil qui avait quitté Nesa pour s'installer de nouveau à Hattous, la prise de Karkemish, le pillage de Babylone par Moursil puis les défaites des Hittites après l'arrivée des envahisseurs Hyksos.

— Souvenez-vous de cette sombre période où le Hatti a perdu pied. Profitant de notre faiblesse face aux Hyksos, les Assyriens nous ont renversés ! Nous avons perdu la Cappadoce, la Cilicie, le Mitanni, les villes d'Alep et de Karkemish qui nous permettait d'entrer dans la région des deux fleuves ! Tudhaliya a redonné aux Hittites un vaste empire jusqu'à ce que l'impitoyable Thoutmosis III nous battît et nous contraignît à devenir ses tributaires. Hattousil II voulait reprendre Alep ? Mal lui en prit ! Car les Mitanniens s'étaient alliés aux Egyptiens avec lesquels nous avions signé un traité de paix.

Le roi hittite avait une force de persuasion incroyable. Personne n'osait prononcer le moindre mot pendant son discours. Sa femme se tenait droite à ses côtés, aussi immobile qu'une statue.

— Un traité de paix ! clama Supiluliuma en pointant son doigt vers la foule. Qui ne favorise que les Egyptiens et les Mitanniens ! Cette situation nous empêche de réaliser nos projets et nous rend totalement impuissants ! C'est une folie de continuer à respecter ce traité de paix !

Le roi expliqua son plan : il devait impérativement battre les Mitanniens et faire éclater le royaume égyptien. Derrière lui, de petits rois, ses vassaux, tous choisis dans sa famille, l'approuvèrent de la tête. Tous rendirent un culte aux précédents rois hittites qui avaient été divinisés.

Le Grand Roi de Hatti rappela aussi qu'il agissait après avoir consulté le Pankous, l'assemblée des Nobles, qui approuvait ses projets. En tant que Grand Prêtre, il venait d'accomplir son devoir. Il devait maintenant redevenir le chef militaire que tout son peuple attendait. Les seigneurs pouvaient prendre leurs armes et venir le rejoindre. Il allait déclarer officiellement la guerre au Mitanni et à l'Egypte. Les chars, généralement occupés par trois hommes, étaient prêts. Les lances, les arcs et les boucliers que les cochers tenaient devant les combattants pour les protéger des traits ennemis avaient été réunis. Les fantassins avaient déjà préparé leurs lances et leurs épées. Les frontières et les villes hittites étaient à l'abri des envahisseurs. Le roi espérait réunir près de quatre mille chars et vingt mille fantassins.

— En mon absence, ajouta le souverain hittite, mon épouse votera les lois et rendra la justice. Elle présidera les cérémonies religieuses comme elle le fait lorsque je suis dans ma capitale. La seconde épouse l'aidera. Si jamais mon fils aîné meurt au combat, le fils de ma seconde épouse me succédera sur le trône du Hatti. J'emmènerai avec moi un harem important.

Le roi rappela à chaque femme qu'elle était inférieure à son mari et qu'elle ne devait en aucun cas le tromper pendant qu'il était à la guerre. Il prévint les esclaves que la moindre trahison envers leurs maîtres serait passible de la peine de mort, que tout dignitaire révolté contre le roi, que tout homme profitant de la guerre pour violer une femme hittite et que toute personne consultant une magicienne subirait le même sort.

Le roi énuméra les peines encourues pour divers délits et rappela qu'elles étaient toutes mentionnées dans les registres. Il mit en garde quiconque oserait profiter de l'absence d'un Hittite pour lui voler des fruits, du bois, des briques ou des animaux. Puis le roi invita la foule à prier les dieux taureaux Seri et Houri, le mont Nani et la déesse solaire Istanu.

— Nous tenterons de ne pas rester longtemps absents pour pouvoir fêter le nouvel an. Que notre commerce ne s'interrompe pas pour autant. Vendons notre or, notre argent et notre cuivre qui rivalise avec celui des Chypriotes !

Deux jours plus tard, le roi du Hatti prenait la tête de sa puissante armée sous les acclamations de la foule. Le prince héritier chevauchait à côté de lui. Son père prétendait que son fils était le meilleur écuyer du monde et qu'il devait ce talent à ses ancêtres, les premiers à avoir apporté le cheval dans la ville d'Hattous.

Toutefois, avant de se tourner vers le Mitanni et d'assiéger Karkemish, le Grand Roi décida de se rendre en Palestine, dans la plaine d'Amqu, pour soulever la colère de Pharaon qui ne l'attendait pas dans cette région et qui avait la mainmise sur ce territoire.

Informée tardivement de cette décision, l'armée égyptienne changea de direction et se dirigea à marche forcée vers la plaine d'Amqu. Mais un grand fléau s'abattit sur elle alors qu'elle avait quitté l'Egypte depuis deux jours et qu'elle se trouvait aux portes de la Palestine. Plusieurs soldats refusèrent de se lever. D'autres avaient la fièvre. D'autres encore se sentaient épuisés et réclamaient des médicaments.

Lorsqu'ils arrivèrent en face des Hittites, les Egyptiens étaient deux fois moins nombreux qu'à leur départ. Ils se demandaient s'ils allaient affronter l'ennemi ou s'il leur fallait rebrousser chemin. Mais les circonstances ne leur laissèrent guère le choix car les Hittites les attaquèrent avant même qu'ils n'aient envoyé à leur chef un message de mise en garde.

Le choc fut brutal. De nombreux Egyptiens, affaiblis par la maladie, périrent. Le médecin de l'armée avait compris quel malheur frappait l'Egypte : une épidémie de peste qui anéantissait les soldats les uns après les autres. Il se savait, lui aussi, condamné.

— Personne ne reviendra en Egypte, annonça-t-il au général égyptien qui fit aussitôt un rapport au pharaon pour le prévenir de cette maladie qui risquait de gagner Thèbes ou Memphis.

— Si nous sommes tous condamnés, autant transmettre le mal à l'ennemi ! Que Supiluliuma périsse et emporte la peste chez lui !

Quelques jours après le premier combat qui avait mis aux prises Egyptiens et Hittites, les soldats du Grand Roi de Hatti connurent les mêmes symptômes que ceux de Pharaon. Supiluliuma comprit bientôt qu'il devait se retirer. Dans ces conditions, il lui était impossible de gagner le Mitanni. Il prit une décision suicidaire pour son peuple : rentrer chez lui le plus rapidement possible au risque de contaminer tous les Hittites.

*
* *

Pendant de longs mois, le principal souci de Pharaon fut d'enrayer la peste. Quand les médecins égyptiens réussirent à se débarrasser de ce fléau, les dégâts étaient importants. Les morts se comptaient par centaines. Le pays était endeuillé.

Après avoir mis au monde une petite Ourméroutis et un fils, Aménophis IV, Tiyi eut la douleur de voir son fils Thoutmosis tomber malade. Elle le veilla pendant des nuits et lui parla pendant des journées entières. Mais, malgré tous les efforts des médecins égyptiens et étrangers qu'elle fit venir à son chevet, le prince s'éteignit. Même Satamon, qui ne supportait pas les ambitions de son frère, éprouva un immense chagrin. La naissance d'Aménophis IV ne put faire oublier les enfants, les femmes et les hommes qui avaient péri dans plusieurs villes égyptiennes.

Abraham fut l'un des derniers à tomber malade. Nabi demanda à Tiyi la permission de se rendre chez son père pour aider sa famille. La Grande Epouse pria chaque jour les dieux pour aider celui qui lui avait apporté un profond réconfort dans ces épreuves difficiles. A force de prières, Abraham fut le seul à garder la vie sauve. Dès lors, les médecins et les magiciens le considérèrent comme un être hors du commun. Il leur répondait qu'il avait la foi et que Dieu l'aidait à chaque instant de sa vie.

Pendant cette période de deuil qui n'épargna personne, Hinutimpet eut la douleur d'apprendre la disparition de Pashed. Même si elle s'y attendait, cette nouvelle la troubla profondément. Elle connaissait la promesse de Tushratta de donner à Pharaon sa fille Taduhepa. Aussi avait-elle hâte de voir arriver en Egypte cette enfant qui aurait probablement des airs de son grand-père Pashed.

C'est dans cette triste ambiance que Pharaon décida de s'installer à Malqatta. Le domaine était enfin achevé. Il avait réclamé des années de travaux supplémentaires. Mais le moment était enfin venu pour Aménophis III et sa cour de gagner la rive ouest de Thèbes.

XXXII

Aménophis régnait depuis près de trente ans lorsque l'idée lui vint une nouvelle fois de prendre Satamon comme Epouse royale. Cette décision déclencha la colère de Tiyi. Elle voulait bien que Satamon ait le titre d'épouse mais elle refusait de la voir partager la couche de son mari. Ambitieuse et convaincue de mériter ce titre tant recherché, Satamon se heurta à sa mère et lui dit qu'elle accepterait avec joie l'honneur que lui faisait Pharaon.

— Tu as longtemps affronté ton frère Thoutmosis, lui répondit Tiyi. Tu as depuis des années l'âge de te marier et tu refuses sous prétexte qu'aucun homme n'est à la hauteur de Pharaon. Tu cherches maintenant querelle à ton frère Aménophis. Son père s'occupe de son entraînement et de son éducation. Laisse-le en faire un prince convenable et garde ta place ! Que souhaites-tu vraiment ? Le titre de reine ? Si je disparaissais, c'est bien là ce que tu convoiterais !

Satamon répliqua que ce n'était pas une honte

et qu'elle assumerait effectivement les fonctions de sa mère si celle-ci venait à disparaître.

— Je ferai même des enfants à Pharaon et j'en serai fière ! Pour le jubilé de mon père, j'ai décidé de fournir moi-même les jarres de vin et de bière dont nous aurons besoin ! Mon domaine est si grand qu'il me le permet. Auparavant, mon arrière-grand-père pourvoyait à tout cela. Aussi ai-je décidé de m'en occuper puisque je donne parfois aux ouvriers de Deir el Medineh des jarres de bière. Mon scribe Houy a noté mes volontés et Amenhotep, fils de Hapou, qui est intendant de mon domaine, m'a approuvée.

— Pour le coup, j'en suis convaincue ! affirma Tiyi. Amenhotep est de toutes les grandes fêtes ! Il se lèverait même s'il était sur le point de passer dans l'Autre Monde !

— Père m'a fait une promesse, ajouta Satamon en redressant la tête. Je serai représentée dans le temple de Soleb comme je le suis dans son temple de millions d'années ! Il m'a également dit que je figurerai sur le troisième pylône du temple de Karnak...

Satamon s'arrêta de parler comme si elle en avait trop dit.

— Que me racontes-tu, Satamon ? Tu as encore taraudé ton père pour qu'il cède à tes caprices au détriment de ton frère ! Comment seras-tu représentée sur ce pylône ?

Comme Satamon tentait de changer de sujet en évoquant ses dernières parties d'échecs avec son cousin Iÿ, Tiyi répéta sa question en insistant pour avoir une réponse.

— Je serai représentée avec un casque bleu...

— Le casque de l'héritier ! s'exclama Tiyi. Ne fais pas cela ma fille. Ne tente pas de prendre la place d'Aménophis IV ! Il est impossible pour une femme de gouverner l'Egypte !

— Allons ! Hatchepsout l'a bien fait pendant plus de vingt ans !

— Nous étions dans un autre contexte. Nos ennemis sont aujourd'hui beaucoup plus nombreux ! Ils nous déclarent la guerre !

Satamon continua comme si elle se désintéressait des mises en garde de sa mère.

— Père m'a également promis de me faire représenter en sa compagnie près d'un autre pylône du temple de Karnak. Je serai aussi sculptée près des colosses de son temple de millions d'années. J'aurai ma propre salle dans sa tombe... Père avait autrefois évoqué cette possibilité mais il ne m'en avait jamais reparlé. Il veut que cette salle soit enfin achevée pour son jubilé !

— Ne me provoque pas Satamon ! dit sévèrement Tiyi. En énumérant tout ce que tu as réussi à extirper à ton père, tu tentes de me mettre en colère mais j'en ai vu bien d'autres ! Crois-tu que cette princesse babylonienne qui doit s'installer à Malqatta pour sa fête-sed me plaise ? J'ai fait bien des concessions depuis que je suis reine. Mais je n'admettrai pas que ma fille me parle ainsi. Couche-toi devant la reine et attends désormais de parler si je ne t'en ai pas donné l'ordre ! Je t'ai assez entendue ! Sors d'ici et acquiers une autre mentalité sinon je ne donne pas cher de ta vie ! Si tu te montres toujours aussi impertinente et belliqueuse, un jour viendra où ton propre frère te combattra !

Aménophis aimait trop sa fille pour lui refuser ce qu'elle souhaitait. Elle eut donc tout ce qu'elle voulait. A l'occasion de son jubilé, son domaine fut agrandi et le nombre de ses troupeaux accru.

Malgré ses doutes et sa colère, Tiyi refusa de discuter avec son époux au sujet de Satamon qui la décevait beaucoup. Elle n'en eut d'ailleurs pas l'occasion car la fête-sed de Pharaon commémorant ses trente ans de règne approchait. Toute l'Egypte, tous les vassaux et les amis de l'Egypte étaient concernés par un événement aussi capital.

Pendant plusieurs jours, les bateaux et les ânes arrivèrent à Thèbes en apportant des centaines de victuailles et du vin dans des jarres soigneusement scellées. En plus du vin fourni par le domaine de Satamon, le roi avait, en effet, tenu à avoir des crus variés. Aussi les premiers chargements venaient-ils des oasis, du nord de l'Egypte, d'Alep et de Chypre. Pour la célébration de la supériorité de Pharaon sur ses ennemis, qui occuperait les quatre premiers jours des festivités, les cuisiniers avaient fait venir des moutons, des volailles, des haricots, de la myrrhe, des fruits, de l'huile de moringa et de la farine en quantité impressionnante de diverses contrées. Le roi invitait son peuple à manger et à boire pendant soixante-sept jours dans la joie et la bonne humeur. Il avait établi lui-même, avec ses plus fidèles assistants, la liste des rois étrangers invités. Certains, comme le roi de Babylone, ne figuraient, toutefois, pas sur la liste.

L'homme le plus occupé de ces cérémonies était sans doute Kérouef, le grand intendant de Tiyi, qui avait bien l'intention de faire reproduire sur les murs de sa tombe tous les détails de ce jubilé. Il en était, en effet, le principal organisateur. Le roi l'ayant chargé d'annoncer la fête-sed dans tout le royaume, il avait accompli sa tâche au-delà des espérances royales et avait étudié avec minutie le déroulement des précédentes fêtes pour organiser le programme du jubilé d'Aménophis. Pour ce faire, il avait lu tous les documents des archives royales et avait retenu ce qui lui semblait indispensable ou spectaculaire. Il avait ainsi dessiné en plusieurs tableaux les différentes symboliques du jubilé, les proposant tour à tour à Pharaon puis aux principaux fonctionnaires parmi lesquels se trouvaient Ramosé et Houy qui avaient eu la chance d'obtenir, pour l'occasion, le titre de vizir.

Kérouef avait également été aidé par Amenhotep, par un chef de travaux et par deux proches amis. Tandis qu'Amenhotep accompagnait le roi à Soleb, Mérymès, le fils de Koush, préparait l'événement dans le sud de l'Egypte en tant que Chef des deux trônes de Nubie. Le roi insista en personne pour obtenir des dattes réputées du domaine d'un Thébain auquel il promit en échange l'honneur de voir son nom figurer sur un monument.

Kérouef demanda au roi de donner à certains fonctionnaires comme Khaemhat, chef des greniers, un titre supplémentaire à l'occasion de cette fête-sed. En Moyenne-Egypte, Taïtaï reçut le même titre que Mérymès pour la région qu'il dirigeait. Une centaine de fonctionnaires avaient été choisis par Kérouef pour participer au jubilé.

— Avant tout, lui dit le roi, je dois songer à mon costume. Je le veux magnifique et orné d'attributs spécifiques. Tu as retrouvé la description des vêtements de mes prédécesseurs. Tu vas t'en inspirer ! Je veux bien entendu démontrer à mon peuple que je suis habile à la course, que je sais danser, que j'honore toujours les dieux des plus belles offrandes. Je souhaite, comme il se doit, entrer dans des salles ou dans des monuments qui symbolisent mon renouveau et mon couronnement. Nous répéterons à l'envi que je suis roi, que je le reste, que les dieux m'accordent le renouvellement de mon règne. Toute l'Egypte sera en joie mais je veux que Soleb, Memphis, Thèbes, Héliopolis et Bubastis soient au centre des principales manifestations. Tous les détails de cette fête seront inscrits dans mon temple de millions d'années. Je veux aussi, sur le modèle du roi Amenemhat dont tu m'as parlé, qu'une chapelle soit élevée à Bubastis. Une petite chapelle sera également bâtie à Assouan. Envoie là-bas des émissaires qui se chargeront des inscriptions rappelant l'événement.

Mais le roi voulait aussi innover. Il ne pouvait se contenter de reproduire les mêmes gestes que ceux des pharaons qui l'avaient précédé. Aussi Kérouef était-il mis à rude épreuve. Le fait d'avoir inauguré les magistrales portes du temple de Soleb en compagnie d'Amenhotep lui avait plu car aucun autre roi ne l'avait fait avant lui.

Pour le satisfaire, Kérouef travailla avec beaucoup de courage et de subtilité. Il se déplaça dans toute l'Egypte, à Héliopolis, à Memphis, à Bubastis, dans l'île Eléphantine, à Soleb, dans la ville nubienne de Kenethenefer où œuvrait Mérymès. Mais jamais son enthousiasme ne faisait défaut.

*
* *

Le matin même du premier jour des festivités, Tiyi prit place dans ses habits d'apparat auprès de son époux dans le navire royal qui navigua sur le Birket Habou, le port de Malqatta, enfin inauguré. Le bateau était tiré par l'ensemble des fonctionnaires. Les prêtres s'apprêtaient à aller à leur rencontre. Ils prirent place derrière les sept filles du roi et les suivirent avec beaucoup d'émotion.

Tous les Egyptiens étaient profondément troublés car rares étaient ceux qui se souvenaient d'avoir assisté un jour à un autre jubilé. La plupart voyaient pour la première fois une fête de cette importance. Certains avaient accompagné le roi au temple de Soleb qui avait été inauguré le premier jour du deuxième mois de chemou. Ils racontaient que Pharaon était à Soleb l'incarnation de Rê tandis que la reine Tiyi éclatait dans toute sa majesté au temple de Sedeinga.

Après une courte navigation, le pharaon

assista à l'érection d'un pilier Djed. Il écouta les prêtres rappeler comment il avait été nommé Pharaon dans le temple d'Amon de Malqatta puis il accepta, comme le voulait la tradition, de courir devant le peuple réuni sur la piste qui avait été aménagée par Amenhotep à l'écart des palais.

Les Grands Prêtres de Karnak l'accueillirent ensuite sur la rive ouest. Le même cérémonial se déroula dans les villes égyptiennes prévues au programme. Tous les fonctionnaires accomplirent leur tâche comme l'espérait Pharaon qui les récompensa largement. Mérymès put ainsi faire achever la petite chapelle qu'il avait commencé à se faire construire près du Gebel es Silsileh.

Aménophis était si satisfait qu'avant même la reprise des activités en Egypte, il annonça qu'il n'attendrait pas trente ans pour fêter son deuxième jubilé. Chacun trouva judicieux de fixer la date de la prochaine fête-sed quatre ans plus tard.

XXXIII

Malgré les nombreux présents qui avaient été distribués aux organisateurs de la fête-sed, celle qui avait obtenu le plus grand honneur était, sans nul doute, la princesse Satamon que tout le monde appelait désormais Grande Epouse royale.

Le prince Aménophis IV s'étonna d'une telle faveur, non qu'il fût jaloux de sa sœur mais la faiblesse que montrait le pharaon à son endroit l'inquiétait. Que le pharaon pût avoir des enfants de la princesse s'il partageait un jour sa couche l'indisposait plus encore. Thoutmosis avait naturellement reçu les titres dus à son rang. Son père l'avait représenté auprès de lui à Saqqarah dans un monument à la gloire du taureau Apis. Il l'avait nommé Prince ami des chats tant il aimait les animaux mais il lui avait aussi donné des titres plus importants comme Responsable des prêtres. Jamais, du vivant de Thoutmosis, Aménophis III ne s'était comporté de la sorte avec Satamon.

Aménophis IV était surtout troublé par la

représentation de Satamon sur l'un des pylônes de Karnak que le pharaon avait demandée à Amenhotep. Le roi avait d'abord songé à y faire dessiner son fils Thoutmosis. Pourquoi voulait-il maintenant présenter Satamon comme son héritière alors qu'il n'en avait jamais parlé ? Aménophis IV avait été formé pour régner. Le pharaon ne le laissait jamais en repos. Si Satamon devait prendre sa place, pourquoi ne s'entraînait-elle pas à sa place ? Quelle expérience avait-elle du pouvoir ? Pourquoi son père l'appelait-il « vrai fils royal » ? Pourquoi lui avait-il donné un domaine plus vaste que celui de sa sœur ?

De son côté, Satamon jubilait. Quelques mois après cette première date anniversaire du couronnement de son père, elle insista pour prendre en charge l'organisation de sa deuxième fête-sed.

— C'est beaucoup trop tôt, lui répondit son père. Après avoir festoyé pendant plus de deux mois, les Egyptiens doivent travailler. Ils en ont besoin pour vivre et pour payer leurs redevances. Je ne veux pas que mon peuple se complaise toute l'année dans la frivolité. En outre, je dois régler une affaire importante. Le port de Byblos est de nouveau bloqué par l'action du roi d'Amourrou. Il déteste le gouverneur de Byblos et nous rend la vie impossible. Que les dieux le punissent pour sa bêtise et son acharnement ! J'ai envoyé une troupe à Byblos. Je veux qu'elle renvoie le roi des Amorites chez lui.

Satamon insista. Plus on préparerait tôt le prochain jubilé, mieux il serait réussi et la nouvelle Grande Epouse avait tout le temps de s'y consacrer pour l'amour de son père.

Non seulement Satamon réussit à convaincre son père quelques mois plus tard mais elle décida aussi de préparer un troisième jubilé pour l'an 36 du règne. Aperhel, qui avait succédé au vizir Houy, l'encouragea et l'aida sans relâche. Satamon regretta, pourtant, son enthousiasme et son dévouement car Aménophis III jugea l'occasion excellente pour rappeler au roi Tushratta son ancienne promesse. Il était prêt à accueillir Taduhepa à la cour égyptienne.

Pendant ce temps, une expédition était envoyée au Sinaï et une autre au pays des Echelles. Elles revinrent avec de la myrrhe, des résineux et de la turquoise au moment où Taduhepa arrivait à Thèbes. Dans une lettre qui l'avait précédée, Tushratta rappelait à Pharaon qu'il lui était tout dévoué et que le messager égyptien avait apprécié sa fille. Aussi leur souhaitait-il à tous deux beaucoup de bonheur sous l'œil bienveillant d'Astarté. La dot de Taduhepa était plus étonnante encore que celle de sa tante Gilukhepa. Les Egyptiennes purent admirer les chevaux, les armes, les bijoux en or et en lapislazuli, les vêtements fins, les chars, les fioles de parfums et d'huile que les serviteurs portaient avec précaution.

Les Egyptiens s'étaient réunis dans le port de Birket Habou pour observer les bateaux mitanniens aux poupes ensoleillées par Aton. Partout il y était écrit que le dieu soleil resplendissait. Taduhepa était tellement belle qu'elle l'emportait par son éclat sur toutes les Mitanniennes. Aussi

Aménophis III, pourtant souffrant et très las, eut-il immédiatement envie de partager sa couche. Malgré sa jeunesse, la jeune fille eut l'intelligence de flatter le roi dès son arrivée à Thèbes. Elle faisait fi de son âge et de ses problèmes de santé.

N'imaginant pas que la petite-fille de Pashed et de Camita était aussi attirante, Satamon regretta d'avoir précipité la célébration du troisième jubilé de son père à qui Tushratta envoyait là un superbe cadeau. La passivité et la froideur de la jeune fille l'intriguèrent. Elle devina qu'une rivale venait d'arriver au palais. Comment lutterait-elle contre sa jeunesse et son charme ?

Aménophis IV, lui non plus, n'était pas insensible à la fragilité de Taduhepa. Il l'avait déjà rencontrée lors d'un précédent voyage au Mitanni et avait été attiré par sa beauté. Mais, comme elle était très jeune, il avait fait promettre au conseiller de Tushratta de l'aider à la conquérir. Bien que celui-ci fût au courant des engagements du roi mitannien, il espérait pouvoir contenter le prince égyptien. Le précepteur Aÿ encourageait aussi Aménophis IV. Malheureusement, le pharaon s'était souvenu des anciens courriers de Tushratta.

En voyant Taduhepa avec sa tunique blanche au décolleté arrondi orné de dessins faits au fil d'or et en pierres semi-précieuses, le prince héritier fut de nouveau troublé. Il savait que son père avait promis à Tushratta de l'or, de l'argent et des statues en ivoire en échange de cette princesse, d'autant que le roi du Mitanni s'était montré mécontent des derniers présents du pharaon, trop ordinaires. Cette fois-ci, Aménophis III était obligé de tenir ses promesses. Les deux souverains avaient également prévu de s'échanger quelques villes pour sceller les liens du mariage entre Taduhepa et le pharaon. « Mon père me laisserait-il épouser cette princesse si je la lui demandais ? s'interrogea le prince héritier. Il a presque cinquante ans. Il est devenu obèse et souffre chaque jour d'inflammations des gencives. Ces traits purs, cette peau diaphane, cette minceur enfantine, ces joues jeunes et ces cheveux enroulés sous une coiffe aux couleurs de l'arc-en-ciel se satisferaient mieux d'un jeune prince. »

Mais, devant l'air comblé de son père dont les yeux pétillaient d'envie, le prince se sentait impuissant. Le torse bombé, la ceinture d'or ornée d'une queue de fauve, la couronne de Haute et de Basse-Egypte sur la tête, Pharaon venait de donner le signal des sacrifices. Plusieurs béliers furent sacrifiés à Amon et des danseuses évoluèrent jusqu'au crépuscule autour de l'autel ensanglanté.

Tandis que les deux futurs époux quittaient le temple d'Amon, le jeune Aménophis surprit entre eux un baiser qui l'attrista. Malgré la présence constante de la reine Tiyi, le pharaon n'hésitait pas à montrer à Taduhepa combien il était heureux de son arrivée.

La Mitannienne jugea rapidement la valeur des richesses qui l'entouraient. Elle s'émerveilla de l'éclat des palais de Malqatta. Fresques murales, sol, mosaïques, scènes champêtres, statues, bois de cèdre, tout était luxueux et harmonieux. Elle fut saisie d'admiration devant le temple de millions d'années de son futur époux et partagea avec tous les convives un banquet somptueux. Tout juste leva-t-elle les yeux, pendant tout le repas, vers le prince qui ne la quittait pas du regard.

Dans la chaleur de la nuit, les danseuses et les chanteuses se mêlèrent aux servantes. Des hommes en pagne accomplirent des acrobaties étonnantes. Les serviteurs versaient sans cesse de la bière, inondaient les convives de parfum, distribuaient aux femmes des fleurs de lotus, évitaient les harpistes, les flûtistes et les joueurs de castagnettes qui venaient charmer les convives. Des poètes déclamèrent quelques vers satiriques et humoristiques tandis que les pieds des danseuses nues, dont la peau brune était soulignée de chaînes en or à la taille et aux chevilles, s'enfonçaient avec délice dans les tapis épais. Certaines continuaient leurs danses autour de la pièce d'eau et revenaient les cheveux humides en jetant vers Taduhepa des pétales de fleurs.

Tiyi paraissait apprécier la conversation de la jeune Mitannienne. Elle la trouvait fine et astucieuse. Mais elle sut s'effacer lorsque Aménophis III décida d'emmener Taduhepa avec lui. Le prince héritier regarda désespéremment son précepteur qui se sentait impuissant et fautif. N'était-ce pas lui qui avait parlé de Taduhepa pour la première fois à Pharaon alors que Tushratta la lui avait déjà promise ? Pourquoi avait-il tant vanté sa beauté alors qu'il savait le jeune prince attiré par son caractère et son apparence physique ? Même les cadeaux ordinaires d'Aménophis III à Tushratta n'avaient pas découragé le roi mitannien d'unir sa fille au roi égyptien.

Le prince héritier connaissait les capacités de son père qui retrouvait toute sa vigueur lorsqu'il se trouvait en présence d'une femme qu'il désirait. Aussi ne pouvait-il espérer une défaillance de sa part. Le roi fit signe à quelques musiciennes de l'accompagner. Il les chargea de les réveiller le lendemain matin aux sons des luths et des timbales.

Partout, les Egyptiens dansaient et chantaient sur leurs terrasses ou dans leurs jardins. Mais dans les palais de Malqatta, seuls éclataient les rires des convives qui goûtaient encore des plats saucés.

— Je ne suis pas habituée à être réveillée par de la musique, dit Taduhepa dans un mauvais égyptien. D'habitude, Aton m'éblouit et j'ouvre les yeux. Si tu fais ôter des fenêtres les toiles de lin qui obstruent les ouvertures, je me réveillerai à l'aube.

Sans tenir compte de ses remarques, Aménophis III ordonna à d'autres servantes de répandre du parfum sur le sol, sur le drap et sur le lit court en bois de cèdre et en ivoire. Il laissa la princesse gagner la petite salle où se trouvait une baignoire en albâtre que les servantes remplirent d'eau avec des cruches dorées. Tandis que le pharaon ôtait sa double couronne et le *nems,* foulard qu'il avait placé sur sa tête, Taduhepa se baigna dans les eaux parfumées et se laissa masser d'huile onctueuse. Elle revêtit ensuite une tunique très fine qui épousa les formes de son corps à peine sec.

En voyant Aménophis III dans toute sa virilité, Taduhepa se souvint des paroles de son père qui lui avait parlé d'un pharaon fatigué et vieillissant. Il lui avait même laissé entendre qu'il quitterait rapidement cette terre. Mais, à cet instant, la jeune princesse n'eut pas l'impression qu'Aménophis allait partir pour l'Autre Monde. Il lui parlait même de faire un enfant par cette nuit douce et propice à l'amour.

Ne pouvant fuir son devoir et pestant intérieurement contre son père qui s'était engagé un peu vite pour bénéficier des largesses de Pharaon, Taduhepa fut si sollicitée, si choyée, si aimée et si désirée par le pharaon pendant toutes les heures de la nuit qu'elle n'eut au réveil aucun doute sur les intentions du roi. A moins d'être stérile, le Taureau puissant, plus vivace qu'un jeune veau, avait dû lui faire un enfant. Alors qu'elle était repue et lasse, Aménophis III, qui s'était assoupi, se réveilla dès qu'il la sentit bouger. Il l'enveloppa de nouveau de son corps. Elle comprit que son désir était encore plus intense. Aussi s'abandonna-t-elle à son maître qui avait donné des ordres pour ne pas être dérangé de toute la journée.

Pendant les fêtes du jubilé, le roi ne quitta pas Taduhepa qu'il venait d'épouser. Satamon écoutait les rapports que lui faisait Amenhotep en personne. L'intendant lui confirma que Pharaon avait retrouvé sa vitalité de jeune homme et sa bonne humeur.

— Cette princesse fait des merveilles ! Elle va réussir à prolonger l'existence de notre roi !

Mais Satamon savait que son père approchait de la fin de sa vie. La reine Tiyi commençait à envisager avec ses conseillers l'avenir de l'Egypte après le décès du roi. Elle devrait être digne de ses parents qui avaient rejoint Osiris depuis peu et qui reposaient dans la Vaste Prairie, tout près des pharaons. Elle pensait aussi à Néfertary qui lui avait fait confiance pendant des années et qui l'avait choisie comme reine d'Egypte. Elle devait se méfier des ambitieuses du harem, de leurs fils et protéger ses propres enfants. Pour réussir, elle était bien entourée. Nabi ne l'avait jamais déçue. Si Henoy avait disparu, les intendants Houia, Kérouef et Mis, le fils de Koush Mérymès, le chef des greniers Khaemhat, le gardien de son domaine Mesu, sa sœur Moutemnebo et son fils Iÿ, et le vieil Amenhotep étaient encore présents.

Pour être respectée, Tiyi devrait peut-être prendre un nouvel époux à moins de laisser son fils Aménophis succéder à son père. Mais comment réagirait Satamon ? La reine Tiyi voulait éviter les heurts entre ses deux enfants. Aussi jugeait-elle plus astucieux de régner pendant quelques années tant que Rê lui donnait vie. Dans ce cas, pourquoi n'épouserait-elle pas son fils qui accéderait naturellement au trône juste après sa mort ? Mais elle ne savait pas encore que le prince héritier avait fait à Taduhepa une place dans son cœur et qu'Aton avait tracé le destin de la princesse mitannienne pour l'Eternité.

Annexes

Découvertes et mystères

Quelques mystères demeurent au sujet des personnages qui entouraient les pharaons Thoutmosis IV et Aménophis III. Quel était, par exemple, le nom de la princesse mitannienne que Thoutmosis IV fit venir à la cour d'Égypte ? S'appelait-elle réellement Hinutimpet comme cette femme dont on a retrouvé le sarcophage dans la cachette de Deir el-Bahari à Thèbes-Ouest ? Est-ce cette Mitannienne qui aurait été enterrée à Thèbes ?

On s'est également interrogé sur l'identité de la personne qui portait le nom de Moutemouia. S'agissait-il de la reine Nefertary ou d'une autre épouse de Thoutmosis IV ? Nul doute que le pharaon lui accordait beaucoup d'importance. De nombreux objets, dont certains sont visibles au musée du Louvre, des graffiti et une enceinte de barre rappellent l'existence de cette femme exceptionnelle qui semble avoir tenu un rôle essentiel sous le règne de ce pharaon et qui a été honorée de plusieurs statues retrouvées sur le temple de Ramsès II à Thèbes, à Karnak et sur

Découvertes et mystères

Quelques mystères demeurent au sujet des personnages qui entouraient les pharaons Thoutmosis IV et Aménophis III. Quel était, par exemple, le nom de la princesse mitannienne que Thoutmosis IV fit venir à la cour d'Egypte ? S'appelait-elle réellement Hinutimpet comme cette femme dont on a retrouvé le sarcophage dans la cachette de Deir el Bahari à Thèbes-Ouest ? Est-ce cette Mitannienne qui aurait été enterrée à Thèbes ?

On s'est également interrogé sur l'identité de la personne qui portait le nom de Moutemuia. S'agissait-il de la reine Néfertary ou d'une autre épouse de Thoutmosis IV ? Nul doute que le pharaon lui accordait beaucoup d'importance. De nombreux objets, dont certains sont visibles au musée du Louvre, des graffiti et une étiquette de jarre rappellent l'existence de cette femme exceptionnelle qui semble avoir tenu un rôle essentiel sous le règne de ce pharaon et qui a été honorée de plusieurs statues retrouvées sur le temple de Ramsès II à Thèbes, à Karnak et sur le temple de millions d'années d'Aménophis III. Ce dernier, que l'on peut reconnaître dans les colosses de Memnon, était, en effet, entouré de sa femme Tiyi et de celle qui pourrait bien être sa mère, Moutemuia.

Si Iaret apparaît sur certains documents, il est très difficile de savoir quel était son lien de parenté avec le pharaon Thoutmosis IV. Etait-ce une fille ou une épouse du pharaon ? Avait-elle un autre lien de parenté avec le roi et quel était-il ? Quant aux enfants de Thoutmosis IV, frères et sœurs d'Aménophis III, les tombes de pères nourriciers ou de fonctionnaires laissent deviner leur nombre et leurs noms. L'aîné, Amenhemat, semble avoir disparu assez jeune. L'existence d'Aakheperourê est également bien attestée. Mais Ahmès, dont une statue se trouve au Caire, était-il bien le frère d'Aménophis III ? Qui était ce Maïerperi qui a eu l'immense honneur d'avoir sa tombe dans la Vallée de Rois ? Les tombes de la XVIIIe dynastie, retrouvées à Saqqarah, pourraient livrer leurs secrets et apporter de nouveaux éclairages sur ces personnages.

En ce qui concerne les filles de Thoutmosis IV, les tombes des précepteurs et des nourrices aident également à mieux les connaître, notamment la tombe du fonctionnaire Horemheb. Les étiquettes de momies de Pyhia et d'Imenemipet attestent aussi leur existence !

En revanche, la prétendue momie d'Aménophis III, retrouvée dans la tombe d'Aménophis II avec d'autres momies déposées là par le Grand Prêtre Pinedjem Ier, ne serait pas celle du pharaon. Rappelons les faits. Après les dégâts causés par des pilleurs de tombes, Pinedjem (XXIe dynastie) et son fils décident de protéger les momies des rois de la Vallée et leurs mobiliers funéraires. Pour ce faire, ils rassemblent les corps et les pièces au temple de Medinet Habou. Après les avoir restaurées, les Grands Prêtres entourent les momies d'un linceul neuf sur lequel est inscrit leur nom. La momie sur laquelle a été inscrit le nom d'Aménophis semble bien être la sienne même si son sarcophage n'est pas le sien. Mais, des études récentes portant sur l'aspect physique d'Aménophis III laisseraient entendre qu'il y aurait eu erreur sur la momie ! Il ne s'agirait pas d'Aménophis III mais de son père Thoutmosis IV, le corps de Thoutmosis IV, également retrouvé, serait, en réalité, celui d'Aménophis II ! Les Grands Prêtres se seraient-ils trompés ?

Que d'énigmes également autour de la momie de Tiyi. Si les corps de ses parents, Touya et Youya, ensevelis dans la Vallée des Morts, ont été retrouvés en très bon état et si on connaît, grâce à une statue placée au musée de Turin, les traits de son frère Aânen, la momie de Tiyi soulève maintes interrogations. Le merveilleux mobilier funéraire de ses parents exposé au musée du Caire montre combien ces deux personnages étaient importants à la cour égyptienne. En revanche, il ne reste du temple soudanais de Sedeinga qui fut dédié à Tiyi que quelques ruines, des colonnes et un linteau.

Mais où se trouve la momie de la reine ? Dans la tombe d'Aménophis II fut découverte en 1898 la momie d'une femme que l'on appela « la momie de la vieille dame » et qui semblait être celle de Tiyi. Si le corps était abîmé, le visage, bien conservé, était entouré d'une chevelure noire et ondulante. Mais s'agissait-il de la célèbre reine ? Dans une autre tombe, la KV55 de la Vallée des Rois, se trouvaient des objets portant le nom de la reine. Que faisaient là ces objets ? D'autres pièces ont été rassemblées dans la tombe d'Aménophis III (WV22) située dans la Vallée de l'Ouest. S'agissait-il du mobilier funéraire de la reine et Tiyi aurait-elle pu être enterrée dans une pièce aménagée dans la propre tombe de son époux ? Que faisaient alors des morceaux de sarcophage au nom de Tiyi dans la tombe détruite d'Aménophis IV-Akhenaton de Tell el-Amarna ? Que faut-il penser de cette mèche de cheveux trouvée dans un petit sarcophage au nom de Tiyi découvert dans la tombe de Toutankhamon ? Quel est le corps retrouvé dans le sarcophage de la tombe 55 ? Est-ce la momie d'Akhenaton, de Smenkharê ? Le sarcophage était-il tout d'abord destiné à la reine Tiyi ?

Tout n'est pas simple non plus en ce qui concerne les enfants d'Aménophis III. Thoutmosis est attesté par les décors du Serapeum de Saqqarah, par des objets et par le sarcophage d'une chatte. Ses filles ne sont sans doute pas toutes connues.

Outre les monuments et les réalisations apparaissant dans le roman, des inscriptions à Séhel, dans l'île Eléphantine (Assouan), à Tombos, à Konosso (vers la Ire cataracte), des stèles et des textes notamment à Douhen, à Saï (ou même en Tunisie), les inscriptions du Wadi Hammamat et du Wadi Gawasis, les graffiti retrouvés entre Louxor et la mer Rouge, les scènes du temple de Louxor et de Karnak, les scarabées commémoratifs, les étiquettes de jarres de Malqatta, les bas-reliefs, objets et statues de Medinet el Gourob, du Sérabit el Khadim (Sinaï), et de Memphis, les inscriptions, statues, objets d'Abydos, d'Abri au Soudan, d'Amada, d'Aniba, d'Athribis, de l'île de Digeh, de Bubastis, de Soumenou, de Denderah, d'Edfou, d'Elkab, d'Armant, de Gizeh, d'Hermopolis, du Gebel es Silsileh, de Kawa, d'Isnabir au Soudan, de Meidoun, du Ouadi Abbad et du Ouadi es Seboua, de Quban, de Soleb, de Tanis, de Toura... fournissent des renseignements primordiaux sur les faits militaires, sur les expéditions qu'Aménophis III envoyait à l'étranger, sur ses constructions ou sur l'activité des fonctionnaires qui l'entouraient.

Certains objets ont même été retrouvés à Chypre, à Rhodes, en Palestine, en Syrie, sur l'île de Malte, en Crète (Hagia Triada) et à Mycènes. Autres éléments primordiaux, les tombes des fonctionnaires de cette époque situées à Thèbes-Ouest : celles de Ramosé, de Ouserhat, de Surer, de Houy et de Nakht, de Khaemhat, de Sobekhotep et Méryt, d'Heqerneh, d'Horemheb, de Menna, de Nebamon, de Nefersekeru, d'Ipouky, de Aânen, de Kérouef, de Mérymès, de Samout, d'Amenhotep, de Parennefer situées à Cheikh Abd el Gourna, à El Khokhā, à Deir el Medineh et à Dra Abbou el Nagga. On y retrouve tous les détails de leur vie, leur famille et des membres de la cour. Tombes, temples, objets demeurent les témoignages de cette dynastie éblouissante.

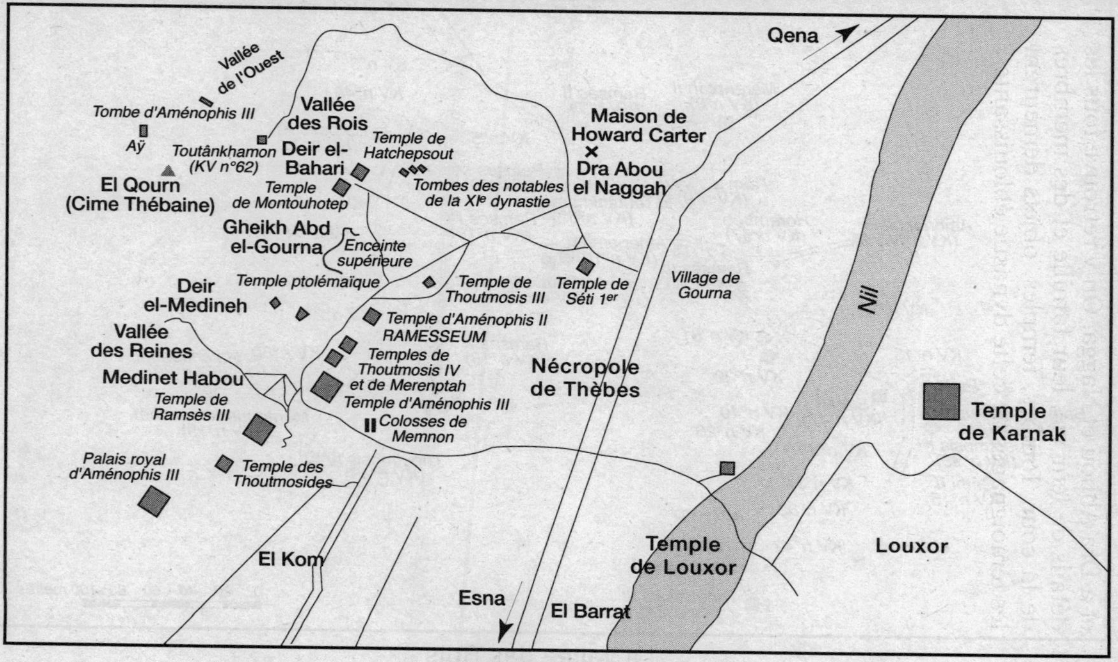

Thèbes-Ouest

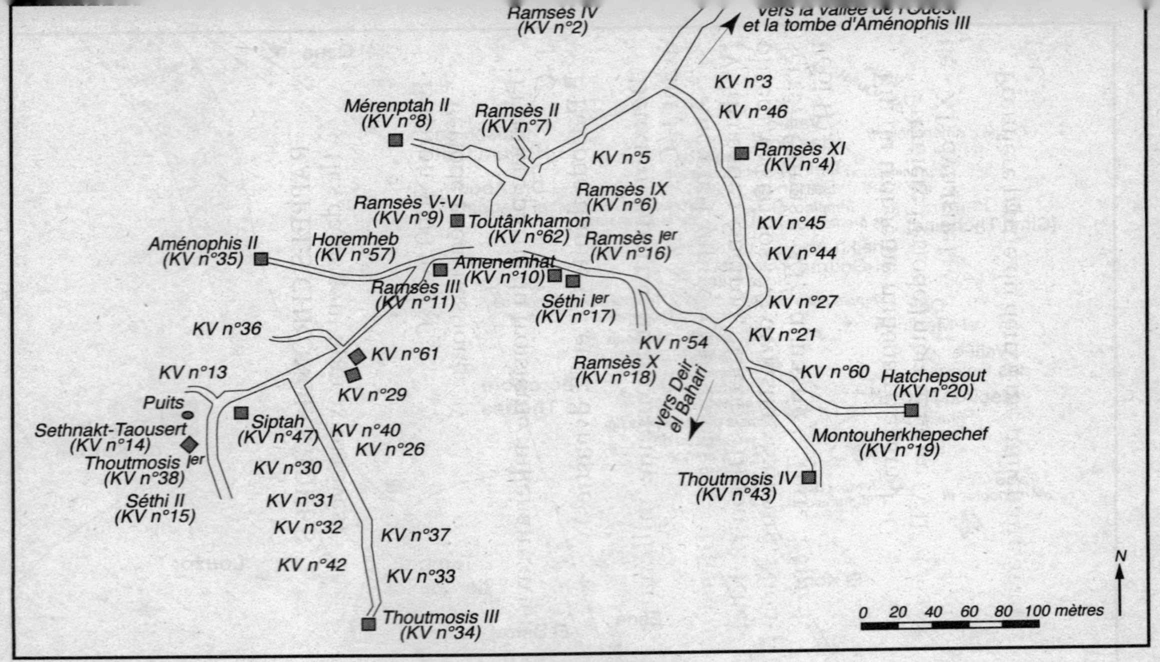

La vallée des Rois

RAPPELS CHRONOLOGIQUES
(les dates sont approximatives)

Environ 3000 av. J.-C. :
* Période prédynastique.

Première partie du troisième millénaire avant J.-C. :
* Période thinite (Ire et IIe dynasties).

Deuxième partie du troisième millénaire avant J.-C. :
* Ancien Empire (IIIe dynastie : Djéser ; IVe dynastie : Snéfrou, Khéops, Didoufri, Khephren, Mykérinos ; V^{e} dynastie : Sahourê, Niouserrê, Ounas ; VIe dynastie : Téti, Pépi I, Pépi II).

Fin du troisième millénaire avant J.-C. :
* Première Période Intermédiaire (VIIe dynastie - XIe dynastie).

Première partie du deuxième millénaire avant J.-C. :

* Moyen Empire (XIe dynastie : Montouhotep I, II ; XIIe dynastie : Amenhemat, Sésostris).

* Deuxième Période Intermédiaire (XIIIe à XVIIe dynastie).

Pendant les XVe et XVIe dynasties s'imposent les envahisseurs Hyksos (XVIIIe-XVIe siècle avant J.-C.) qui gouvernent à Avaris tandis que des rois ou gouverneurs égyptiens dirigent l'Egypte du Sud à Thèbes.

Deuxième partie du deuxième millénaire avant J.-C. :

* Nouvel Empire.

— XVIIIe dynastie : Ahmosis-Grande Epouse royale, Ahmès-Néfertari
Aménophis Ier
Thoutmosis Ier - Grande Epouse royale, Ahmose
Thoutmosis II
Hatchepsout
Thoutmosis III - Grande Epouse royale Méryrêt-Hatchepsout II
Aménophis II - Grande Epouse royale Tiâa
Thoutmosis IV (env. 1397-1387/8) - Grande Epouse Néfertary
Aménophis III (env. 1387/8-1348/9) - Grande Epouse Tiyi
Aménophis IV - Akhenaton-Grande Epouse Néfertiti
Semenkharê (?)

Toutankhamon
Ay
Horemheb

— XIXe dynastie : Ramsès Ier, Séthi Ier, Ramsès II, Mérenptah, Séthi II, Amenmès, Siptah, Taousert, Sethnakht, Ramsès III, Ramsès IV à XI.

Première partie du premier millénaire avant J.-C. :

* Troisième Période Intermédiaire (XXIe dynastie : Smendès, Psousemnès, Pinedjem ; XXIIe dynastie : Chechonq ; XXIIIe-XXVe dynastie : Kouchite, Pinakhy, Chabaqa, Taharqa).

700-305 avant J.-C. :

* Basse Epoque (XXVIe dynastie : Psammétique, Amasis ; XXVIIe dynastie : les Perses Cambyse et Darius ; XXVIIIe-XXIXe dynastie : Achoris ; XXXe dynastie : Nectanebo).

Domination du Perse Artaxerxès III.

Libération de l'Egypte par Alexandre le Grand qui crée Alexandrie.

Dynastie des Lagides avec les Ptolémées et les Cléopâtre (jusqu'en 30 avant J.-C., date de la bataille d'Actium).

Egypte romaine puis chrétienne en 39 ap. J.-C.

Ahmosis ≃ Ahmès-Néfertari

Aménophis Ier ≃ Ahotep

Ahmose ≃ Thoutmosis Ier ≃ Moutnéfret (Ire épouse)

Hatchepsout ≃ Thoutmosis II - Iset (fille du harem ?)

Méryrêt-Hatchepsout II (?) ≃ Thoutmosis III

Plusieurs enfants dont Aménophis II ≃ Tiâa

Thoutmosis IV ≃ Princesse du Mitanni
≃ Néfertary (Moutemuia ?)

Nedjem,
Oubensenou,
Amenemipet...

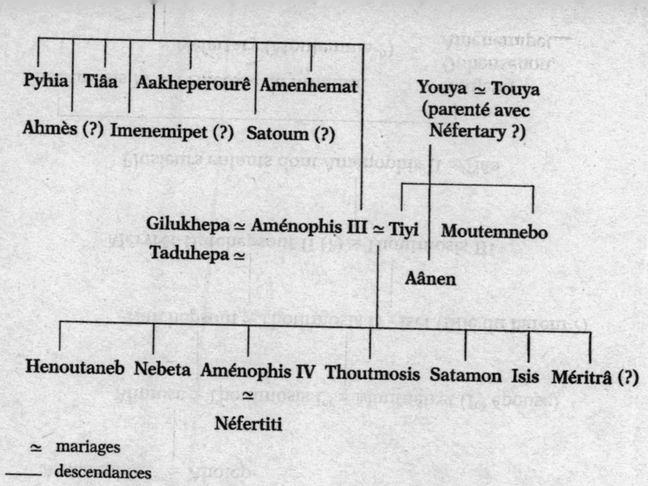

Arbre généalogique des premiers pharaons
de la XVIIIe dynastie

LISTE DES PRINCIPAUX PERSONNAGES

Aakheperourê : Enfant de Néfertary et de Thoutmosis IV.

Abdi-Achirta : Roi d'Amourrou.

Abraham : Hébreu installé à Thèbes.

Ahmès : Fils de Thoutmosis IV.

Amenhemat : Fils de Néfertary et de Thoutmosis IV. Frère d'Aménophis III.

Amenetep : fils royal de Koush.

Amenemhat : Grand Prêtre d'Amon.

Amenhotep : Fils de Hapou et de Itou. Architecte.

Amenemopé : Vizir sous Aménophis II et Thoutmosis IV.

Amenpafer : Oncle de Pashed.

Amis : Mère de Nebekabeni.

Anittach : Roi hittite.

Aperhel : Fonctionnaire chargé du culte d'Aton.

Artasuwara : Fils de Sutarna.

Arteshup : Messager.

Asli : Scribe.

Baketemané : Epouse de Méryrê, confidente de Maïerperi.

Camita : Epouse de Pashed.

Capalescou : Nubienne.

Chouy : Echanson du roi.

Gilukhepa : fille de Sutarna.

Hatiai : Supérieur des greniers d'Aton.

Hattousil I : Roi hittite.

Hebi : Père de Ramosé et fonctionnaire de Karnak.

Henoy : Servante d'Aménophis III et de Thoutmosis IV mise au service de Tiyi.

Henoutaneb : Fille de Tiyi et d'Aménophis III.

Henutana : Harpiste.

Heqarchar : Nourrice de Thoutmosis IV.

Heqarechou : Père d'Heqerneh.

Heqerneh : Précepteur.

Hinutimpet : Fille d'Artatama.

Hor : Artisan d'Amenhotep.

Horemheb : Général de Thoutmosis IV.

Houi : Intendant du temple de Ptah à Memphis.

Houia : Intendant de Tiyi.

Houy : Scribe de Satamon.

Iaret : Mère de Maïerperi.

Ikeni : Nubien, père de Capalescou.

Imenemipet : Fille de Thoutmosis IV et de Néfertary.

Imenmipet : Nourrice d'Aménophis III.

Imenmouia : porte-sandale d'Amenetep.

Imonemusekhet : Fille de Menna.

Ipou : Marin faisant partie de l'équipage royal.

Ipouki : Artisan.

Irechepa : Coursier d'Aménophis III.

Irinet : Confidente d'Hinutimpet.

Kadachman-Enlil : Roi de Babylone.

Kassi : Messager.

Kérouef : Intendant de Tiyi.

Khâ : Peintre du village des ouvriers.

Khaemhat : Chef des greniers.

Khaemouaset : Epoux de Mana, chef des archers du Nord.

Khai : Riche fonctionnaire.

Khnoumès : Fonctionnaire chargé des greniers d'Amon à Karnak.

Laarna : Roi hittite.

Mahi : Danseuse.

Mai : Danseuse.

Maïerperi : Femme du harem de Thoutmosis IV.

Maïerperi : Fils de Maïerperi et de Thoutmosis IV.

Mana : Chanteuse du culte de Bastet, femme de Khaemouaset.

Mena : Sculpteur.

Menatou : Chambellan du roi, confident d'Hinutimpet.

Meni : Grand Prêtre d'Amon.

Menkheperesenet : Responsable des greniers sous Aménophis II et Thoutmosis IV.

Menna : Scribe des champs royaux.

Meriptah : Fils du vizir Thoutmès.

Mérymès : Successeur d'Amenetep.

Méryrê : Père nourricier. Epoux de Baketemané.

Méryt : Nourrice, femme de Sebekhophis, éducateur.

Mesu : gardien du domaine de Tiyi.

Mine : Coursier d'Artatama.

Mirptah : Chef des porte-enseignes du bateau royal *Khaemâat*.

Mis : Intendant de Tiyi chargé du domaine thébain.

Moïse : Fils d'Abraham.

Moursil : Roi hittite.

Moutemnebo : Sœur de Tiyi.

Nabi : Fils d'Abraham.

Nakht : Marin faisant partie de l'équipage royal.

Nakt : Fils royal.

Nebamon : Artisan.

Nebekabeni : Nourrice de Satamon.

Neben : Porte-étendard du *Khaemâat*.

Nebesen : Scribe du Trésor.

Nebetia : Fille de Meryrê.

Neferophis : Fonctionnaire chargé des greniers d'Amon à Karnak.

Neferouerefr : Garde de Néfertary.

Nefersekeru : Conseiller de Néfertary.

Néfertary : Grande Epouse de Thoutmosis IV.

Neferunpet : Fontionnaire du roi.

Nehemta : Fille de Menna.

Nepnefer : Grand Prêtre de Karnak.

Ourméroutis : Fille de Tiyi.

Ouserhat : Chef du harem.

Païri : Fils royal.

Parenefer : Echanson.
Pashed : Fils de Sheribu.
Penhout : Supérieur des régions du Nord.
Ptahmès : Fils du vizir Thoutmès. Grand Prêtre de Ptah.
Ptamosis : Fils de Menkheper. Grand Prêtre de Ptah.
Pyhia : Deuxième fille de Néfertary et de Thoutmosis IV.
Quenamon : Intendant du palais royal de Memphis.
Ramosé : Vizir.
Resh : Enfant du *Kep*.
Ribada : Gouverneur de Byblos.
Satoum : Fils de Thoutmosis IV et de Néfertary.
Sahia : Epouse d'Abraham.
Samout : Grand Prêtre de Karnak.
Satamon : fille aînée de Tiyi et d'Aménophis III.
Say : Surveillant de Néfertary.
Sebekhopis : Educateur d'Aménophis III, mari de Méryt.
Sebeti : Enfant du *Kep*.
Sennefer : Fonctionnaire du roi.
Set : Echanson du roi.
Sétaou : Echanson, enfant du *Kep*.
Setou : Echanson d'Aménophis et de Tiyi.
Seth : Messager.
Sheribu : Mère de Pashed.
Sobekmose : Artisan d'Amenhotep.
Souty : Artisan d'Amenhotep.
Supiluliuma : Roi du Hatti.
Surer : Intendant du roi.

Sutarna : Frère d'Hinutimpet.

Syece : Porte-étendard faisant partie de l'équipage royal.

Taduhepa : Fille de Tushratta.

Tama : Servante à Medinet el Gourob.

Tanoutamon : Fille de Thoutmosis IV et de Néfertary.

Tarundaradu : Roi d'Arzawa.

Temouadjès : Supérieure du harem d'Amon.

Thoutmès : Vizir sous Thoutmosis IV et Aménophis III.

Tiâa : Mère de Thoutmosis IV.

Tiâa : Fille de Néfertary et de Thoutmosis IV.

Timia : Danseuse.

Taïtaï : Grand Prêtre de Thot à Hermopolis.

Touga : Fonctionnaire de Néfertary.

Touty : Servante à Medinet el Gourob.

Tudhaliya : Roi des Hittites.

Tushratta : Fils de Sutarna.

Udy : Tueur mitannien.

Yuri : Fille de Pashed.

Remerciements

Je tiens à remercier M. Hosni Moubarak, Président de la République arabe d'Egypte ; M. Farouk Hosni, ministre de la Culture ; M. Mandouh el Beltagui, ministre du Tourisme, pour leur chaleureux accueil en Egypte ; M. Gaballah Ali Gaballah, directeur du Conseil suprême des Antiquités d'Egypte ; M. Sabry Abd el Aziz Khater, directeur général des Antiquités de Louxor et de Haute-Egypte ; M. Mohammed el Bialy, directeur des Antiquités de Thèbes-Ouest ; Mme Youshreia Ismaïl, sous-secrétaire au ministère du Tourisme, pour son aide précieuse ; Mme Sonia Guirguis, directrice de l'Office du tourisme égyptien ; M. Ali El Kadi, conseiller de presse à l'ambassade de la République arabe d'Egypte ; M. Osama Abd El Hafiz ; M. Fayim Rayan, Président d'Egyptair ; M. Jean-Robert Reznick, Mme Suzanne Matsakis et Mme Catherine Magnien du groupe Accor ; M. Alain Khoury.

Je tiens aussi à remercier chaleureusement M. Randolph Edmonds, directeur général du mythique Sofitel Winter Palace de Louxor, établissement historique d'une grande beauté construit au bord du Nil, qui tutoie les édifices d'Aménophis III, tel le temple de Louxor situé à quelques pas du Winter Palace, et dont les terrasses sur Thèbes-Ouest où s'étalent le fameux temple d'Hatchepsout et les tombes thébaines rappellent à chaque instant l'éclat de la XVIIIe dynastie égyptienne. Situation inégalable pour s'imprégner des parfums pharaoniques et pour travailler sur cette période brillante.

Je remercie aussi M. Amal Ali du Mercure de Minia en Moyenne-Egypte, tout proche des merveilleux sites de Béni Hassan et de Tel el-Amarna où les richesses archéologiques, éblouissantes à l'infini, réclament un travail de longue haleine et provoquent l'admiration ; M. Hesham Al Kaffass du Mowempick du Caire-Pyramides pour son amabilité ; M. Moustapha El Guindy et Mme Beryl el Gendy de l'agence Belle Epoque qui possèdent les fleurons du lac Nasser, l'Eugénie et le Kasr Ibrim, et qui invitent au rêve vers les temples nubiens ; M. Rajiv Kaul, président du Mena House du Caire ; M. Ahmed Helmy, M. Selim et M. Sallam du légendaire Old Cataract d'Assouan pour leur extrême gentillesse.

Du même auteur :

L'Art aux yeux pers, Le Cherche-Midi, 1980, *poésie.* Prix Jean Christophe.

Torrent, R.E.M., Lyon, 1983, *poésie.* Album avec interprétation au piano de Violaine Vanoyeke.

L'Harmonie et les arts en poésie, Monaco, 1985, *anthologie.*

Le Mythe en poésie, Monaco, 1986, *anthologie.*

Cœur chromatique, R.E.M., Lyon, 1986, *poésie.* Album avec accompagnement musical interprété au piano par Violaine Vanoyeke. Interprétations des textes avec Dominique Paturel.

Clair de symphonie, J. Picollec, 1987, *roman.*

Messaline, Robert Laffont, 1988, *roman.* Traduit en espagnol, portugais, grec, coréen, bulgare, polonais...

Le Druide, Sand, 1989, *roman.*

Au bord du Douro, Lizier, Luxembourg, 1989, *poésie.*

Les Louves du Capitole, Robert Laffont, 1990, *roman.* Prix littéraire de l'été 1990. Traduit en espagnol, portugais...

La Prostitution en Grèce et à Rome, Belles Lettres, 1990, *histoire.* Traduit en espagnol, en grec, en japonais, en tchèque...

Le Crottin du diable, Denoël, 1991, *roman.* Prix de l'Association de l'assurance et des banques, 1992.

Les Bonaparte, Critérion, 1991, *histoire*.
La Naissance des Jeux Olympiques et le sport dans l'Antiquité, Belles Lettres, 1992, *histoire*.
Les Grandes Heures de la Grèce antique, Perrin, 1992, *histoire*. Repris au Grand Livre du Mois.
Les Sévères, Critérion, 1993, *histoire*.
Les Schuller, Presses de la Cité, 1994-1995, *romans :*
* *Les Schuller*, Presses de la Cité, 1994.
** *Le Serment des Quatre Rivières*, Presses de la Cité, 1995.
Hannibal, France-Empire, 1995, *histoire/biographie*.
Paul Eluard, le poète de la liberté, Julliard, 1995, *histoire/ biographie*.
Le Secret du pharaon (série), L'Archipel, *romans :*
* *Le Secret du pharaon*, L'Archipel, 1996. Traduit en espagnol, portugais, catalan, tchèque, slovaque, hongrois... Repris au Grand Livre du Mois (1996), par Succès du Livre (1997), à Presses Pocket (1997), Le Chardon bleu (1997).
** *Une mystérieuse Egyptienne*, L'Archipel, 1997, *roman*. Traduit en espagnol, tchèque, portugais, hongrois, slovaque... Repris par Succès du Livre (1998), à Presses Pocket (1999), Le Chardon bleu (1999).
*** *Le Trésor de la reine-cobra*, L'Archipel, 1999. Traduit en slovaque, tchèque, hongrois... Repris par Succès du Livre, Presses Pocket (1999).
Quand les athlètes étaient des dieux, Les Jeux Olympiques de l'Antiquité, Fleurus, Collection « Encyclopédie Fleurus », 1996, *ouvrage pour la jeunesse*.

Périclès, Tallandier, 1997, *histoire/biographie.* Traduit en portugais, espagnol... Repris au Grand Livre du Mois (1997).

Les Histoires d'amour des pharaons (série), Michel Lafon :

* *Les Histoires d'amour des pharaons : Néfertiti et Akhenaton ; Ramsès II et Néfertari ; Tyi et Ramsès III ; César et Cléopâtre ; Antoine et Cléopâtre,* Michel Lafon, 1997. Traduit en italien, espagnol, turc, portugais, hongrois... Repris au Grand Livre du Mois (1997), par Succès du Livre (1999), au Livre de Poche (1999).

** *Les Histoires d'amour des pharaons II : Ahmosis et Ahmès-Néfertari ; Tiâa et Aménophis II ; Tout-Ankh-Amon et Ankhsepaton ; Séthi II et Taousert,* Michel Lafon, 1999. Traduit en espagnol, portugais... Repris au Livre de Poche (2000).

La Passionnée, Michel Lafon, 1997, *roman.* Traduit en espagnol...

De la prostitution en Alsace (collectif), Le Verger, 1997, *histoire.*

La Pharaonne Hatchepsout (trilogie), Michel Lafon, *romans :*

* *La Princesse de Thèbes,* Michel Lafon, 1998. Nouvelle édition, 1999. Traduit en portugais. Repris au Livre de Poche.

** *Le Pschent royal,* Michel Lafon, 1998. Nouvelle édition, 1999. Traduit en portugais. Repris au Livre de Poche.

*** *Le Voyage d'éternité,* Michel Lafon, 1999. Traduit en portugais, espagnol... Repris au Livre de Poche (2000).

Les Dynasties pharaoniques (série), Tallandier, *histoire :*

* *Les Ptolémées, derniers pharaons d'Egypte,* Tallandier, 1998. Traduit en espagnol, portugais...

Thoutmosis (trilogie), Michel Lafon, *romans : * Le Rival d'Hatchepsout,* Michel Lafon, 2000. Repris au Grand Livre du Mois, au Livre de Poche (2001), à Succès du Livre.

** *L'Ibis indomptable,* Michel Lafon, 2000. Repris au Grand Livre du Mois, au Livre de Poche (2001).

*** *Au royaume du Sublime,* Michel Lafon, 2000. Repris au Grand Livre du Mois, au Livre de Poche (2001).

Violaine Vanoyeke, Les Pharaons mènent à la vie éternelle, autobiographie, Michel Lafon, 2001. Repris au Livre de Poche.

Aménophis (trilogie), Michel Lafon, *romans :*

* *Le Prince de lumière,* Michel Lafon, 2001. Repris au Grand Livre du Mois.

** *Le Breuvage d'amertume,* Michel Lafon, 2001. Repris au Grand Livre du Mois.

*** *Vénérable Tiyi,* Michel Lafon, 2002.

Discographie

Bach, Beethoven, Debussy, Chopin, R.E.M., Lyon, Violaine Vanoyeke, piano.

Chopin, Debussy, Schumann, R.E.M., Lyon, Violaine Vanoyeke, piano.

Violaine Vanoyeke est l'auteur de nombreuses préfaces et articles parus dans *Historia, Chroniques de l'Histoire, Le Spectacle du monde, Le Quotidien de Paris, L'Histoire, Science et Vie, France-Soir, Géo, Voyager, Version Femme, Vous et votre avenir...*

[illegible] dernières [illegible], Tal-
landier, 1998. Traduit en espagnol, portugais.
Métamorphoses (trilogie), Michel Lafon, romans : *Le Réveil d'Hatchepsout*, Michel Lafon, 2000. Repris au Grand Livre du Mois, au Livre de Poche (2001), à Succès du Livre.

L'Horus indomptable, Michel Lafon, 2000. Repris au Grand Livre du Mois, au Livre de Poche (2001).

Au royaume du Sublime, Michel Lafon, 2000. Repris au Grand Livre du Mois, au Livre de Poche (2001).

Violaine Vanoveke, *Les Pharaons* [illegible] éternelle, autobiographie, Michel Lafon, 2001. Repris au Livre de Poche.

Akhénaton (trilogie), Michel Lafon, romans :

Le Prince de lumière, Michel Lafon, 2001. Repris au Grand Livre du Mois.

Le Breuvage d'immortalité, Michel Lafon, 2001. Repris au Grand Livre du Mois.

L'Impérissable [illegible], Michel Lafon, 2002.

Discographie

[illegible], Debussy, Chopin, R.E.M., Lyon. Violaine Vanoveke, piano.

Chopin, Debussy, Schumann, R.E.M., Lyon. Violaine Vanoveke, piano.

Violaine Vanoveke est l'auteur de nombreuses préfaces et articles parus dans *Historia*, *Chroniques de l'Histoire*, *Le Spectacle du monde*, *La Croix*, [illegible]

[illegible]
[illegible] 31/7540/7 [illegible]

Composition réalisée par JOUVE

IMPRIMÉ EN ALLEMAGNE PAR ELSNERDRUCK
Berlin
Dépôt légal éditeur : 37796-09/2003
LIBRAIRIE GÉNÉRALE FRANÇAISE - 43, quai de Grenelle - 75015 Paris.

ISBN : 2 - 253 - 15540 - 3 31/5540/5